CES INSTANTS DE GRÂCE DANS L'ÉTERNITÉ

CES INSTANTS DE GRÂCE DANS L'ÉTERNITÉ

Anthologie réunie et présentée
par Jean-Yves Reuzeau

Le Castor Astral

CES INSTANTS DE GRÂCE DANS L'ÉTERNITÉ
est le mille trois cent soixante-et-onzième ouvrage
publié par Le Castor Astral.

En couverture :
Gérard Titus-Carmel,
« Ramures - Peinture n° 2 ».

www.castorastral.com
www.printempsdespoetes.com

ISBN 979-10-2780-371-2

Pour Pierre Alferi,
Gérard Bayo,
Christian Bobin,
Odile Caradec,
Michel Cosem,
Daniel Giraud,
Henri Heurtebise,
Anise Koltz,
Gilbert Lascault,
Catherine Mafaraud-Leray,
Luis Mizõn,
Jean-Louis Murat,
Lucien Noullez,
Henri Tachan,
Jean-Pierre Verheggen,
Kenneth White,

amis disparus
en 2022 et 2023.

Préface

« J'ai reçu au cœur le coup de la grâce. »
Arthur Rimbaud

Dans son *Journal en miettes*, Eugène Ionesco note qu'en dehors de l'enfance et de l'oubli, il n'y a guère que la grâce qui puisse nous consoler d'exister. Les textes ici regroupés révèlent de multiples façons d'aborder ce thème. La poésie en elle-même ne serait-elle d'ailleurs pas état de grâce quand elle atteint son but ? Si ce motif peut d'emblée présenter un profil mystique voire religieux, les poètes dans leur grande majorité y ont décelé des angles d'ouverture aussi originaux que provocateurs. Avant tout, ils révèlent le monde qui les entoure, allant souvent comme Jorge Luis Borges « cueillir la poésie au coin de la rue ».

Conçue à l'occasion du Printemps des Poètes, cette anthologie se veut le rendez-vous annuel des lecteurs de poésie, offrant un large panorama de la création francophone en mouvement. Toutes générations équitablement représentées. La plus âgée aurait eu 94 ans, le plus jeune est né avec le siècle. Un tiers des participants sont nés avant 1950, un autre après 1970. Confirmations et révélations se côtoient sans gêne. Il s'agit de rassembler celles et ceux dont l'engagement ou les livres ont marqué l'actualité poétique. Les auteurs peuvent venir du Liban et de Belgique, de Syrie et de Roumanie, du Maroc et du Québec, du Nouveau-Brunswick et du Kurdistan, de Haïti et du Bénin, du Luxembourg et du Chili. Parfois pour se réfugier et adopter la langue française dans leur production littéraire. À part la présence de certains incontournables décédés dans l'année, auxquels ce livre rend hommage, c'est une centaine d'auteurs en pleine activité qui nous défient et nous exaltent à la fois avec des brassées de textes inédits, écrits pour l'occasion. Ce qui confère à ce livre une particularité précieuse.

Les poètes devraient être des infirmiers
des médecins d'urgence
prêts à risquer l'impossible
pour garder les mots en vie
Luis Mizón

Les poètes actuels montrent qu'ils restent souvent ces « téméraires accumulateurs d'émotions violentes » décrits par Pierre Reverdy. Même si l'intime reste un domaine largement fréquenté, ils se veulent volontiers témoins des drames de leur temps ou même parfois prophètes. Ils peuvent parler des points brûlants de la planète autant que des catastrophes naturelles, d'écosystème, de pesticide et de bilan carbone, de forêts dévastées et d'avenir en jachère, de fanatisme, de maltraitance et de solitude en basse continue, de failles de la société, voire même de la fin du monde. Bref, du désenchantement généralisé, du rapport à la réalité, même si l'humour ou l'espoir restent heureusement présents, jusqu'à en avoir le souffle coupé.

Dans un monde qu'on crucifie
reste l'amour de ce qui tremble
Olivier Barbarant

La grâce est parfois trouvée dans le simple ravissement d'un bain dans une rivière ou bien lorsque les arbres « dansent dans une chorégraphie de ramure » ou « nous reconnaissent et bruissent à notre passage ». Dans ces brefs instants de plénitude où « on est tous les autres », où « tous les soi s'annulent ». Par exemple, quand on pénètre la chambre de lecture de Christian Bobin pour prendre conscience du simple « bonheur d'être ». Certains « nouveaux » motifs s'imposent, souvent dans une poésie narrative. Puisqu'il s'agit tout de même de communiquer avec l'autre, parfois même quand les morts nous rendent visite. L'écologie et la géopoétique, la nature rebelle bien sûr, les insectes, les oiseaux et les fleurs (« Ma plante est malade »), puisque le simple fait d'habiter la Terre devient chaque jour une préoccupation plus essentielle. On note que le rapport sensuel à la terre est aussi rapport sensuel au langage. Ce qui n'empêche pas la nostalgie de rester un sujet prégnant.

Tout un bestiaire disparaît
de nos assiettes
ciel et terre
traversent nos estomacs
Anise Koltz

En aventuriers des mots, les poètes paufinent sans cesse l'« alchimie du verbe ». Romain Gary l'avait déjà souligné, « la poésie a toujours été le pionnier de la littérature ». Aujourd'hui, la persistante opposition entre lyrisme et formalisme apparaît plutôt dérisoire et pour tout dire dépassée. L'hermétisme et les jongleries pour initiés refuseraient la métaphore face aux poètes du renouveau narratif ? L'expérimentation de la forme concerne en fait tous les vrais poètes. Autant ceux qui prônent « une pratique festive du langage » que ceux qui vont jusqu'à défendre un principe d'illisibilité. La poésie de laboratoire aura trop longtemps écarté la poésie de son lectorat. Il faudrait sans doute une audace présomptueuse pour se prétendre aujourd'hui un auteur d'avant-garde. Plus que toute autre forme d'art (même si elle s'infiltre bien sûr dans tous les arts), la poésie a souvent pour vocation de sublimer l'instant. Son rôle doit consister à la fois à émouvoir, inventer, étonner, voire provoquer. Reste la menace de l'intelligence artificielle, capable de générer des poèmes sur commande. Vraiment ? Lisette Lombé nous le rappelle pourtant, « la poésie reste la distance la plus courte entre deux êtres humains ».

Ces dernières années, un regain d'intérêt pour le genre poésie s'est fait jour. Les rayons dédiés ont pris davantage de place dans les bonnes librairies. Entre 2018 et 2022, avec un effet dû en partie à la période confinement, les ventes du secteur ont augmenté de 42 % (chiffres de l'institut d'études de marché GfK). En période de trouble et d'incertitude, la poésie aurait tendance à devenir une valeur refuge. Elle n'est plus que rarement caricaturée, même si notre monde semble le plus souvent construit pour qu'elle reste inaudible. Les poètes ne doivent plus hésiter à se revendiquer tels en public. On peut ainsi espérer que la poésie infuse lentement dans la société et devienne précieuse pour nombre d'entre nous. Au point de se poser cette question : peut-on vivre sans poésie ?

Les poètes sont bien présents parmi nous. Ils apparaissent en petites tribus ou archipels aux affinités esthétiques variées. Des tribus dispersées sans toutefois s'ignorer, souvent très présentes dans les revues ou sur les réseaux sociaux, les sites et les blogs. On parle des instapoètes et de leurs *followers*, soit avec enthousiasme, soit avec mépris, taxant à l'occasion le phénomène de poésie « commerciale » ou « populaire ». Le débat reste vif mais ces auteurs ont du moins le mérite d'aller vers le lecteur. De son côté, et depuis 40 ans, le Marché de la Poésie, place Saint-Sulpice à Paris, réunit chaque mois de juin 50 000 visiteurs et plusieurs centaines d'éditeurs et de revuistes. Les poètes, particulièrement ceux de la jeune génération, multiplient les rencontres et les lectures publiques (en librairies, en médiathèques, dans les maisons de la poésie, dans des écoles, dans des cafés, des salons, au moyen de vidéos, etc.), les ateliers d'écriture, les performances et les résidences pour écrivains. Mais, pour presque tous, le livre reste l'ancrage essentiel. Les paroles passent, les livres et les écrits demeurent. Il convient d'ailleurs de souligner à cet effet le rôle majeur joué par les maisons d'édition indépendantes spécialisées en poésie dans l'espace francophone.

Certains des 116 poètes présents sont aussi romanciers ou romancières (Cécile Coulon, Emmanuelle Favier, Chloé Delaume, Gilles Marchand, Antoine Mouton, Karine Tuil ou Thomas Vinau), chanteurs ou chanteuses (Arthur H, CharlÉlie Couture, Brigitte Fontaine, Marie Modiano, Arthur Navellou, Ludovic Villard alias Lucio Bukowski ou Arthur Teboul du groupe Feu! Chatterton), traducteurs ou traductrices, etc. Les frontières tombent, les poètes se reconnaissent entre eux. Au sujet de la forme, plus de la moitié emploient le vers libre, quatre seulement le vers rimé dont ils sont parfois de brillants spécialistes (William Cliff et Guillaume Decourt), mais plus du tiers écrivent en prose ou font côtoyer vers et prose. Dans sa mixité, cette dernière catégorie semble prendre de plus en plus d'ampleur. Comme s'il convenait de rogner les cloisons entre les genres dans une hybridation ardente. La poésie ne se cantonne plus de longue date à être ce genre littéraire qui se limiterait à ne pas aller au bout des lignes… Le roman en poèmes ou le récit en vers, voire l'épopée, ont ainsi pris de l'importance, avec les exemples récents d'auteurs comme Christophe Manon, Joseph Ponthus, Antoine Wauters, Sara Mychkine, Clémentine Beauvais, Éric Fottorino, Laura Vazquez, etc. La poésie ressemble de plus en plus à une hydre inventive. On le sait, dans la plus récente génération, les voix des femmes sont les plus nombreuses et souvent les plus innovantes.

Quelle que soit leur forme, entre gravité et humour, les textes de ce livre nous font voyager jusqu'aux sources du Gange, dans les rues et ruelles parisiennes, dans une cité maya ou à Sakouli, dans une chambre d'hôtel à Séoul, sur la Piazzetta à Venise ou le long de la Volga gelée. Ils parlent d'Instagram et de Facebook, de selfies, de smartphone et de Photoshop, de jeux vidéo, de crème hydratante et de junk food, des nuances du jazz, de peinture et de rugby, des vitraux de la cathédrale de Strasbourg, des Jésuites de Namur, des flammes de la passion, de sexe dans tous ses états

(« chacune trempée par la sueur de l'autre »), des turpitudes du corps, des lieux ou de la famille, et même de jouer aux dés avec la mort. Ils convoquent tout autant Marilyn Monroe vue de dos, Michel Ange ou Jackson Pollock, Lou Reed décédé durant une séance de tai chi, John Lee Hooker, Miles Davis ou même Réda Caire, Saint-John Perse, Robert Desnos, Jean-Luc Parant ou Méïr Wieseltier, le monolithe noir de Kubrick ou les « Nanas » de Niki de Saint Phalle, un Jésus chauffeur de taxi, des anges qui nous frôlent et des âmes errantes ou kidnappées. Une seconde de vertige au bord du temps.

La poésie apparaît toujours plus nécessaire, plus vitale. Pour nous consoler ou contribuer à nous révolter. Un état d'alerte, un dernier recours contre l'invivable, comme l'a jadis énoncé avec force Alain Jouffroy. Un espace de liberté à préserver en dépit de tout. Voici une centaine de façons stimulantes de vivre notre époque. Bon périple !

Jean-Yves Reuzeau

Livres de référence :

BRUN Frédéric (éd.), *Habiter poétiquement le monde*, anthologie-manifeste, Poesis, 2016 et 2020.

DUBOIS Sébastien, *La Vie sociale des poètes*, Presses de Sciences Po, 2023.

FERLINGHETTI Lawrence, *Poésie, art de l'insurrection*, traduction Marianne Costa, Maelström, 2004.

JOUFFROY Alain, *Manifeste de la poésie vécue*, Gallimard, 1995.

LUCAS Sophie G., *Assomons les poètes !*, La Contre Allée, 2018.

MAULPOIX Jean-Michel, *Le Poète perplexe*, éditions José Corti, 2002.

OLIVIER Aurélie (éd.), *Lettres aux jeunes poétesses*, L'Arche, 2021.

ONIMUS Jean, *Qu'est-ce que le poétique ?*, Poesis, 2016.

SIMÉON Jean-Pierre, *La poésie sauvera le monde*, Le Passeur, 2015.

La Grâce

Ce n'est pas rien que de semer chaque année un mot, un seul. De le tourner et retourner sur sa langue, de le soupeser dans son âme, de l'essayer en secret, de le traquer partout, de l'entendre cogner à la vitre, de le noter en italique puis en romain, en minuscules puis capitales, de décompter ses sept lettres plus accent circonflexe, de l'implorer en douce, de le proférer jusque dans son sommeil, de le mettre à distance, de tenter de l'oublier, de lui tourner le dos sans jamais réussir à s'en débarrasser. La Grâce m'est tombée dessus juste après Frontières, comme au sortir d'un long sas guerrier.

L'alphabet est le lieu où tous nos secrets prennent leur source, confie Salman Rushdie dans *La Maison Golden.* Il n'y avait pas d'autre choix que de l'écouter ce substantif féminin que l'on a tant galvaudé, tant il renvoie au ciel ou à ce qui échappe des certitudes humaines. Je savais qu'il serait plus complexe que Le Courage ou Le Désir, plus subtil, plus fugace, plus incommensurable. Je pressentais que d'aucuns le trouveraient trop haut perché, tandis que d'autres se plairaient à dire combien ils s'en tapent. Car La Grâce, sous son faux air angélique, en appelle en nous à ce qu'il y a de plus profond, de plus sacré, de plus précieux en somme. Ce qui n'empêche nullement l'humour ou la banalité que les poètes aiment à saisir, telle cette *grâce involontaire de la vie* dont parlait Thoreau dans ses *paysages de l'âme.*

Il importait aussi, même de façon clandestine, de célébrer à l'occasion des 25 ans du Printemps des Poètes le centenaire du *Premier Manifeste du Surréalisme* : *Parmi tant de disgrâces dont nous héritons, il faut bien reconnaître que la* plus grande liberté *d'esprit nous est laissée. À nous de ne pas en mésuser gravement.* Tel était le mot d'ordre caché : *ne pas en mésuser*, ni de La Grâce ni de la liberté. Dans les pas d'André Breton, du Surréalisme et de *ses œuvres vives*, à un siècle d'écart tout reste à réinventer. Chez Nicole Brossard, par-delà l'océan Atlantique Nord, cela s'appelle *la joie de l'inentamé*. Chez Brigitte Fontaine, au beau milieu de l'île Saint-Louis, *Solitude gardée comme sont les moutons*, il n'est question que de *consoler les cœurs solitaires et désolés-désossés*. Avec Olivier Barbarant de retrouver *la grâce des lilas mauves et blancs* chantée par Barbara. Avec Albane Gellé de revenir à soi sur la planète *bleue comme une orange : terre tourne et ronde dans le système d'un seul soleil / et toi où es-tu…*

Jean-Yves Reuzeau a le goût des titres qui en disent long, des auteurs confirmés autant qu'en devenir et des toiles de peintres. Ainsi cette couverture empruntée aux *Ramures* de Gérard Titus-Carmel qui joue des branches et des bois rompus dans leur *dévalement accéléré des saisons*, et de ce long *cousinage d'intentions* entre la poésie et la peinture où l'on croit deviner un palimpseste de pattes d'oiseaux. Beaucoup de noms neufs ici, et de souffles nouveaux. Pas mal de ces *mégaphones numériques nés des technologies nouvelles*, comme disait Rushdie, de pseudonymes aussi, moins pour cacher que pour décupler les identités.

À croire que La Grâce attise les avatars.

Sophie Nauleau

CLAUDE ADELEN

« Le rituel du parcours était connu d'avance » :

Poèmes,
            puisque « poèmes » il y a !
tes pas
dans leurs pas
(anneau insécable, paisible, parcouru)
un bruit de feuilles sèches,
la terre défleurie des années profondes.

Que n'éclaire
plus même la flamme courte des bruyères,
le vin renversé des beaux jours,

Et
cette pluie
d'entre les mots
            le silence de cette pluie
de mémoire qui ne mouille pas
les visages d'ici
            qui ne seront bientôt
plus que visages de mots

Cette pluie
de silence
sur l'étang

D'abord décrasser l'émotion :

Une ville trouble
(la vie)
pour accueillir
« le cœur noir du photographe » :
pour arrêter la mémoire !

Trottoirs ensoleillés de ce soleil
qui n'est pas le soleil d'ici

Avec ses avenues, ses squares
avec ses petites rues commerçantes,
terrasses des cafés fontaines frontons des palais,

(la tête coupée d'Apollinaire),

Une cathédrale décapitée,
et pour la gaîté il y aura toujours
un Quai aux fleurs des oiseaux
beaucoup d'oiseaux qui s'envolent
de leurs cages sans portes.

Et le grillon depuis André Breton chante toujours
dans les cheveux de la statue d'Étienne Marcel.

« Aller où rien ne parle »

Jardins le vent de mars agite
les bouquets mauves des paulownias,
soulève un peu
la jupe des promeneuses,
                                        fait danser
sur l'éventail du jet d'eau les sept couleurs,
l'écharpe de la Messagère.

        Autour du bassin.
comme au bord de la mer
un même vent de morte saison
fait trembler les chaises de fer.

Vent tardif vent du dedans vent qui ronge
les mots, le cœur d'encre des mots
et les sourires de pierre des dames du temps jadis

Ah, vérole du temps !

Sur les plates-bandes frais bêchées
appareillent les petites voiles frileuses des pensées

Et des mésanges calligraphes
avec leur bec écrivent
sur l'herbe de soie
les cinq syllabes d'un poème :
                                        « là où rien ne parle »

Ouvrant refermant
l'œil de mots
livres carnets
cette figure
que tu crois reconnaître.

(« J'écrivais sur une grande table de verre,
dans une cité appelée « Les Nouveaux Horizons »)

Qui êtes-vous, poèmes,
revenants ruisselants de ma vie
sur la table pluvieuse,
beaux inconnus des Intempéries ?

Poèmes,
qui éclairent
la surface
du dedans

s'effacent

Une fois la lampe éteinte
sur le verre obscurci de la table,
la feuille blanche

Inédits

MARAM AL-MASRI

La grâce de guérir

Ma plante est malade,
il me semble que je n'ai pas la main verte.
Pourquoi n'ai-je pas la grâce de guérir ?

J'aimerais tant qu'elle fleurisse
comme toutes les choses près de moi,
qu'elle soit verte,
qu'elle pousse,
                        pousse
forte
joyeuse
et gracieuse.

Chaque jour je lui parle
et parfois je l'embrasse,
même souvent je l'embrasse.
Je prends ses feuilles
comme on prend les mains de ceux que nous aimons
et je pose mes lèvres.
Je la caresse
comme on caresse les cheveux d'un enfant ou un chat
ou d'un être cher
pour leur assurer notre bienveillance et notre attachement.

Je lui demande ce qu'il lui manque.
De l'eau ?
Je me dépêche de l'arroser.

Du soleil ?
J'ouvre les fenêtres et j'enlève tout ce qui pourrait empêcher la lumière de l'envelopper.

Rien n'y fait.

J'ai coupé ses feuilles malades comme on enlève des tumeurs.

Rien n'y fait.

Elle a l'air émaciée après que ses feuilles ont recouvert le mur.
Peut-être a-t-elle ressenti le trouble qui remplit l'air ?

Le monde va mal,
la Syrie, la Palestine, l'Iran, la guerre en Ukraine !
L'assassinat
d'un adolescent,
la colère des jeunes et la désolation des pauvres,
l'injustice, la trahison, l'ingratitude !

Peut-être me voit-elle pleurer de temps en temps,
pourtant je suis la reine de la félicité.
Alors je fais le clown pour qu'elle rie.
Je lis des poèmes
ou je danse devant
pour qu'elle guérisse.
Rien n'y fait.

J'ai demandé conseil a une jardinière,
elle m'a dit :
Y a-t-il une autre plante à proximité ?
Je lui ai dit oui.

Elle a dit :
Attention, certaines plantes se détestent
et empoisonnent leurs voisines
(les humains aussi).
J'ai enlevé la plante voisine.
...
Je voulais faire mieux
alors j'ai remplacé son pot par un plus grand
afin qu'elle puisse s'étaler
et prendre force.
Je lui ai versé de la nouvelle terre,
mais elle est tombée de plus en plus malade.

J'ai demandé à un jardinier ce que je devais faire :
– Ma plante est vraiment malade
comme si elle allait mourir.
Ses feuilles tachées de noir,
les petites pousses aussi.
Il a dit :
– Avez vous changé le pot ?
Et il a continué :
– Les plantes n'aiment pas changer de pot.
Peut-être les humains non plus, me suis-je dit,
en pensant à tous les expatriés
aux exilés qui se fanent, loin de leur patrie...

Que faire pour me réjouir à nouveau de la voir épanouie
grandir paisiblement
et qu'elle devienne
verte
verte
aussi verte que les yeux de ma mère ?

Inédit

ARTHUR H

Rivière

Durant les fortes chaleurs
Je suis descendu à la rivière
L'eau est glacée
Car elle sort de la terre

J'ai mis le vêtement
Que j'avais à la naissance
Lorsque je suis sorti de ma mère
Rien que l'air et la peau…

Je me suis glissé lentement dans l'eau glacée
Par mon souffle
J'ai régulé l'affolement de mon cœur

Pendant que la masse humaine
S'avachissait dans le chaud
Je me dissolvais dans le froid

Juste le bruissement délicat
De petites spirales étincelantes
Minuscules maelströms sonores

La cime des grands arbres
Qui fermait l'espace au-dessus de moi
Protégeait la rivière secrète
D'une clarté qui rend aveugle

Une respiration intense et profonde
Annulait l'attaque du froid

Je me détendais dans cette osmose
Avec le courant, l'onde et la transparence

Puis je sortis
Et restai accroupis
Sur le bord boueux
Imbécile satisfait
Aussi silencieux que la forêt
Jamais aussi heureux
Que la tête vide
Et le corps absent

Ma peau insolente refusa l'insulte des habits
Je traversai l'enceinte des saules et des aulnes
Passai la barrière des pins et des fougères
Et j'atterris dans l'immense clairière
Tabassé par la lumière

Le soleil ne pouvait rien
Contre la fraîcheur intérieure
Qui me refroidissait jusqu'aux os
Ainsi sans crainte
J'absorbais le feu solaire
Sa folie, son énergie
Sans qu'il m'assassine

Puis je me mis en route vers la maison
Les herbes me frôlaient les mollets
J'évitais les ronces
Mon sexe de droite à gauche
Se balançait

Que pouvais-je encore désirer
Puisque j'avais tout

Inédit

ANNA AYANOGLOU

Élans – arrêt

(Suite *Covid* fragmentaire)

Ville-mère, I

Les premières semaines face à l'inexpérimenté
– l'inexpérience se fantasmant comblée
par les discours

– ces semaines du début, malgré tout :
mon soulagement d'habiter Bruxelles, d'habiter
mon quartier – pour son espace, les affichettes

placardées aux arrêts de bus, bas des vitrines :
Comité de quartier : si vous ne pouvez pas vous déplacer
(achats de nourriture, pharmacie), contactez
– et un prénom, et un numéro de portable

Réflexe de mon esprit entortillé
par ma jeunesse à Paris : *mais des gros lourds*
vont appeler, qui n'ont pas besoin d'aide
et des gamins – pour la blague

L'assistance donnée, certaine
dans le lieu d'adoption
L'admiration qu'elle a nourrie :

ancrages.

Miserere

La psy annonce ce que je redoutais :
J'arrête les séances en présentiel – si vous
le désirez, nous pouvons continuer sur FaceTime

Je ne connais pas FaceTime, et je croyais
que le jargon était justement cette chimère
qu'il nous faut déchiffrer pour la désamorcer

Au moment du besoin affolé d'*avec*
plus que l'appréhension de *sans* – présentiel
ou FaceTime
c'est le retranchement
qui sape

Sur la porte du cabinet de la généraliste
et sur son site – extrême
clarté :

Si vous avez des symptômes Covid
NE VENEZ PAS au cabinet

Ouvrage d'êtres épouvantés

face au poids soudain
de leur rôle

ayant décidé de ne pouvoir rien.

Ville-mère, II

À la levée du carcan du job alimentaire
s'ouvre une récré démultipliée – comme avant
les vacances d'été, lorsque les instits s'en foutaient
– qu'elle durait la journée

Dans le temps étirable, j'investis mes extensions
que le délaissement avait anesthésiées – écriture
traduction, gribouillages – mais vite le *moi*
redevient haïssable – que faire ?

Coudre, allez – on croit, alors,
qu'un délicat coton peut arrêter la bête
À la porte de la mercerie, pas encore commerce
de première nécessité, je paye en liquide une machine
(frisson jeanmoulinesque)
– réponds à un appel de la commune :
deux hommes livrent le tissu
– même infime, l'action emplit

Au même moment, un reportage : une femme récupère
les invendus alimentaires pour les artistes
qui n'ont plus de revenus – elle cherche des volontaires
pour décharger, pour mettre en place

Je lui écris : – *J'ai un dos de mémé mais je sais*
coudre, vous voudriez des masques ?
(c'est mon collier de nouilles à moi)
– *Mais oui bien sûr* – je les fais beaux, d'autant, peut-être
qu'elle m'a bluffée quand elle a dit :

On a prévu des sacs de différents supermarchés
pour que les gens mettent les denrées alimentaires
– comme ça, s'ils sont gênés
quand ils rentrent chez eux
c'est comme s'ils avaient fait leurs courses

La délicatesse est un don.

Inédits

RITTA BADDOURA

La douleur me trouve comme sa vallée
Elle connaît les recoins au-delà de l'histoire

Là où j'ai le plus mal la douleur arrive
Elle façonne sa vallée selon une forme intérieure

Douleur vaste tendresse
Elle est taillée pour moi
J'y trouve la place

Vallées des chutes profondes
Ici pas d'artefact
On se couche seule
On est tous les autres
La rivière coule dans un lit de vérité

Tous les soi s'annulent
Le temps tombe avec la pluie

*

D'abord on ne voit rien

On ne se souvient que de l'eau peut-être

Nous naissons aveugles
Et peu à peu on perçoit
Les pupilles rencontrent la lumière

Le temps que l'espace trouve l'immensité des yeux
Ce qu'on nomme réalité
Sans la voir

Plus tard le regard apprend l'obscur

Les yeux quelquefois s'adaptent et voient un instant l'invisible

*

Réintégrant l'horizontalité
Revenus de leur statut de prédateurs et de proies
Le rêve les confond
Les vivants et les morts
Ils pèsent de tout leur poids sur le silence

*

Quelques morts me rendent visite
Ils patientent dans le salon
Je les salue je les serre je sens leurs joues
La vie la mort est-elle autrement qu'attente
La joie sur leurs visages
Je ne sais pas qu'ils ne sont plus au temps
Puis l'enfant arrive
Et se jette
Dans mes bras
Réunies le cœur battant
L'angle rétrécit

Allongée contre un homme ses traits effacés
Depuis le tréfonds les mots s'embourbent
Me reviennent
Son radeau de sommeil sur les dalles fraîches
La fenêtre grande ouverte
Repos profond toujours m'attendait
Un silence beau comme lumière

*

Par l'entrebâillement des rideaux le jour imprime les mouvements du vent dans le feuillage
Cette danse est un combat dans l'existence du chêne
Le cinéma muet du soleil abolit les frontières de la lumière et du feu

*

Les porte dans mes bras
Les nourris en pensée
Pose mes mains sur leurs épaules quand elles appellent

Celui qui ne pousse pas droit veille sur les grandes et les petites
Et leur conte les légendes du temps de l'arrosoir

Elles écoutent et dans sa rêverie aucune ne dit quelle terre je suis pour elle

*

Samedi avant l'hiver en désaccord sur le hachis
Avec ou sans épices
C'est un plat français censé combattre la disette
Pas l'exil
La viande n'a pas suffisamment réduit mais la purée est douce
Les enfants font du bruit
Je me ressers
Nous sommes dans ton champ de tournesols où comme maman jadis tu me donnes à la cuiller un mystérieux remède

Inédits

OLIVIER BARBARANT

Frêles grâces

« Quand on le voit, on souffre encore, mais on est heureux. »
Simone Weil, *La Pesanteur et la Grâce.*

Dans un monde qu'on crucifie
reste l'amour de ce qui tremble

Comme si la vie partout menacée
trouvait refuge dans la chair

Arbre ou fruit ou velours humain
soie des pétales et des paupières

Tout ce qui vit réclame enfin
sa fraternité de souffrance

Pitié pour tout ce qui palpite
Tambour d'un torse nu ou prairie sous la pluie

Fugitives statues de muscle ou de feuillage
corps qui passez
quelle tendresse j'ai pour vous

*

« Vous qui aimiez tant la grâce
Des lilas mauves et blancs … »
Barbara, *Rémusat.*

Un vert glacé
où tout ruisselle
de fleurs

quel orchestre a produit
ce retour de la ronde

partout explosent
parfums et teintes
au bord du jour

glycine aux bras tordus
sang figé des rosiers
ou lilas délectables

tandis que nous passons
le temps fait farandole
il tourne et nous tombons

blancheur aux branches des arbustes
ou parme éteint du chèvrefeuille
agrippé à la brique

sur le sol comme à hauteur d'homme
des bleus très pâles
jettent des touches

des restes de ciel

muguet couleur de neige
pavot braise arrêtée
juste au seuil de sa cendre

l'éclosion lance
dans la mer de lumière
une chair discontinue

un corps épars
ici des doigts souvent des lèvres

des débris d'Atys

en flamme
en grappe ou en étoile
leur peau fragile
forme paupière
à l'œil absent

un choc suffit à les blesser

quand le vent à son tour révèle

la fragilité des fleurs

Inédits

TEREZ BARDAINE

L'immortel #1

Cette brassée d'orchidées sauvages
a passé l'année à mes côtés
Disposées dans mon plus beau vase
elles ont perdu leurs couleurs dès la fin de l'été

La musique s'est tue
mais la danse continue
vers le ciel la terre l'Est et l'Ouest
durant tout l'automne et l'hiver et la saison de l'éveil

Leur port de tête défie la gravité
Leur grâce contre la mort

Le sont-elles d'ailleurs – mortes
Peut-on l'être tout en restant debout
même dépouillé d'inespéré

Abeilles et bourdons ne viennent plus les butiner
mais l'araignée y a tissé sa toile
piège les moustiques qui ne me piqueront plus

Elles servent toujours donc
même à demi mortes
comme moi quand je vais sur scène
funambule habitée par le poème
qui avance
jusqu'à vous qui l'écoutez

Vibrent-elles encore aux chants des merles
qui sillonnent ma maison à longueur de journée

Qui le sait
Qui peut me dire comment elles font
pour continuer à exister

comme ces hommes esquissés
par Alberto Giacometti
que je regarde aussi souvent qu'elles
qui leur font face dans la pièce

Ils sont sans visage
Elles sont sans couleurs

Et pourtant ils regardent en moi
Et pourtant elles font lueur dans mon œil

Le mystère est-il dans l'équilibre

en cet instant
où le peintre l'a trouvé

en cet instant
où j'ai été le peintre de ce bouquet
que je ne pourrai jamais jeter

Inédit

SAMANTHA BARENDSON & FANY BUY

Trois jours

[Jour 1]

7 h 15 | Je me réveille à cette heure qui ne devrait pas exister. Matin d'hiver derrière la fenêtre, la lenteur du corps accroché aux draps.
Je pense : *rester ici et comme ça toute la vie.*

La douche en cascade ou caresse pour réveiller le corps.
Je ferme les yeux pour croire que je nage à la verticale.
Je pense : *rester ici et comme ça toute la vie.*

Un brouillard m'entoure, efface mon reflet du miroir.
Fantôme de salle de bains, je cherche mon visage.
Je pense : *sublimation en une condensation solide de mon corps.*

Et toujours la même histoire, je n'ai rien à me mettre.
Ce pantalon trop petit ou cette jupe trop courte, ce pull élimé, ce T-shirt délavé.
Je pense : *je suis née nue.*

Le ventre qui se réveille, soudain et à contre-temps.
Gargouillis de la faim en échos impatients.
Je pense : *machinerie mécanique du corps humain.*

Le thé qui réconforte la cruauté de l'aube.
La bouche qui se demande à quand le premier mot.
Je pense : *la maxime inscrite sur le sachet est une injonction au monde pacifique, au monde sain, au monde débordant de pleine conscience et de bonheur.*

Partir, il faut partir, rejoindre le mouvement de la ville.
L'horloge se moque de mon retard, les clés sont introuvables.
Je pense : *quelle histoire je me crie à moi-même avec ce trousseau.*

Dehors tout est gris, ciel, trottoirs et pigeons. Moral aussi.
Les passants regardent leurs téléphones ou leurs chaussures.
Je pense : *quelle histoire leur crier, nous crier pour nous retrouver.*

Le métro comme une boîte de sardines. Immobiles poissons.
Mes doigts caressent les pages du livre dans ma poche.
Illisible poésie.
Je pense : *quelle histoire, quelle voix, quelle langue, quel souffle pour dire.*

Bonjour, bonjour, bonjour, bonjour, autant de bonjour que de collègues.
Ne pas demander « Comment ça va ? » au risque de recevoir une réponse.
Je pense : *voix, langue, souffle pour quelle parole.*

Mes doigts sur le clavier, huit heures de tacatac. L'écran comme horizon.
Et la nuit qui m'attend en fin de journée comme si le jour n'existait plus.
Je pense : *le silence du repos.*

Le froid du vent embrasse ma nuque, je remonte mon col.
Il y a comme un silence de neige. La foule disparaît au fil des réverbères.
Je pense : *la calme tranquillité.*

Revenir à la chaleur du nid, retrouver les livres, la quiétude du salon.
Le ronron du frigo qui se plaint du vide, mon estomac de concert qui doucement lui répond.

Je pense : *dialogue trivial.*

La nuit avale la ville, m'engloutit avec elle.
Un plateau-télé contre la mélancolie d'une journée qui s'achève.
Je pense : *comment m'aimer ?*

La fatigue qui clôt le quotidien, tire le rideau et m'attire dans les draps.
Mon lit comme ultime refuge. Dehors quelques flocons dansent dans le vent.
Je pense : *rester ici et comme ça toute la vie.*

Et je m'endors.
Je rêve : de sang, de boue et de tourmente

[Jour 2]

7 h 10 | Je me réveille, il reste cinq minutes avant que ça ne sonne.
Matin d'hiver, la fenêtre embuée, le corps endolori qui doucement se dérouille.
Je pense : *la spirale de la colonne vertébrale.*

L'eau chaude tarde à arriver. Dilatation de la tuyauterie qui claque et pétarade.
Perruque de mousse sur ma tête, je suis punk ou Marie-Antoinette.
Je pense : *l'eau, vernis protecteur de la peau.*

La radio grésille, annonce que tout va mal dans le monde, excepté le sport.
Je dessine une fleur à l'index sur le miroir embué. Mon visage fleurit.
Je pense : *le moineau reconnaît-il la fenêtre.*

Envie d'être jolie, de faire l'effort du style.
Cette robe en laine, cette veste colorée, ce foulard joyeux, choisir.
Je pense : *armure ou invitation.*

Le ventre qui se rappelle à moi, hé, ho !
Gargouillis de la faim comme un chat impatient.
Je pense : *combien de petits déjeuners avalés depuis ma naissance.*

Le thé qui réconforte, réchauffe l'intérieur, s'écoule en élixir.
Je parle toute seule pour vérifier ma voix.
Je pense : *le manque du silence de l'autre qui écoute.*

Il est l'heure de partir, se moquer de l'horloge et des clés qui me narguent.
Rejoindre les humains dans la foule anonyme.
Je pense : *je les vois, chacun, chacune. Me voient-ils ?*

Dehors le ciel est bleu malgré le froid. Le soleil caresse mon visage.
Les passants regardent un peu moins leurs téléphones.
Je pense : *comment voient-ils, comment perçoivent-ils.*

Le métro presque vide. C'est vendredi, les gens restent à la maison.
Je m'assois avec un livre. La poésie au rythme des stations.
Je lis : « *Un soupir, un regard, un mot de votre bouche.* »

Bonjour, comment ça va ? Plutôt bien ce matin.
Les jours se suivent et ne se ressemblent pas.
Je pense : *Tempérer optimisme et pessimisme, prendre de la distance avec les événements d'un jour donné. Proverbe à la con.*

Mes doigts sur le clavier, tacatac. Pause-café, tacatac.
Je détache mes yeux du bleu de l'écran pour regarder les variations du ciel.

Je pense : *le mouvement, le chaos.*

Journée terminée. Le froid rosit mes joues, mes yeux brillent d'émoi.
Il y a comme un parfum d'enfance aux vitrines de Noël.
Je pense : *calendrier du capitalisme.*

J'achète des marrons chauds, mes doigts souillés de noir.
L'âge tendre est de retour.
Une tasse de chocolat chaud comme unique dîner.
Je pense : *douceur, baume et onguent.*

La nuit recouvre la ville, je vois quelques étoiles.
Le ciel est dégagé, jamais tout à fait noir.
Je pense : *dans l'autre hémisphère, que se passe-t-il ? et chez les habitants de l'immeuble ?*

Je baille, tire les rideaux et me couche sous les draps.
Mon lit comme ultime cabane. Dehors un chien aboie et puis se tait.
Je pense : *rester ici et comme ça toute la vie.*

Et je m'endors.
Je rêve : boue, sang et tourmente.

[Jour 3]

9 h 17 | Samedi, je dors jusqu'au bout de mon sommeil.
Matin d'hiver, rien ne m'oblige à me lever. Lire au lit jusqu'au réveil du ventre.
Je pense : *tu n'es pas là.*

Gargouillis de la faim interrompent la lecture.
Aujourd'hui, je peux déjeuner au lit, bed and breakfast.
Je pense : *tu n'es pas là.*

Le thé qui réveille, vapeur d'herbes matinales, profite de la lenteur du temps.
Je chante quelques notes pour vérifier ma voix. Chante encore et encore une fois.
Je pense : *tu n'es pas là.*

La douche pour effacer les dernières traces de nuit.
Je contemple longuement le reflet de ma nudité avant de plonger dans l'eau.
Je pense : *tu n'es pas là.*

La radio chante elle aussi. Les nouvelles d'hier ont pris un autre ton.
Mon visage aussi. Point de cernes ce matin, je suis comme étrangère.
Je pense : *j'existe bien que tu ne me regardes plus.*

Dehors le ciel est mitigé. J'aimerais que la neige tombe, que tout soit blanc.
Pour rester à l'intérieur à regarder le monde derrière la fenêtre.
Je pense : *regarder est-ce accepter ?*

Quelques notes de musique. Sonnerie du téléphone.
Bonjour, comment tu vas ? Tu fais quoi aujourd'hui ?
Je pense : *chaleur du lien.*

Je ne voulais rien faire, attendre que le jour passe. Glander.
Mais l'amitié m'appelle, voudrait faire le marché, aller au dehors.
Je pense : *entretenir le lien.*

Et tout passe très vite.
On court, on rit, on boit, on mange et on s'abrite du froid.
Je pense : *partager le lien.*

La nuit voile le jour mais nous nous en foutons.
Les lumières de la ville brillent de mille éclats.
Je pense : *ça existe.*

On rentre en titubant, le vin dans ma tête tourne.
Ma voix comme éraillée d'avoir tant échangé.
Je dis : *revoyons-nous très vite !*

Et je m'endors.
Je rêve : tu es là.

Inédit

LINDA MARIA BAROS

Comme des missionnaires

Comme des missionnaires.
Ils parlent en langues,
font tourner les clés autour d'un doigt.

(Seule, immuable, sans pitié
– leur grâce.)

Ils lâchent parfois un mot entre les dents.
Son sifflement transperce les cuirasses.

La nuit, ils l'essaient en cachette,
comme des amants infatigables,
ils s'y perdent comme dans un cratère.
Le matin, ils l'essaient encore, avec les dents.
La chair ne connaît aucun apaisement.
Vespérale. Héraldique. Détortillée.

Ils marchent, comme des missionnaires,
à travers le monde.
Et leur langue fendue pèche souvent.

Greenwashing

Sur les terrasses remplies à craquer, rue M,
plumées par des garçons de café débraillés,
acnéiques et grands,
la même pollution, la même musique électro,
téléchargées à haute dose.

Là-bas, sur les terrasses remplies à craquer,
les nageuses se prélassent au soleil,
avec leurs gestes lascifs, avec leur jeunesse
sommeillante qui, pendant la journée, les aveugle,
rafraîchies par leur audace :
elles sont des sauterelles rééduquées,
amnésiques.
Les tranches de lime, leur shrapnel verdâtre
grésillent dans les verres.

Le long du trottoir goitreux, passent les troupeaux.
Les coureurs – les étoiles montantes de la piste.
Les grands perdants flottent dans l'air,
ils ont le souffle saccadé et court.
Avec leurs freins
Brembo en carbone-céramique.

Et les nageuses aux os saillants boivent
dans leurs grands verres,
écrasées par leur audace : elles ont
des jambes vertes, qui n'en finissent plus,
elles sont des sauterelles prélassées au soleil.
Gracieuses, carnivores.

Leur regard délie la tête.
Comme un couteau, il la délie du corps.

Inédits

RIM BATTAL

De rien bébé

Extraits

Qui cherche ne trouve pas toujours alors

J'ai essayé de t'inventer,
je t'ai écrit, j'ai menti, je t'ai fabulé, j'ai fait des discours, des rituels, des jeux, des placements de produits dans des textes innocents
et d'une sincérité absolue,
j'ai construit des plans sur la comète d'amours multiples
et heureuses qui se déchiraient comme de vieux habits
à chaque fois que je passais aux essayages,

je t'ai sublimé, attendu devant des corps nus. J'ai mis

Des Nike, des talons, des bottines, des joggings, des robes
de marque, des kilos de sequins, de la fourrure, du cuir,
des faux cils magnétiques repérés sur Instagram,
du mascara Better than sex, des masques faits maison, de la crème hydratante et de l'huile d'argan sur mes jambes pour être prête

toujours prête à rentrer avec toi

sans succès mais dans ton creux, par contraste, l'apparition évidente et l'apprentissage de ce que j'abhorre, je me dessinais par petites touches

alors j'ai forcé le destin
j'ai bifurqué

–

Maman, je suis comme morte depuis
Longtemps déjà c'est ça mon secret
J'ai réfléchi, je me suis dit : « tu veux
Quoi être dans les clous clouée au sol
Clouée au pilori au mur épinglée comme
Un papillon casée cassée sans volonté
Propre sans désirs zéro marge de man-
Œuvre sans voix sans bras sans toi
Rentrer à l'heure arriver à l'heure
Regarder la vie demander l'heure
Attendre au détriment des petits chemins
Des pauses des picnics des demi-tours
Des tourner-en-rond des rencontres »
J'ai hurlé PLUTÔT MOURIR et je suis

Morte sur-le-champ, et face contre sol
J'ai compris que c'était là un champ
De possibles chants infinis qui s'offrait à moi

Depuis, je vis comme jaja.

Et tu sais quoi ? Tu me manques comme si
Jamais je ne t'avais connue.

Et ne doute surtout pas que je t'aime.

–

MAINTENANT, JE FAIS CE QUE JE VEUX

Je bricole mon cadre, je fais une proposition esthétique forte
à chaque respiration
mon cadre qui n'est pas un écran

Pour un avenir où les caniches et les dieux mangeraient
à la même table à même la nappe,
se lécheraient doigts et babines
recracheraient comme des osselets toutes les conventions
parce que mon énergie n'a pas de limites si tu me tends
la main sans a priori
si tu me regardes sans jugement

Et quand le désir bourdonnera plus fort que l'orgueil,
plus fort que le seum, plus fort que la peur, nous enjamberons
ensemble les barrières Vauban avec une grâce de caniche,
un panache de déesse antique, le sans-gêne de Zeus
Qui n'est pas l'apanage de Zeus. Nous pèserons nos larmes
pour leur montrer qu'aucune bombe ne nous arrêtera jamais,
hihi

Je rigole à m'en mouiller le slip
pendant que tu tentes encore une fois de me demander
ces comptes que je ne te rendrai jamais plus
parce que je fais exactement ce que je veux

Tu devrais en faire de même
et fermer ta gueule
et avoir du respect pour le respect que je te porte,
pour l'amour que je te porte.

Aide-moi à ne pas te mépriser
S'il te plaît.

–

Réparée, recousue, j'ai convoqué Cupidon
je lui ai demandé l'impossible

Il a dit « chiche » J'ai dit « grave »
Il a dit « sûre ? » J'ai dit « vas-y,
shoote pour voir » Il a dit « ok sister ! »

Et tout à coup,
submergée par la lumière,
j'ai niché ma gueule dans une épaule

c'était la tienne et tu es apparue petit
à petit. Tu avais un nom et une bouche
trop belle, des cheveux jusqu'aux fesses
tu avais l'audace et son sexe, tu avais
la détermination et la patience

tu m'as couverte de mauve, de graines
de lin, de projets de fou, de rires et de baisers,
tu as drainé mon corps out of itself et les toxines
séculaires qui s'étaient incrustées
dans mes os

j'ai mué mille fois jusqu'à toi
j'ai rampé depuis ma caverne
où j'ai failli vivre peinarde. Désormais
je suis au-delà de l'aveuglement : je suis moi,
pas amputée, pas amoindrie, forte comme mille,

Aucun retour en arrière n'est
possible : j'aime plus que tout
ce que je nous prédis dans le miroir
le miroir qui est poème.

Je suis guérie.
Totalement.

J'ai dit « merci Cupidon »
Il a dit « de rien bébé »

Inédit

GRACIA BEJJANI

je me dis que les mots s'inventent, formes d'eau
plagiat du réel équivoque
me dis que les objets n'existent pas
que le hasard convoque les possibles, décale le style
je me dis que les yeux picotent quand ils voient
les couleurs trompent, flammes étroites
l'injure est désordre d'adresse, elle détourne, n'exige pas
je me dis que les voix voltigent en nous
le soir condense la parole ; elle respire bas
je traîne dans la langue,
l'écoute comme chose visible, l'absurde ordinaire
froisser les lettres, qu'elles expriment la coupure
le soupçon, au risque de la grâce.

*

Je ne décrirai pas ses mains. La peau de ses mains. Moins délicate que les joues, mais je n'oserais pas les joues. L'étrangeté au contact des mains. Ne poserai pas la timidité de mes doigts, l'ellipse de mon crâne déserté. Mes bras saisis battent, éclat autour. Il a des paumes coquilles, j'y laisse mes ombres et ses mains comme murs cachent les rêves qui passent. Comme ciment, l'intimité écrasée. Je tairai les tremblements, immédiats diffus. Le chant de ses mains. Comme d'emporter ses odeurs effleurées, détachées. Prendre vitesse. Et déclarer déjà la grâce. Toucher ses mains, à l'assaut.

Dis

suffit-il d'avoir prénom pour savoir qui je suis
sevrée de neutralité à la naissance

petits on lisait les dessins
on ouvrait les mots
leur appel incompréhensible
l'alphabet était mystique
comme sermons nocturnes

elle parle avec précaution
comme si les mots
pouvaient briser sa salive

il s'agira d'échapper à l'image
toutes nuances s'épuisent à montrer
revenir aux odeurs, leur longue gravité

le réel sur mes genoux
comme portée d'enfants
j'édente la parole
ma destruction discrète

l'ascèse des mots achevés
comment parler sans mentir
la justesse est de pierre

aujourd'hui mon ventre orphelin s'attriste
privé de réponses simples

Fuis

je vivais étourdie de valeurs
puis le ciel s'est pendu, divisé
l'inertie des grimaces incertaines

la mémoire comme scandale te soumet
les histoires te regardent
qu'as-tu à te reprocher

naïve de me penser
je ressemble à l'humain
lapidaire conformité des écrans

je contrarie les scrupules
adonnée au doute
lapsus comme éclipse

qui du nouveau-né grandira
bribe de filiation singulière

reste féroce
tu ne consoles pas
ce secret, le bonheur d'être

Grâce

tout matin est insolence
il suffit de sortir le visage
la grâce de disparaître

toute joie est ivresse
lui préférer l'enchantement
la dignité du peu

la lumière se déplace
je m'en vais sans raison
de plénitude insoutenable

si je ne sais rien avant le geste
si je ne fais rien ni n'attends
la grâce comme épiphanie

j'écris tu me manques
mais tu m'es partout
je t'aime à mi-voix aveugle

patience de prières athées
le vent, notre part de grâce

on a acquis la mort banale
de la sagesse, on a espéré
faut-il justifier le quotidien ?

Inédits

TAHAR BEN JELLOUN

La grâce – 1

Une main épaisse sur l'épaule du fils qui s'en va
Un bras autour d'un amour
Un silence paisible, face à la mer qui scintille
Plus besoin de nommer les choses
Les flammes de la passion
La peur de l'abandon
Le poids de l'absence
La mort des mots restés au fond du corps
Et le ciel indifférent, peut-être vide
Pourtant il est tant de choses à dire et à retenir
Tant de syllabes qui s'assemblent puis se dispersent
Comme un caillou jeté dans un lac
Dessinant des cercles à l'infini
Et l'eau est un désir qui cherche son poème
Dans la tombée du jour quand la terre se penche
Et le soleil lentement ramasse ses couleurs
Tant de noblesse dans le regard
Et des baisers qui sentent le parfum de l'amour
L'harmonie est une faveur du temps
Qui unit et sépare, affiche et efface
Avec art et méthode, en musique et en couleur

Tanger, le 15 août 2023.

La grâce – 2

La noblesse dans la matière
Dans le bois ou le cuir
L'art et la méthode
La parole donnée est là
La gratuité du geste et l'élégance du regard
Ne plus s'encombrer de mots
Juste des yeux qui se baissent en signe de présence
La musique du cœur nous accompagne
Elle nous montre le chemin
Les arbres nous reconnaissent bruissent à notre passage
Un matin serein nous enveloppe
Nous sommes séparés de la nuit
Et nous marchons guidés par le souvenir
Sous la protection des hêtres et des chênes
Dire merci à la vie, à l'air, aux papillons, aux abeilles
À toute la faune de millions d'insectes
Dont la présence nous aide à respirer, à s'émerveiller
et à simplement vivre
Telle est la grâce dont nous avons besoin
Humains, n'oublions pas de faire la toilette de la planète.

Tanger, le 19 août 2023.

Inédits

GÉRARD BERRÉBY

La sueur malsaine
des visages blafards
la poussière craintive
des cendres tremblantes
louanges et sacrifices
des enfants oubliés
tu absous tu exauces
les comptes ajournés
des chérubins et séraphins
au plus haut des cieux
la lumière brille sur eux

l’histoire réparée
de mille morceaux séparés
dans la vase au fond de l’eau
comme un poisson dans l’encre
la lenteur des rêves
dans le creux de la nuit
étrange et vivifiante
des coups de cœur
dans la paume de ta main
tu cours plus vite que ta perte
la terre enterre les certitudes
des songes enflammés
à la géographie intemporelle
l’aurore glacée et ses herbes froides
dans le journal du jour de ta mort
les titres s’écriront au futur
la plume vibrante
ne demande qu’à renaître

tu traduis la naissance
des silences du soir
dans les alcools des peintres
aventures en feu de joie
des écrits intimes
aux armes miraculeuses
outrages sans grand-peine
Inès Émilie
disséminées dans les formes
de la couleur
ressuscitées dans les marges
de l'infini
rire ininterrompu
à la vue des immortels
l'hirondelle pour la musique
le poëme pour la litanie
la tentative du parti pris des choses
illumine la nuit

du crépuscule
aux feux de midi
la ligne d'horizon
depuis la fenêtre de ta chambre
morceau de nature
début d'un monde
aux couleurs tranchées
soleil d'or
après la course folle
des nuages dans le ciel
le tumulte des sentiments

Inédits

ZÉNO BIANU

Il faut écouter les nuances.

Chet Baker

Lézards de lave bleue
en angles morts
partout dans l'univers

surcroît d'ardeur
devant
le désastre des temps

mes poumons
se giflent de bleu
comme le monolithe noir

de Kubrick
s'éblouit en bleu
lorsqu'il fuse

au-delà de Jupiter
là où s'effondrent
les astres massifs

là où chuchotent
les étoiles
déchiquetées

nous venons rendre visite
à la nuit
disent-elles

science des larmes
iris des âmes
cela tremble et cela bruisse

c'est l'appel
du fond
des mots

nœuds de forces
nœuds
de tendresses

les fastes d'Orphée
résonnent
jusqu'aux sources du Gange

l'esprit bousculé
je tiens parole
je reprends souffle

cela écoute
j'entends cette densité
qui parle à tous

oui
cela parle d'un coup
en esprit chaviré

danseur
de grands sommeils
en tétanos de velours

la respiration
le rythme
l'énergie

je signe je saigne –
cela pourrait s'appeler
la grâce

et même encore plus –
réveiller le jour
réveiller la nuit

rien
non rien
ne meurt jamais en nous

quelqu'un écrit
et retrace
l'histoire de l'ombre

j'entends glisser
ce vent d'écriture
qui souffle dans le cœur du jazz

j'entends ce vent
c'est le son
de mes mille doigts

qui nomme les cartes
à travers
l'obscurité

poursuivant les songes
dans une faille du temps
j'entre en moi-même

au profond du soleil
au profond du sommeil
c'est le son de ta voix

le son de ma vie
j'entends respirer
les grands vents solaires

la rosée ouvre
son premier blues –
cela s'appelle la grâce

Inédit

CHRISTIAN BOBIN

La chambre de lecture est nue, peu faite pour recevoir. Point de ce luxe qui éparpille la vue, fragmente le silence du dedans. Chambre obscure où flotte pourtant une lumière qui n'est pas celle du jour. Dans un instant, viendra-y tournoyer la poussière des ailes de mourir, de naître et d'aimer. Il suffira pour cela d'un livre heureux, d'une abeille noire et blanche : d'un rien.

Seul, sur le bord de la fenêtre, ce panier de mots et de violettes fraîches, à peine entamé.

Le lecteur, souvent, est atteint de langueur, de patience, de désertion. Cette éclipse de vie se manifeste précocement, généralement vers l'âge de huit ou neuf ans, et le symptôme en est l'apparition de croissants blancs sur l'ongle de l'âme. Il serait vain de prétendre guérir ce mal : le goût des lectures ne quittera plus l'enfant inconsolable, humectant les plaies qu'il s'est faites au genou avec une essence d'encres sauvages.

Regarde la tête que tu fais
tu es bien trop pâle
Pourquoi ne vas-tu pas jouer dehors ?

Le visage du lecteur est plus nu que l'air et son corps est souple, délivré de l'étroitesse d'agir. Allongé, bras et jambes négligemment appuyés sur plusieurs continents, il compte les étoiles dans le blanc orageux de la page. Plus il s'approche de son rêve, plus le silence gagne sur lui.

Cérémonie du simple, exercice de la patience. Lire est un chemin, parmi tant d'autres. Croître en clarté, voilà le but.

Aiguise tes refus sur la lame d'un silence. Ne dis rien de tes absences. Parler, pourquoi parler ?

Échange de mots est commerce de pierres. Ce qui, pour venir aux lèvres, demande si peu de temps et de songes ne peut être rien de bon.

Répands l'encre et le plomb sur ta langue : si tu pars, que ce soit lèvres closes, dans l'éclair prolongé d'une rêverie.

BÉATRICE BONHOMME

Moment d'arbres et de grâce

En grâce et fragilité
Les arbres dansent
Avec leurs branches
Dans une chorégraphie de ramure
Ils accueillent un oiseau défiant le soleil
Et son chant de perle.

Très haut parfois ils portent un nid
Qui fait bois avec le tronc
Et plume avec l'oiseau
Et maison dans les arbres
Les enfants cachés devenant ciel.

Les arbres portent le secret d'un sang qui coule
Le genou ou le coude
Blessés de gomme
Résine qui se mâche dans la main
Amande crue en croûte de lait.

Les arbres fleurissent mimosas
Pleins de bonbons roses ou jaunes
Pleins de coton et de duvet
Ce sont des saules pleurant à terre
Ou les amandiers d'une enfance.

On y devient arbre et ciel
On fête 7 ans
Branche et rameau
Pluie.
On y devient tronc et feuilles
On y devient dans le matin
Comme l'air bleu qui se respire.

Paysage d'hiver éternel et serein
Des boules de gui dans le tilleul
Des arbres de gravures vers le ciel.

Dans la forêt les arbres sont restés rouges
Nus et peints encore
Indiens gouachés qu'on croirait d'automne.

Arbres d'hiver
Donnant un ton rouge à l'ensemble
Coloriés dans le grand froid
En sumacs d'une sanguine.

Les arbres sont des noms, des noms d'arbres
Les arbres se parlent entre eux, à travers.

À l'intérieur d'une graine d'arbre
S'éploie un arbre entier, miniature.

Je continue à aimer les arbres
Les arbres verts et éternels
Qui se parlent entre eux.

Les arbres ont des mots d'arbres, patients et invisibles.
Des mots silencieux, de gestes et de réseaux.

Les arbres dansent sur le ciel des mots
Les champignons de bois tracent lien
Les arbres sont là, ils créent la pluie
Et font respirer le monde.

Les arbres sont les arbres d'Assise
Les frères de François
Les arbres sont nos frères.

L'eau s'accumule sur la cire de leurs branches
Nous pensons qu'il pleut de la pluie
Et c'est leur corps de rosée et de larmes.

Inédit

ALEXANDRE BONNET-TERRILE

Un nihiliste

« … étrange toute… alors, je tâte… ça va nous plaire… »
  À ma droite
  marchait en me parlant Baptiste, barbu bref
aux chemises fantaisistes, doué d'une voix maline, d'un humour méchant, parfois injuste, de petit intelligent qui voit trop clair au fond de nos narines.
J'étais comme je suis vingt soirs par mois sur notre terre :
absenté par des idées très optimistes.
J'observais nos pieds faire leurs pas. Nous quittions la grimace d'un long dîner d'anniversaire, de ces moments où, alignant beaucoup de mots plutôt que de nous taire, nous avons tous ensemble tort
et notre joie paisiblement songe à la mort.
La nuit était sans aucun vent. Nous arrivâmes à Denfert
par derrière la croupe du lion de Belfort, statue
impressionnante, qui ne m'étonne
plus. Baptiste dit :
« Je vais par là. Toi, qu'est-ce que tu vas faire ? » « Hein ? Ah, tu m'abandonnes ?
Eh bien, cette nuit est lente
et tendre, il est à peine
une heure du matin, je suis
d'humeur excellente, frais comme une pâquerette
après la pluie nocturne Soleil la chauffant un matin de novembre,
donc voici ce qui convient : vais me rendre au market
de l'avenue du Maine, y prendre

trois demi-litres d'alsacienne, aller m'asseoir, ensuite, sur
la place j'espère déserte
devant la mairie
et, pensant à moi-même, je fumerai les roulant mal mes cigarettes
jusqu'à ce que les bières soient finies. Puis, j'aurai de nouveau faim,
j'irai chez moi manger les tripes
normandes, qui me restent de midi, et je m'endormirai content d'être serein. » « Programme net
et qui te ressemble », répond Baptiste. Nous nous serrons la main, je lui baise le front,
je me baisse, il me baise le front, sa chemise, je ne vous mens pas, est jaune avec des motifs mauves,
« Tu es quelqu'un qui ose, lui dis-je,
certaines choses
que d'autres n'oseraient pas. »
« Bonne continuation, fils de crétins », dit-il, je réponds
« À toi de même, fils de chauves » et l'on se quitte. Maintenant, je suis seul
où j'avais dit que je serais d'abord, buvant ce que j'avais
prévu de boire et tandis que je contemple l'immobilité du square
Ferdinand Brunot, la noirceur
verte devant moi, mes sentiments s'assemblent en espoir vainqueur et gros. Quelle
terreur, quel néant
et quel plaisir pourtant, plaisir si franc que c'est bonheur. Courage se greffe
sur mon cœur
timide. Je vois
tous les hommes dans ma solitude,
dans ce silence j'entends toutes nos voix. Et m'apparaît

la construction
de notre loi,
notre nombreux visage
par-dessus la mer livide des choses qui ne sont pas,
nous les parlants sur notre nef, nous les vivants le long de notre voie. Tout est ici,
le monde est chef,
je suis à lui,
je suis à moi,
et l'avenir quel qu'il doive être, l'avenir sans que je puisse le connaître
me plaît déjà.

Inédit

ALAIN BORER

La Grâce
Trace d'emblée
tremblée

À pas lents, à Palenque, vint une trop longue nuit
le temps pour la forêt d'envahir ses orées

La nuit pèlerine
de proche en proche
souple angora s'étend
reprenant ses esprits

La nuit pèlerine
de porche en porche
souple angora s'accroît
On n'y voit que du feu

Ai-je dormi ?

à C.D.

Chaises blanches en plastique
tirées tard dans le soir
vacuité de la nuit
à résonance d'amphore
tourniquets des jets d'eau du matin

Frissonnements
du peuplier
debout
avant l'aube

Dans l'alizé
s'em*plui*ssent les jarres
les abreuvoirs bleus d'aube

Les oies cacardantes
font glisser sur les toits
le grand V fluctuant du Voyage
dont l'ombre traverse
le jardin devant moi

L'eau vieille
l'âme empierrée
cette profondeur cachée
entre la margelle et le lierre

Virant de bord
la mouette emporte
le soleil couchant
sous ses ailes

La voile qui s'en va ronde
disparaît au couchant
la poupe séparée de la proue par la nuit

À main levée
La courbe devient femme
au bout du doigt de l'homme
qui se perd à dessein

Gong
À peine en meurt l'éclat
tout bruit cesse
et le silence étire
l'espace

Inédits

VANILLE BOUYAGUI

Elle eut fini de m'absorber
un soir pluvieux d'avril
j'avais perdu toute consistance
toute frontière
un trou béant qui portait ses contours
les yeux enflés énormes
la bouche cousue
et comme du ciment dans les veines

on m'a dit *Vanille,*
la clé maintenant, c'est de ne surtout pas baisser les bras
c'est donc les bras en l'air
qu'il fallait se remettre en marche

j'ai supprimé la conversation d'un coup sec
effacé le numéro d'un mouvement assuré
pour la quinzième fois
le problème c'est que je connaissais la fin par cœur
je savais que si ça se terminait par 31, c'était elle
j'ai ouvert Facebook machinalement puis Instagram et Tinder
j'ai fermé Facebook
j'ai fermé Instagram

je scrollais à en avoir des crampes dans les doigts
les yeux fatigués frottés effrités
appuyée contre le mur miteux de ma mezzanine
les poutres penchées, menaçantes au-dessus de ma tête
la peinture humide qui craquelait,
le cliquetis infernal de la chaudière

la pièce froide, épuisée
tout ici semblait pâle et blanchi par l'âge
moi avec

il y avait quelque chose dans son profil
qui me mettait mal à l'aise
mais je savais pas dire quoi
les cheveux pas très propres,
les ongles pas entretenus
elle était un peu trop maquillée
c'était pas très bien fait
le mascara avait laissé
des tout petits pâtés à la racine des cils
j'aimais pas ses chaussures
elle avait le regard un peu vitreux un peu vide
et des gencives immenses
j'ai hésité longtemps
basculant d'avant en arrière
zoomant sur chaque image
le pouce et l'index écrasés dans l'écran
incapable de passer à autre chose
je me suis dit qu'il fallait pas faire la fine bouche
je me suis dit que j'étais probablement pas mieux
j'ai swipé à gauche
ça a matché direct
la gêne

on s'est réveillées collées au cuir du canapé-lit
chacune trempée par la sueur de l'autre
et contre ma cuisse un sang qui ne m'appartenait pas
j'ai pensé *ça a du être une sacrée partie de cul*
13 h 13. 69 ingrat
dans la tête de la boue ou peut-être l'inverse

l'odeur de transpiration tiède
morsure innocente et perles de sel
dans chaque recoin chaque cavité
et l'interdit à l'intérieur des narines
des contrées qui n'avaient pas été visitées jusqu'alors
enfermées l'une dans l'autre
nos intestins comme enlacés
le vin avait laissé un dépôt de poussière sur ma langue
je me sentais si jeune et sale
elle m'a sucé le téton
j'ai dit *vous êtes embauchée*
ça l'a fait rire elle a jeté la tête en avant
dans un mouvement un peu surjoué
ses dents ont claqué sur mon bras par accident
ça faisait même pas si mal

j'avais toujours rêvé en secret
d'être cette personne mystérieuse
et un peu dégueulasse
qui se réveille un lendemain de beuverie
avec le pouce d'une inconnue dans le cul
mais puisqu'il fallait être honnête
ça ne me ressemblait pas tant que ça

elle avait la voix pâteuse, la bouche très sèche
et j'entendais la salive claquer à l'intérieur
ça me mettait mal à l'aise
elle a bu une gorgée d'eau
ça m'a soulagée
elle avait besoin de parler, elle m'a dit qu'on commençait
simplement à se connaître, qu'il fallait continuer d'apprendre
j'en avais pas trop envie
elle voulait toujours tout partager que tout soit dit

je me suis dit que c'était probablement la raison pour laquelle
elle avait plus de salive

j'étais mutique et enfermée dedans
mais elle restait quand même là à mes côtés
et je lui en était tellement reconnaissante
j'avais l'impression de n'avoir rien à lui proposer,
rien à lui offrir de plus que quelques conseils attendus
et mauvaises vannes
mais ça avait l'air de lui suffire
pour le moment
c'était une petite embrouille comme tant d'autres
un truc sans fond réel qui monte en épingle
elle a prononcé mon nom pour la troisième fois
c'était suppliant et agressif

on a fini par s'enlacer
comme pour acter une forme de réconciliation
à laquelle on ne croyait ni l'une ni l'autre
coincées dans ce déclin infini
on savait même plus dire si c'était la bonne décision
ou juste une triste habitude
elle m'a serrée dans ses bras blancs paresseux
la tête écrasée prête à exploser entre sa mâchoire et son
épaule
je regardais la plante tordue au loin dans la pénombre
j'avais rien du tout en tête
pensée silence morne plaine

une larme lourde et ronde est tombée
depuis le coin de l'œil jusqu'à la narine
un laps de temps assez court
puis une nouvelle larme s'est formée

elle a roulé de nouveau le long de ma joue
et elle s'est fait avaler par le nez, et ainsi de suite
ça semblait être le cercle le plus vertueux de ma vie

je ne veux pas sembler ingrate, j'avais moi aussi
été touchée par la grâce
une ou deux fois, peut-être même plus
et les ailes de quelques anges
m'avaient bel et bien frôlée sur leur passage
mais ils étaient je crois simplement en route
pour se poser sur l'épaule d'une autre que moi
plus vaillante
pas encore vaincue

j'avais l'oreille gauche enfoncée profond dans l'oreiller
la bouche entrouverte la langue enflée
un filet de bave s'écoulait contre la taie
j'ai senti son souffle changer doucement dans mon dos
elle s'est endormie
j'ai remercié un dieu au hasard
j'ai pensé aux quelques heures de répit devant moi
il était 4 h du matin
on me livrait mon tapis entre 8 h et 10 h

dans un demi-sommeil
rêveries roulette russe
j'ai pensé à la Martinique et ses couleurs d'hier
crépuscule orange sanguine
demi-cercle rouge colère
posé face contre mer
j'ai revu Ami cacher son visage en larmes
dans ses deux mains noires immenses
c'était horrible mais comparé à aujourd'hui

ça semblait presque être un joyeux souvenir
le goût du poulet boucané
du rhum tiède

j'ai pensé à Clara qui corrigeait gentiment mes coquilles
à ma grand-mère et son regard en bout de piste
la mine alourdie, gorgée de fatigue
les marques de décennies entières de mensonges
et de tristesses amassées au coin des yeux
j'ai pensé à Arthur à qui la mort avait confisqué la parole

un bref instant je me suis sentie heureuse d'être aimée et en
vie j'ai eu la certitude que mes pensées étaient infinies
qu'elles trouveraient toujours refuge quelque part
que j'aurais toujours une voix, une place dans le monde
quelque chose à y dire
toujours un endroit où regarder, même tout petit
une brèche une faille une page une plage
quelque chose
n'importe quoi
puis j'en ai été moins sûre

Inédit

NICOLE BROSSARD

Marilyn vue de dos, 1962

le jardin dessine ses contours

je lis je vois bien
la grâce ferveur d'envol
un élan dans la prononciation

chaque séquence dure vingt secondes
le dos, la taille, les hanches
la finesse des vertèbres
un seuil obligé de beauté
présent d'ombre et d'abstraction

à nouveau le dos
on voit venir
certains fragments de la fin du monde
leur parcours jusqu'à nous
la pensée défaille, un jardin

Huit syllabes

un balancement du bassin en huit syllabes une voix d'actrice s'installe dans le présent de nuit et d'obscurité, le temps d'une brise de paroles lisses et sereines. Rien à pardonner personne à gracier laisser venir les incendies, les déluges, les tornades et palpiter l'humanité dans la peur et le dévouement j'écris à l'ombre des bêtes de jadis, chacune de mes cellules entraînée à la survie et à la récidive de l'espoir et du chaos

une voix d'actrice s'installe
présent d'entrailles et de nuit
une brise de paroles lisse le temps

rien à pardonner personne à gracier
laisser valser la chaleur, l'eau, le vent
palpiter l'humanité dans la honte et le dévouement

j'écris dans l'ombre des grandes bêtes de jadis
chacune de mes cellules entraînée à la survie
la joie de l'inentamé c'est ainsi c'est aussi

la grâce de l'enfant

elle voulait m'expliquer pourquoi donc
courir
dans le corridor du Saint-Brieux-Paris à midi.
La grâce naissait de vouloir
bien construire la logique de la phrase
l'explication sans avoir à répéter les syllabes
ni à trahir sa passion de prononciation
il fallait respirer doux à peine bouger
ni légèrement se soulever du bout des pieds
tenir en lenteur sa joie en un seul élan de mots

Inédits

PATRICIA CASTEX MENIER

Lettres à mon corps

Des plumes pour le frisson, du pelage pour la caresse, des antennes pour l'approche, des écailles pour l'art de la géométrie. Tu n'as rien de tout cela, mon corps. Rien à offrir à l'autre corps qui s'éveille à tes côtés. Ou si peu : la peau glabre de ton épaule pour y poser les lèvres, la forme lisse de ta hanche pour que s'y modèle la paume, ta chevelure emmêlée pour y glisser les doigts, tes ongles sans vernis pour que s'y reflètent les ocelles du demi-jour, le lobe d'une seule oreille où murmurer le nom de ton visage encore tourné du côté du mur. Aussi démuni que toi d'ailleurs, l'autre corps. Mais à chaque fois et bien vite l'extraordinaire métamorphose se produit : enlacés, voici que vous devenez tous les deux entièrement vêtus de plumes et de pelage, pourvus d'antennes et d'écailles.

Tu marches dans la ville, mon corps. Trottoirs, passages piétons, vitrines, terrasses de cafés, grilles de squares, kiosques à journaux, abribus. Les rues sont vides de l'autre corps qui te prendrait par la main, entourerait ta taille de son bras, se règlerait à ton allure, dont la hanche, selon la cadence, cognerait la tienne. Ce n'est pas une promenade. Tu progresses droit devant toi, sans détours, ton énergie perce une épaisseur subjective de l'air, il n'y a que ta déréliction pour donner ainsi à ce beau temps une telle opacité. Ce n'est pas une promenade. Ton pas s'accélère. Sas de contrôle, rampe d'accès, porte à tambour, hall, ascenseur, corridors, marquage au sol. Malgré l'anxiété ta démarche maintenant a quelque chose d'allègre : tu rejoins ton amour à l'hôpital, cette cité des corps séparés.

Largement avant l'aube, le premier vers s'imposa. Il te réveilla. En sursaut. Par surprise. Sans aucun signe précurseur dans ta tête, dirais-tu à présent. Tu tergiversas, roulas ton poids vers la gauche, vers la droite, t'installas sur le dos, sur le ventre. De guerre lasse, mon corps, tu eus recours, une fois n'est pas coutume, à tes méninges. Rien n'y fit. Tu te levas, tergiversas encore, allant à gauche, allant à droite, debout, assis. En vain, car c'était bien cela : un poème cherchait à t'atteindre. Tu te recouchas, t'endormis de nouveau. La météorite de quelques mots avait percuté la planète paisible, quand tout va bien, de tes huit heures habituelles de sommeil. Sous l'impact, tu avais dévié un peu de ton axe, et tu tournais encore, déboîté. Ce matin, c'est de cela que tremble ta main, mon corps, essayant de rassembler sur la page les quelques poussières d'un astre lointain.

C'est sans regret, mon corps, mais maintenant que tu ne peux plus enfanter, ce serait bien que tu abrites de petits animaux. D'espèces ordinaires ou exotiques, marines, aériennes ou terrestres, domestiques ou sauvages, de babil intelligible ou inconnu, aux habitudes conformes ou insolites, peu importe. À choisir parmi les plus abandonnés, peut-être. Si possible doux, compréhensifs, de caractère facile, d'aimable tempérament. Sans trop d'exigences, chacun à sa place, une indépendance tout de même aménagée, circonscrite. Ainsi, réfugiés discrets en tes retraites hospitalières, tes nids et tes tanières à leur disposition, ils pourraient rester là, accommodants et affables, jusqu'à la fin.

Inédits

HERMÉNÉGILDE CHIASSON

tout en proposant de nouvelles nuances
pour en arriver à de nouveaux Devenirs

La fonction loupe dans le logiciel Photoshop permet d'agrandir les images jusqu'à ce qu'elles ne soient plus qu'une mosaïque méconnaissable.

Un jour j'ai numérisé son visage et je me suis appliqué à agrandir sa bouche jusqu'à ce qu'elle ne soit plus qu'un amoncellement de carrés de diverses intensités de rose.

L'impression de m'approcher au point de la perdre, de la méconnaître.

Toutes ces teintes de rose à répertorier.

En tenant la clé de la fonction option du clavier et en appuyant à répétition sur la touche moins, il est possible de revenir au document original.

C'est comme ça qu'elle a repris sa bouche pour me dire que nous n'avions peut-être plus rien à nous dire et tant d'autres commentaires que je ne peux répéter ici.

Et depuis je maudis l'informatique et la loupe qu'elle nous met devant les yeux pour nous faire croire que le monde n'est qu'un amas de blocs multicolores, et la bouche un escalier tout en rose pour descendre en enfer.

nous sommes heureux
car nous mangeons gras

Vous avez lu les journaux.
C'est arrivé plus tôt que prévu.

LE FLÉAU DU CHOLESTÉROL GAGNE DU TERRAIN.

Les pétroliers injectant leur marée noire dans les courants marins, c'est du connu, nous apprenons à vivre avec.

Donnez-nous un peu de temps encore.

Les journaux ne s'impriment plus à l'encre rouge.

Ce serait trop déprimant.

Alarmiste ? Mais là encore …

Le rouge, c'est pour l'imaginaire.

Le steak, la viande hachée, les spéciaux de fin de semaine, les centres d'achat, c'est du connu, c'est de la petite nouvelle.

Heureusement qu'il y a le lard.

Le lard élève notre esprit au-dessus de l'assiette, il nous grandit.

Il engraisse notre âme. C'est ce qu'on m'a dit.

Il rend toutes choses luisantes comme la nature après la pluie.

Sur un air bio hop connu –
Heureusement qu'il y a le lard
Sinon tout serait comme la mart
Car le lard corrige les écarts
Et propose de nouveaux départs
Heureusement qu'il y a le lard (bis)

deux versions d'un même paysage
avec des différences notoires

Première version.

Michel-Ange peignait au plafond et quand le pape venait l'invectiver ou lui pousser dans le dos en lui disant que ça n'allait pas assez vite, paraît qu'il s'arrangeait pour faire revoler des gouttelettes de peinture sur ses beaux habits pontificaux immaculés qui devaient coûter les yeux de la tête.

Deuxième version.

Jackson Pollock peignait au plancher, et quand il dansait au milieu de ses boîtes de peinture industrielle on est en droit de se demander s'il ne se sentait pas comme la version déchue de Michel-Ange tombé de ses échafauds, et je me dis qu'il ne lui aurait sans doute pas déplu d'éclabousser quelques critiques ou même le président américain de ses éclats de peinture pour carrosserie d'automobile.

Deux paysages, deux versions, l'une au plafond, l'autre au plancher et toutes les autres sur chevalet, à mi-chemin entre ciel et terre.

Et le temps passe…
Beaucoup plus tard…

La chute des anges, c'est à quelle heure encore ?

Est-ce qu'il vous reste des places au balcon ?

exaltation de la puissance
et du caractère visionnaire
de certaines représentations

De dos le corps pivote sur son axe pour retrouver quelque chose de perdu, quelque chose que l'on cherche et qui pourrait surgir en dehors du champ de vision[1].

Or on sait maintenant, avec certitude, que l'œil est une très, très vieille invention que l'on a du mal à retracer avec précision[2].

On sait aussi que ...

On sait finalement ...

Et la voix se perd, elle se prolonge, se poursuit, se déraille, se dissout, et le savoir fait soudainement penser à un petit amoncellement de cendres sur le quadrillé d'une surface impeccablement grise, une identité à la dérive, un visage levant les yeux au ciel cherchant la réponse définitive, l'illusion, le corps pivotant sur son axe.

Inédits

---

1. Le champ de vision étant ici entendu comme une figure conique qui surgirait de l'œil pour aller à la rencontre de la puissance extrême, une projection durable où se perd le regard dans son excédant besoin de voir à l'infini, à perte de vue si l'on peut dire.

2. On sait cependant que cet organe a connu une évolution remarquable, notamment avec le développement des cônes qui vont permettre la vision en couleurs, phénomène dont les animaux sont exclus et qui donne à l'homme une supériorité remarquable.

WILLIAM CLIFF

Un « prince »

1.

Quand j'étais à Louvain pauvre étudiant stupide
ne connaissant rien aux réalités du monde
et que je regardais la lumière livide
inonder peu à peu la cour nauséabonde,

quand j'étais là en train de mâchonner mon pain
trempé dans du café d'un goût assez fadasse
sans pouvoir mesurer le temps ni pour combien
encor de temps je tremperais dans cette tasse

ce gros pain « de ménage » acheté huit francs belges
(c'était du « pain de mie » comme l'on dit en France
et le meilleur marché pour ma maigre finance),
tandis que je mâchais mes illusions cruelles

dont je ne mesurais pas l'immense longueur
à cause du néant qui remplissait mon cœur,

2.

lorsque j'étais ainsi attaché à ce siège
et devant ce bureau taillé dans du bois brun
et que je me laissais bercer au sortilège
de croire que ce temps n'aurait jamais de fin,

alors je sentais dans ma bouche un goût amer
d'avoir encor mâché ce gros pain « de ménage »
et de rester assis devant le ciel ouvert
sans comprendre rien au veuvage de mon âge,

je demeurais assis en train de respirer
cet air indifférent qui régnait dans la ville
depuis tant de temps et qu'il me faudrait filtrer
pour donner quelque sens à mon être inutile

croyais-je puisque personne n'en éprouvait
le parfum qu'il pouvait avoir bon ou mauvais.

3.

Et pourtant et pourtant il m'arriva d'avoir
accroché le regard azur d'un très jeune homme
qui s'imagina que j'étais un ostensoir
débordant d'une onde savante qui rayonne

sans doute parce que je ne bavassais pas
le langage apprêté de mes chers condisciples
pour ne pas l'avoir appris aux « savants » débats
où se complaisaient leurs polémiques multiples

(pourtant pourtant à moi pauvre étudiant impur
le père qui donnait philosophie me dit
aux examens chez les Jésuites de Namur :
« intelligent mais velléitaire » interdit

en entendant ce mot dont j'ignorais le sens,
j'appris que c'était vérité à cent pour cent),

4.

ce très jeune homme qui chantait dans la chorale
devint amoureux de mon être exceptionnel
et me fit croire que ma présence animale
était pareille à celle du prince irréel

que Saint-John Perse dit dans *Amitié du Prince*
dont il me lut le chant de sa tremblante voix
tellement il désirait aussi que je tinsse
une lampe allumée qui luirait sous mon toit,

peut-être que réellement j'en avais une
mais ne me rendais pas compte que je l'avais,
cette lampe allumée de lueur peu commune…
Qu'est-ce que vous voulez ? ces merveilleux reflets

qui brillent dans l'être de la fraîche jeunesse,
ne viendraient-ils pas de sa secrète détresse ?

Inédits

FRANÇOIS de CORNIÈRE

Au milieu du cœur

Nous n'avions rien prévu
en sortant du restaurant
ce soir-là début mai.
Il n'était pas tard.

(Notre table était la petite
à droite en entrant
dans l'angle roux de la lumière.)

Après dîner
dans les ruelles du port
nous avions marché avec nos émotions.

Il n'y avait presque personne.
Nous étions comme *attendus*
– je ne savais pas par quoi.

Un vent tiède traversait ces instants.
Les fanions de couleurs sur le bateau de pêche
bougeaient à peine.

Sur le muret du quai
deux petites ados faisaient des selfies.
Elles prenaient des poses
elles riaient.
Nous leur avions souri.

L’une m’avait tendu son smartphone :
il fallait que je mette le soleil
au milieu du cœur qu’elles allaient dessiner
en joignant leurs bras.

J’avais pris la photo. Je l’avais même doublée.

Je pense encore à ces clichés :
l’horizon la mer le soleil couchant
les deux ados
et nous qui étions là
au bord heureux du temps qui file
et qui ne revient pas.

Nager ensemble

On se donnait un but :
la barque les casiers la bouée.

C'étaient des points de repère
pour nos crawls réunis.
On les dépassait souvent.

Nous accordions nos souffles
nos battements de jambes
nos mouvements de bras.

Nous nous frôlions
parallèles très serrés
nous nous touchions parfois.

Son style particulier m'amusait :
sa main en drapeau quand elle sortait son bras
le lançait loin devant pour glisser
(je l'imitais pour rire).

Une fois au large
l'un contre l'autre
nous regardions la côte :
la maison bleue l'escalier les pins.

Nous rentrions
le courant nous poussait.

Au bord je remontais vers les serviettes.

Elle sortait aussi de l'eau
mais elle retournait vite dans les premières vagues.

Elle plongeait et plongeait.
Son corps les traversait.

Sa tête en arrière ses cheveux plaqués
sa peau ses épaules qui luisaient
la lumière le soleil

et moi qui me demandais déjà :
« Comment écrire cela ? »

Inédits

CÉCILE COULON

Pas continuer comme ça

Ça ne peut pas continuer comme ça
dit celle qui a été battue, trompée, oubliée
en cherchant au fond d'elle-même un reste de courage
de flamboyance et de vie rêvée
à celui qui a battu, trompé, oublié
oublié qu'il ne sera pas plus vivant
en réduisant au silence la vie autour de lui.
Elle dit calmement ça ne peut pas continuer comme ça
et soudain le faux soldat devient un enfant
sans la beauté de l'enfance
il supplie, il pleure, il crache, il est tombé si bas
il a si peur qu'elle s'en aille qu'il promet
que tout sera différent alors que bientôt
tout recommencera

Ça ne peut pas continuer comme ça
dit le proviseur à l'élève qui a jeté
une paire de ciseaux dans l'allée de la classe
pour faire marrer ceux qu'il croit être des amis
même si les amis à quinze ans
ressemblent plus à des êtres qui ont peur
des angoisses la nuit, du manque d'argent,
de l'immuable harcèlement à la pause de midi.
Il fait n'importe quoi depuis des mois,
d'ailleurs on lui assène qu'il n'est pas bête
qu'il se gâche
qu'il s'en sortira s'il se tient droit
et qu'il cesse de crâner, le joint au bec,

mais crâner c'est encore ce qu'il y a de plus honnête
à quinze ans on sait d'instinct
qu'on n'arrivera pas à temps pour profiter
de leur fête.

Ça ne peut pas continuer comme ça
soufflent les manifestants qui rejoignent le cortège
pour la cinquième fois cette année
ils sont nés avec cette phrase dans la tête
« ça ne peut pas continuer comme ça »
leurs parents répétaient la même chose
en versant de l'eau chaude sur du café instantané
le même qu'on sert dans des gobelets
le matin au point de rencontre
dix, vingt, trente ans qu'ils entendent
que tout doit changer et rien ne change :
même la phrase ne change pas
même la colère
même la violence
même le café

Ce qui change c'est le sentiment nouveau
qu'on ne peut pas changer les choses
si on ne change pas d'endroit.

Aux puces

C'était vendredi dans une salle des fêtes
Pleine de tables et tréteaux : les panneaux de basket
étaient relevés au-dessus des meubles, des chevets,
des vaisseliers, on cherchait des couverts, des assiettes,
des cendriers, les vestiaires avaient été transformés
en débarras d'empilements de chaises, de vélos, d'outils.
Ici au mois d'août on vient chercher aux puces
tout ce qui n'a de valeur qu'une fois installé dans une vie.

J'avais laissé le chien aux bénévoles qui le laissaient vaquer
derrière les bureaux recouverts de nappes en papier.
Nous avons trouvé des dessous de plat, deux lampes,
deux cadres pour cinq euros et un vase rose
pour mettre sur le coffre dans la chambre à coucher.
Aux puces il y a une salle réservée aux grands meubles :
la lumière rentre par des fenêtres immenses
elle fait mousser sur le bois la poussière et des restes
de toiles d'araignée. Tout est étiqueté. Je me promène
dans les allées et une femme en t-shirt et bermuda d'été
sort, en vitesse, son téléphone. Elle ressemble à quelqu'un
qui vit ici, elle n'est pas en vacances, elle n'est pas en touriste.
Ça s'entend à l'accent, ça se voit à l'allure rapide
et aux cheveux noués. Sa voix tremble un peu
quand à l'autre bout du fil – même si ça ne se dit plus –
quelqu'un décroche :

« Devine ce que je viens de trouver,
le lit de mon père quand il est né, mais si tu sais,
le lit à barreaux, pour enfant, celui où je faisais la sieste

pendant que les vieux regardaient la télé, si, je te jure,
je l'ai reconnu tout de suite, j'avais gravé un Mickey
sur la face extérieure du pied et il y est toujours,
c'est le lit de mon père, c'est mon lit, ils le vendent
quarante euros alors que ça en vaut dix à tout casser. »
Cette femme a peut-être quarante-cinq ans, elle revient
deux, trois fois près du lit qui a vieilli mais est toujours
vaillant pour accueillir un tout petit. Je vois qu'elle veut
le prendre mais ici, quarante euros ça fait cher
le souvenir d'enfance.

Quand elle quitte la pièce je la suis du regard.
Nous laissons aux maisons, aux objets,
des traces pour ne rien abîmer
dans ce temps qui passe plus vite
qu'une heure dans un hangar plein de vieilleries
qui méritent encore d'être achetées
pour le souvenir qu'elles ont laissé
au cœur d'une habitante qui se souvient de tout :
du père, des vieux, de la sieste,
et du Mickey sur la face extérieure du pied.

Nous sommes partis et j'ai gardé dans l'oreille
la voix à l'autre bout de la salle, le pas pressé
qui revient tourner autour du lit sacré.
Nous laissons des traces pour ne rien abîmer
de ce que nous étions.

Inédits

CHARLÉLIE COUTURE

Sous un néon

(Grâce à Lou)

Plume d'ange ou plume d'oie,
Prendre la plume comme un micro,
L'influence est une belle onde longue,
Je me souviens du mois Novembre...

Passion fatale sous un néon,
Comme une crise en cristal,
Un tourbillon qui m'ensorcèle
Devant une maison végétale.

Lou Reed est mort, sans faire de bruit,
Un dimanche en faisant du tai-chi,
Chantent à jamais les oiseaux de nuit,
Avant de s'en aller vers ailleurs.

Toujours le silence transpire
Aux confins de nos intuitions,
Des mots croisés en sémaphore,
Comme on se tait du bout des doigts.

Entre les garçons et les filles,
Nos émotions à fleur de peau,
Nous étions et filles et garçons
Ados le dos nu, sans famille.

Couronne de flammes à l'horizon,
Es-tu femme, es-tu homme ou démon
Qui s'approche là dans la pénombre ?
De grâce, les anges monstrez-vous !

Tentations civiles, mal éclairées,
En cette longue nuit méthadone,
Madones dépravées *on the wild side*,
Mon cœur chavire sur le pavé.

La peur de mourir en silhouette,
Je connais le désarroi des reines,
Lou Reed est parti dans un spasme.
Ai-je vécu tous mes phantasmes ?

Mellow woman, mélomane

(Grâce à elle)

Mellow woman, mélomane,
Ma grand-mère était une musicienne
Qui jouait du piano dans un petit orchestre de chambre,
Jusqu'à ce qu'elle ne quitte plus la sienne.

Mellow woman, mélomane,
Assise dans un crapaud bleu, elle écoutait France Musique,
En déchiffrant les partitions jaunies
Qu'elle sortait d'une grande armoire rustique.

Mellow woman, mélomane,
On joue pour soi autant que pour les autres, disait-elle,
Pourtant c'est Eutherpe, muse de la musique « celle qui sait plaire »,
Qu'elle vénérait, bien plus que la gloire ou la notoriété.

Mellow woman, mélomane,
Elle m'a encouragé à continuer.
Je suis certain, qu'elle serait heureuse de savoir
Que j'en vis d'envie.

J'imagine parfois qu'elle m'observe depuis là-haut ;
Un jour, je monterai aussi au septième ciel,
Mais avant d'atteindre le grand contre ut,
On m'aura fait taire. Sous terre,
Transformé, je me liquéfierai,
Gazéifié, je deviendrai carbone,

Je me changerai en serviette de toilette, ou en balle
de ping pong
Et j'évoluerai dans l'infiniment grand silence entre
les molécules.

Mellow woman, mélomane,
Je suis certain que ma grand-mère est fière de mon intégrité,
Si je suis ici, c'est quand même aussi
Grâce à ce qu'elle m'a transmis.

Mellow woman, mélomane,
Grâce à elle.
Grâce à toi, Marie Bolla.

Inédits

SEYHMUS DAGTEKIN

De l'autre côté d'une figue de barbarie

Extrait

Il y avait une porte jaune
Une baguette dans les mains d'une femme
Son petit qu'elle portait en kangourou
Les couleurs s'accolaient aux lumières
Les lumières se mêlaient à mes mains
Qui se confondaient aux murs
Et le flou tout autour

Il n'y avait même pas une seule boîte
Même pas de neige sur les têtes
Que des lignes qui se croisent en me laissant devant la porte
Derrière la porte
Face à la porte
Dos à la porte
Sans perdre la variation du bleu qui me porte au jaune qui te transporte
Il y avait une autre femme qui portait une tête sur son dos
Et des roues
Des yeux dans les roues qui comptaient les pierres que je lançais sur son dos pour m'éloigner à chaque fois avec une mélodie autre
Il y avait ce que je ne voyais pas, qui ne voulait pas être vu
    Je t'en prie, garde ce que tu ne pourrais donner
    Tais ce que tu ne pourrais nommer
    Épargne-nous le bruit que tu ne pourrais supporter
    Ne nous laisse pas libre de ce qu'on pourrait te faire endurer

Bien sûr que tu es libre de choisir la vallée où tu veux enterrer tes corps. Tes mots, ton sang, tes rêves
Bien sûr, nous te déterrerons à pas feutrés et te fourguerons dans une de ces brocantes
Même si tu restes un peu claudicante, à traîner
avec les dernières gouttes. À lorgner les dernières pitances
/
Un peu de rouge sur du jaune, te voilà dans une nuit noire
Il y a des sons qui viennent ainsi de nulle part
Des corps qui ne ressemblent à leurs sons
Des feux qui ne sont suivi d'aucun fracas
Des têtes qui restent dans le noir faute de choisir entre le jaune et le rouge
/
Il y a des oreilles qui sont plus grandes que mes sons
Des couleurs qui sont plus aveugles que mes mots
Mon cœur tremblait presque
Tu arrivais là où je n'étais plus
Tu parlais là où je ne t'entendais plus
Même s'il y avait des portes qui variaient les couleurs de ta parole que je ne voyais plus
/
Pourquoi tu plaçais tant d'yeux sur la route
Ouvrais tant de palmiers en même temps
Pourquoi tu collais ces mots à tes oreilles
Tu n'as su vider ce qui était en trop
Ni pourquoi il y avait tant de crocs derrière les mots
/
Il y avait des mains que je n'arrivais pas à attraper pour les placer devant les yeux
Des yeux que je n'arrivais pas à décoller des portes que tu me lançais

Ce qui était hors
Ce qui était hordes
Ce qui était ordre de déguerpir
De quitter lumières et couleurs
Pour s'abîmer dans la plus noire des attentes
Il y avait des sons qui n'apprivoisaient oreille et attendaient que tout se déverse devant ta porte
Pour que la couleur naisse
Après le passage de mon sang par tes veines

/

Pour devenir langue et te poser dans une attente
Sortir d'une chair et entrer dans une autre
Au pire, tu te renouvelleras sans être vue
Tu dois pouvoir dire, pouvoir rire
Pouvoir courir sans rien dire
Tu dois pouvoir avaler tes dos et tes doigts sans bœufs ni parenthèses pour que rien de ce qui est ne soit vu

Quand les anges vinrent, tu étais sur une autre planète
Avec une étoile rouge à l'oreille
Aussi jolie môme, aussi foutue crécelle
Absente dis-tu à toute demande pour parer à quelle défaillance
Pour me dérober quelle source
Dire ce qu'on aurait voulu
Médire ce qu'on aurait entendu

/

Comme si tout se défaisait pour retourner à ses torts et gommer la ressemblance entre ce que je respire et ce que tu tais

Inédit

QUENTIN DALLORME

Poitrine verrouillée ce matin
j'ai beau taper dessus
à coups de paysages
rien n'y fait.
Gouffres d'argent, aubes vivaces
il reste un poing fermé dans ma gorge
et pourtant
mes paumes s'ouvrent
pleines de ciel

*

Quelques névés là-haut
ce qui reste
du massacre

l'hiver
a lacéré les arbres
creusé, la glaise
écrasé, jusqu'au bruit

laisser toute violence
aboutir
dévaler la pente
Au pied de la falaise
je prends un peu de neige molle
entre mes doigts
la verse
dans le thermos –

et l'avalanche s'achève
dans un bol de thé

*

Mon corps comme
sorti d'une pièce –
replonge
dans une autre, laisse
l'odeur, la lumière, le bruit
le saisir, l'emmener.

Mon corps ne va plus de lieu en lieu.
Il est lui-même l'endroit
où s'engouffre
tout ce qui est
à vivre.

*

Thé chaud du réveil
brumes –

un oiseau
casse
un bout de silence
avec le bec

j'aurai beau faire
m'agiter, amasser,
la ligne de mes gestes,
toute ma journée mes efforts
se videront
s'échapperont
par ce petit trou
fait par l'oiseau
dans le matin

*

Soleil rouge – perce
Tout est encore
indéfini
sans contours

je navigue entre
ce qui est à venir
ce qui s'éteint
quelques secondes encore
pour se mouvoir
échapper à la lumière

elle point, déchirera bientôt
ce que je suis

du reste

*

Le jour se retire
sans en tenir compte, la pluie
tombe en riant, tiède, sur la lande.
Celle-ci s'éteint
rétive, elle replie dans chaque coin
les moignons qui lui restent de l'hiver.
Et moi, que me reste-t-il ?
La peau fendue
la tête lourde
mais nous sommes quittes
tout ce que l'hiver m'a pris
la neige
me l'avait offert

*

Ce soir, le ciel est mou
je palpite
quelque chose
mes mots s'appuient sur le silence
plein de tendons invisibles
il gonfle, s'ouvre
je rentre dedans mais déjà
les étoiles piquent
raidissent le ciel qui
(plus bleu plus froid) de nouveau
se referme
sur mes lèvres

Inédits

JEAN D'AMÉRIQUE

ma chair tremble d'un feu nouveau, j'arrache mon visage à la douleur, et mes fleurs ressuscitent du vide, rescapées du jardin de la nuit
j'entends l'aube frapper à la porte, j'appelle mon corps, qu'il laisse reposer le lit, qu'il laisse en paix les draps, dans l'inertie de leurs plis, songes froissés par les ombres
matin… j'appelle mon corps, qu'il brise le mur des heures lourdes, qu'il déchire son linceul, qu'il chante debout son poème
assis près de la fenêtre, je défais mes nœuds, deviens soudain le nid d'une pensée-oiseau, le ciel me regarde par la vitre, les yeux ivres de lumière… sur la petite table, la tasse posée, le café médite dedans, la fumée monte, prière secrète à mes lèvres pour enfanter le jour

mes pieds vont à la rivière, je les regarde marcher, mon corps les suit, tendrement léché par le silence de l'eau, et sous les rayons tranchants du soleil qui se tressent aux vagues, j'ouvre un secret : mon enfance, racine d'une lumière que mes yeux avaient longtemps déserté
mon cœur fugue au fond de la forêt, me reviennent des fruits hantés par la beauté, saveur d'un temps inconnu du calendrier de mon sang, sève d'un arbre que jamais ma terre n'a connu
les heures passent, sous le voile noir de mes paupières un incendie se déploie, à consumer les dernières lueurs de mon souffle, mais trop bleu le ciel pour accueillir mes cendres

Inédits

JACQUES DARRAS

Cinq Nanas (3+2) de Niki sur une musique de Miles

Nana bleue, Luxembourg

la Nana bleue de Luxembourg
la bleue Nana
qui a la taille d'un ananas
(un ananas à Luxembourg
c'est comme la neige à Singapour
il y a erreur dans la coulour !)
la Nana bleue ananassée
la rumba danse sur un pied
sans se lasser ni se luxer
tant sa cuisse droite est rembourrée
la bleue Nana ayant l'aspect
du luxe nourri par les excès
qui dans les îles
de Sainte-Lucie
ou Tobago
se fait soigner son lumbago
par l'Océan vieil ostéo
qui sur ses fesses a tamponné
tous ses cachets
d'aspirine-bleue
pour mieux cacher
ses blanches chairs de fruit lacté
et nous faire croire qu'elle eût pu naître
dans le Kénya
Nyanya Noir Thé

mais que c'est déjà bien assez
qu'elle ait la peau ananassée
qui masque comme est décalcifié
son teint de Reine des tubes Nestlé

Nana Gwendolyne, Hanovre

Ô Gwendolyne ! Ô Gwendolyne !
Tu as tout sauf la taille fine
Ton ventre remonte jusqu'à ton cou
Ton cou est enflé pour le coup
Ta petite tête est si mesquine
Ô Gwendolyne ! Ô Gwendolyne !
Que tes deux seins semblent accrochés
Directement à même ton nez
Ne t'enrhume pas petite Nana
N'éternue pas tu éclaterais
Ô Gwendolyne ! Ô Gwendolyne !
De quel côté dans l'autobus
Monteras-tu si tu montais ?
Tu as ton ventre autour de toi
Ne t'asseoie pas tu m'écraserais !
Ô Gwendolyne ! Ô Gwendolyne !
Je te débine je te débine
Tu as une fleur rouge sur le cœur
Qu'on effeuillerait volontiers
Tu n'as pas besoin de corsage
Tu as le corps tellement sage
Tu as des cibles de couleur
Rose noire rouge bleue jaune vert
Sur le devant comme au derrière
T'ai-je dit obèse, ô Gwendolyne ?

Oserais-je ? Oserais-je ?
Tu es la femme Fertilité
Que nos ancêtres dans les ruisseaux
Jetaient jadis à Brassempouy
À Renancourt ou à
Lespugue : je t'espougerai
Ma Gwendolyne je t'espougerai !
J'aurai du mal à te serrer
Dans mes deux bras, je sais je sais
Ô laisse-moi, Ma Gwendolyne, te séréna-
Nananader, mon Cœur ma Fleur, oui je serai
Celui qui te sérénada, Nana Nada
En approchant de toi, tout près,
Ma mandoline Ô Gwendolyne!

Drei Nana bei die Leine

Caroline, Sophie, Charlotte
Charlotte, Caroline, Sophie,
Sont trois Nanas sont trois boulottes
Qui dans Hanovre se multiplient –

Ah ! les Françaises ah ! les salopes
Qui nous trafiquent notre Lei-neu
Avec leurs haleines d'interlopes
Renvoyons-les à leur Sein-eu

Plutôt qu'elles ne se déculottent
Jambes à l'air seins sous les yeux
De nos maris qui milent leurs mottes
Au lieu d'être attentifs aux feux

Dans Brühl Strasse dans Nienburger
Clovis Clovis si il eût pu
Rester vissé sur sa Weser
Sédentairement Clovis nous eût

Des ces folles Franques affranchies
À qui nous prédisons le voile
Qu'aux yeux les Turcs leurs maris
Abaisseront rideau de toile

La nudité c'est pour l'intime
Nous Basse-Saxonnes nous le pensons
Charlotte, Sophie, Caroline
Il faut rentrer à la maison !

Kama-sutrez telles d'acrobates
Mains au plancher ou pieds aux murs
À l'intérieur de vos pénates
Pénardement faites l'à-mur

Mais publiquement ne confondez
Jamais le sexe avec la Saxe
Pubis et public mélangés
C'est faire erreur totale de Sainte Axe !

– Caroline, Sophie, Charlotte
Des lazzi, des tags oraux n'ont cure
Pourvu que sur leurs mains elles escabeautent
Dans Leibniz Ufer sous les vieux murs

De Stadt Mitte par les avions rasés
Quelque soixante années poussières naguère

Quand aucune des trois encore n'était née
Pour faire leur pied de nez aux auto-

Rités – héritières d'une histoire pas la leur
Charlotte, Caroline, Sophie font
L'effet à leurs hanovriennes sœurs
De conques errantes par la rondeur

Miles Davis, Hôtel Negresco à Nice

Moi j'aime le bleu
Moi j'aime le blues
Moi j'aime quand Miles Davis djouzz
De sa trompette
Miraculouze
Qu'il râpe le ciel
Comme du gruyère avec des trouzes
De lait bleuté
De crème fouettée
De neige fondante à la gentiane
J'aime quand son cuivre meugle
Si suavement
Quand des alpages transhume
La brume
Vers son cornet
Jusqu'à ce qu'Automne s'enroue s'enroule
Fine pluie d'été rouillée
Tombant
Oh ! délicieux climat pour l'âme
Please play for me
Oh ! mister Miles
For miles and miles and miles of blue

So we may learn
Why some day
Came such a blue
From the sky
Such a blue smile
On you on you on you on you

Inédits

LYDIE DATTAS

Mon sang est un vitrail

Ma jeunesse a été couronnée par les anges :
aucun malheur n'était jamais trop beau pour moi
quand ma pensée mettait le feu aux roses rouges.
Mon sang est un vitrail illustré par l'azur
les lys blancs se pressaient autour de ma pensée
et mon âme trempée dans le sang de l'azur.
Plus tendre que la nuit au cœur du lilas blanc,
mon cœur martyrisé par sa propre douceur.
L'azur assombrissait les projets du malheur,
cet azur presque blanc dont le cœur se régale,
mon cœur bouleversé par le bonheur des roses.
L'amour a l'ambition souveraine des morts
et ce cœur admirable insensible aux passions.
Le temps s'est resserré autour de ma pensée :
je ne pourrai jamais me passer de la mort.
Je défendrai la mort jusque dans l'au-delà
et mon nom mélodieux autant que la douleur.

Le projet d’être jeune

J’ai rendu ma jeunesse intacte à la beauté
pour ne pas abîmer la douceur du printemps :
nous n’avons pas le droit de retenir le temps
puisque notre beauté ne nous appartient pas.
La beauté entraînait les roses vers la mort,
les roses souriaient de leur propre trépas,
la neige comparait son teint avec le mien
lorque j’avais encore le projet d’être jeune.
La vie est encore plus exigeante qu’avant
depuis que le printemps ne me reconnaît plus.
Je souris du malheur qui s’avance vers moi
pour ne pas ajouter encore au désespoir,
quand celle que je fus passe à côté de moi.
Et puisque nous avons le devoir d’être heureux,
le bonheur de savoir que je devrai mourir,
la joie de ne plus être aussi belle qu’avant.

GUILLAUME DECOURT

Brochetti

Nous dînions souvent de mabawas
Manioc et brochettes de zébu
Notre mère Juliette et moi
Le « Brochetti » a-t-il disparu ?
Nous étions heureux dans cet endroit

Les tables se trouvaient dans la rue
Des roussettes dormaient sous le toit
La viande était cuite au feu de bois
Nous dînions souvent

Sans couverts prenant avec les doigts
Sauçant le « poutou » ce piment cru
Qui même après que vous aviez bu
Deux ou trois canettes de Coca
Vous brûlait la langue et l'estomac
Nous dînions souvent

Dugong

Dugong était un grand ami de notre mère
Tous les jours nous le visitions à Sakouli
L'eau du lagon prenait une teinte plus claire
Quand Dugong nous approchait sans faire de bruit

Il sifflait un peu jusqu'à ce qu'on le devine
En dessous de nous en train de brouter le fond
Jamais nous ne l'appelâmes vache marine
Il eût été blessé par la comparaison

Ma sœur fut certainement la première blonde
Que Dugong vit chaque jour hiver comme été
Des yeux bleus dans l'île sont une rareté

Dugong disparu durant la saison des pluies
Nous pleurons chaque année sur un pont de Paris
Car Dugong nous aimait et nous aimions Dugong

Triolets du Dugong

Où est passé notre Dugong
Qui paissait en dessous de nous ?
Il jouait avec une blonde
Où est passé notre Dugong
Qui nous rejoignait sans remous ?
Il a disparu dans une onde
Où est passé notre Dugong
Qui paissait en dessous de nous ?

Dugong fut pris dans un filet
Nous avons quitté Grande-Terre
Il est mort à l'heure qu'il est
Dugong fut pris dans un filet
Que pleurent ma sœur et ma mère
Le monde des hommes m'atterre
Dugong fut pris dans un filet
Nous avons quitté Grande-Terre

Picpus

Je marche vite et me dépêche
Sur le boulevard de Picpus
Je vais déposer à la crèche
Nos jumeaux l'auxiliaire russe

Jolie sévère mais pas rêche
Porte un mascara bleu de Prusse
Je marche vite et me dépêche
Sur le boulevard de Picpus

Ukraine inflation c'est la dèche
Je fredonne Charlie Mingus
Nos jumeaux rendront dans le bus
Toute leur compote de pêche
Je marche vite et me dépêche

Inédits

CHLOÉ DELAUME

Variation autour des mêmes scènes

Le coq est mort dans la bruyère
Il a chanté à cinq heure deux
Depuis demain est avant-hier
Sous vos applaudissements, messieurs

L'incendie a mangé l'hiver
La cire a fondu, comme leurs yeux
La Reine a cramé la clairière
Le Monstre a emporté le feu

Aucune urne pour tellement de cendres
Qui collaient à leur peau la nuit
Aucune urne et tout à apprendre
Ils les ont couvertes d'un tapis

Leurs phonographes devaient s'éprendre
Des valses majestueuses du déni
Sur une commode de palissandre
Un herbier a lentement jauni

La boule à neige de leurs souvenirs
Soudain d'une fissure s'est brisée
Quelques touches, un éclat de rire
Les vieux arpèges d'une orchidée

Il est revenu pour lui dire
Sachez qu'elle a été aimée

Elle l'a retenu et vu surgir
Deux cœurs de phénix en papier

Il était deux fois un Royaume
Son Styx qu'il fallait traverser
Cinq six étoiles au creux d'une paume
Et un château de cartes à jouer

Il était deux fois un Royaume
Où les fleurs sont ignifugées
Les couronnes serties d'hématomes
Les plumes en haut de l'escalier

Deux chatons jouent dans la bruyère
Pour eux il faut être audacieux
Sinon c'est chat de Schrödinger
Que finiront les malheureux

Tomber dans le Styx est un risque
Pour les morts comme pour les vivants
Ainsi les âmes sœurs se confisquent
Et en eau se changera leur sang

Ils deviendront d'une autre espèce
Ils croiront le silence confit
Personne pour protéger leur fief
Les anges ont piscine le samedi

Elle découdra jusqu'à son ombre
Dans sa tête poussera un tombeau
Elle trouvera jolis les décombres
Du Monstre se fera un manteau

C'est comme ça qu'elle finit, l'histoire
En sautoir se porte le néant
La Reine renoncera à sa tiare
Et d'elle et lui fera un roman

Inédit

PATRICE DELBOURG

à petits pas   nulle part   obstinément
contre la paroi nue
il ressasse sa vie à angles droits
la main accrochée au chambranle
givre à même le nerf
avec son seul sourire en guise d'épiphanie
la solitude le tient   dans la posture de l'oubli
il ausculte le fœtus d'une ancienne étreinte reptilienne
ce tas de mots acérés   calcinés
chuchotis d'impuissance   caillots d'amour évanoui
pâle bûcher de souvenirs
moral en dessous des moyennes saisonnières
ce grand froid sur les paupières
tout le poids de la fuite des ans
corps à cru   fagots secs
la milice caquée des tendresses
sous les lampions de la pergola
la vieillesse s'avance en majuscule
lent rythme de diesel dans la patience des tilleuls
les lèvres grésillent sous le scaferlati   douces blattes
un premier malaise naît souvent d'un ourlet de trottoir
mal ajusté   on continue   on s'accroche
on gagne du temps à mains nues   un duvet de sueur
presque machinalement
linge oublié sur un fil d'épandage   avenir en jachère
l'épilogue voilà   chaque matin
on enfile à nouveau les oripeaux d'une vie fossile
dans la miséricorde du jour naissant

on l'appelait le professeur
il commentait à loisir le pedigree des monuments
devant les touristes   en cohortes de lemmings
rectifiait à vue le cadastre sur les plans de la ville
éloignait du pied la marmaille vociférante
tous ces genoux cagneux   couronnés à l'arnica
– les enfants   jamais été sa tasse de thé
il faisait la leçon à l'as du chawarma
et de l'humous des la rue des écouffes
mettre deux *l* à falafel   vous vous moquez du monde
je ne vais pas me nourrir chez un analphabète
vous pouvez me supprimer à jamais de votre clientèle
l'aboyeur du pletzl   un peu bas du bulbe
pensait qu'il s'agissait-là d'un quolibet antisémite
mais non   c'est juste une question d'orthographe
vieux feuj   répondait le professeur
avec une mimique de clémence

aujourd'hui   le printemps en fleurs
sur les nappes à carreaux   jure quelque peu
il n'en a cure   comme on dit à vichy
les cinéacs restent permanents
déserteur il l'est   depuis trois mois et plus
il fuit toutes les polices européennes
solitude en basse continue
dans les ténèbres complices des métrages permissifs
les soirs estropiés de grande saudade
sur les strapontins pourpres des mezzanines
il essaye de se faire oublier de la marée chaussée
l'ombre des actualités se teinte de linceul
– la chanson de boris aux lèvres
poitrail ouvert à double battant
il croûtonne jusqu'au pardon
face à l'écran bombardé
western   polar   ou comédie légère
tout fait grisou sous la rétine
en cavale dans la nuit paramount
des séances entières dans les images
le déodorant jasmin soulève le cœur
il lui semblait que dans ce quartier populaire
jadis élu par nerval   desnos   hardellet
rien ne pouvait lui arriver
las   dans le faisceau olivâtre de l'ouvreuse
soudain   canon métallique   pointé sur la nuque
qu'importe   demain relâche

– l'humanité se divise en deux
il y a ceux qui ont applaudi naguère le clown grock
et ceux qui ne l'ont pas connu
un exemple de main courante des petites marottes
du vieillard endimanché   revisitant à loisir
les grandes biffures de son existence
en quête d'un rab d'éternité
devant son ballon de pouilly-fumé
    à la terrasse des *vieux fiancés*
il se fait tard sur les dernières glycines
le poste d'acajou grésille près du percolateur
ici chuchotait un peuple gris et mou
le désespoir tenait l'usager en respect
par télégrammes de désenchantement   et d'effroi
    tout guernica gisait au fond de ses yeux
    le menton effondré sur le sternum

Inédits

DENISE DESAUTELS

Sortir du noir*

De cette vie hors désir que l'on appelle
aussi dépression, que peut-on dire ?
Anne Duformantelle

Quelque part le don d'une femme n'a pas été
approfondi mais gangrené par la perte
Anne Michaels

S'habituer à prendre le chemin d'un outre-monde.
Etel Adnan

*. Titre emprunté à Georges Didi-Huberman.
**. Vers d'Emily Dickinson extrait d'*Une âme en incandescence*, livre traduit par Claire Malroux.
***. Titre emprunté à une œuvre de l'artiste Ève Provost Chartrand.

Non ce n'est pas le même
– ce ne sera jamais le même
il y en a tant. De plus en plus acharnés.
De plus en plus urgents.
Et nul moment de grâce.

Le nôtre. Cela écrit comme
s'il nous appartenait à toutes deux. Le nôtre.
Comme si nous l'avions de tous temps partagé.
Épinglé nôtre.
Noir unanimement unique.

Et pourtant pluriel. Noirs cousus.
Retailles à découdre.

*

Je t'ai abandonnée – ma mère. Toi t'en allant
entourée – seule
avec tout ce qui s'achevait en toi avec
tout ce qui y était déjà bien mort.
Raison d'être des frontières et du risque inclus.
Raison d'être.
Un point c'est tout.

Tout. Sauf cette douceur qui t'aura toujours manqué
– qui n'aurait pas été avalante.
Don. Son ordre naturel
sans emprise ni foudre domestique.

*

Aujourd'hui tout ce que j'ai fui te toi
– mourante intarissable inépuisable – me rattrape.

L'oiseau nommé désir et son vent d'ailes. Ailleurs
accueille s'ouvre s'étale immense.
Ton ombre te précédant – tu aurais été belle
flottante. Une brève ébauche en témoigne
tu m'oublies – haute offrande toi
sans chagrin bienveillante.
Quelle émouvante hypothèse.
Tes chevilles
voltiges de plages et d'eau
désinvoltement amoureuses.

*

Tu aurais été belle – un regard tourné vers toi.

Sortie du noir – moi
mes paumes intensément rivées à l'ébauche
celle de ta danse miraculeuse.
Et ses grandes enjambées
t'entraînent loin – ma mère.

Ainsi tu nous aurais inventé une résistance
aux ténèbres. Une joie qui s'expose
un commun secours – et quoi encore
une affection
obstinément guérisseuse.

*

Nous aurions été autres. Après.
Je n'aurais jamais crié – c'est assez.
Jamais envenimé
sauvagement
ma mémoire – de toi.
Jamais cité
*Nous nous habituons à la Ténèbre.***
Jamais laissé mourir toi seule – ma mère.

Ni seule l'enfant inoubliable – toi. Un jour.
Ni seule l'enfant inoubliable – moi. Un autre jour.

*

Oui. Je t'ai abandonnée. Entourée
et cependant coupée de toi-même.
Toi t'en allant anonyme
dans ce quelconque lieu de ta fin.
Maintenant qu'en moi tout s'achève
déjà apparaît et pleure la mourante à venir
et murmure accompagne-moi
illumine-moi.

Chacune son aujourd'hui de maintenant
d'hier et de plus lointainement.
Nos bouches – évidence loquace
se croiseront quelque part
avoueront – chacune sortie du noir
mon corps vieillissant est un cabinet de curiosités. ***

Inédits

SAMUEL DESHAYES
& GUILLAUME MARIE

Aujourd'hui je te le dis c'est la fin du monde
pense que tu en as lu toutes les histoires
or cette fois c'est sous tes yeux c'est dans ta chair
ce que tant ont attendu mesure ta chance
avec toi le monde finit dernier des hommes
las tu n'es pas encore fatigué des hommes
y faire du sens au monde c'est une chance
penses-tu corrompue mais féconde la chair
sans fin tu veux dire de nouvelles histoires
en toi ne s'est pas éteinte la faim du monde

Ah oui pleure car c'est bien l'heure que tu verses
profusion de larmes les dernières c'est des
os à quoi tu vas être réduit le céder
croire ou pas en tas qu'est-ce que cela change est-ce
assez savoir qu'on te cachera sous la terre
là tu sécheras en paix espère alors qu'il
y ait quelqu'un pour toi dans le cas contraire il
pourrira à l'air ton corps chien pour satisfaire
sa soif lapera tes larmes entre des crocs
en lambeaux par le monde dispersé ton corps

Allons bon tu voudrais apporter ton manteau
pour avoir un peu moins froid quand il te faudra
Orphée de pacotille aller dans les enfers
chercher ton pauvre amour mais tu y resteras
aussi tout sec et gris qu'un connard de caillou
laisse ici tout espoir et oublie donc ta vie
yoyo du pire au mieux et du mieux vers le pire

pense que désormais tu n'auras plus jamais
soif chaud peur faim droit vent foi faux l'air tout pied mal
Eurydice est foutue et tu la suis de près

*

Les bêtes s'amassaient alentour de la faille.
Des corbeaux les oiseaux les plus sages, et des vaches.
Les volailles de la ferme, et Nils avec elles.
Et toutes sortes d'insectes.
Toutes les bêtes volantes et rampantes s'approchaient
du gouffre.
Celles grouillant dans les eaux voulaient en sortir.
Elles voulaient recommencer l'évolution des espèces
mais c'en était plutôt la fin.
La faille avait aux bords des falaises comme des lèvres.
Et ces lèvres en bougeant semblaient former des sons.
Les pies volaient autour de la bouche du monde.
Les humains tombaient fous dans cette grande gueule.

*

À cet instant,
à Berck, au Cap, à Ypres,
à York, à Oms, à Lod, à Bam, à Bid,
à Stø, à Cork, à Croix, à Sucre, à Hulst, à Brecht,
à Meer, à Cham, à Gorp, à Zeist, à Beets, à Sneek, à Ry,
à Ans, à Aars, à Go, à Bonn, à Minsk, à Bern, à Aix, à Ulm,
à Graz, à Vire, à Guînes, à Nice, à Mons, à Caen, à Rome,
à Sains, les gens firent le rêve de faire un saut dans l'air,
de voir d'en haut les nues, d'être un frère des piafs,
un vent sur les vaux, un souffle entre les cols,
en un mot d'être en vol.

CYRIL DION

Rien qu'une prière.
Juste une idée fixe qui tourne et s'alimente sans cesse
à l'intérieur de mon crâne, de mes os,
un élan hérité
des lueurs millénaires
des fougères et des rocs
des aventures batraciennes.

Rien qu'une prière.

Plus de distanciel.
Plus de mode dégradé.
Plus de zoom, de teams, de meets
plus d'errances déconfinées
plus de courses empressées sur l'asphalte déserte

Ne plus faire cas
du moindre contact
Ne plus me dissocier
Ne plus ériger
à chacun de mes gestes
de nouvelles barrières

Mais

Revenir au monde
aux millions de mains, de peaux, de lèvres,
aux pulsations familières.

Sentir sur mon cou, le souffle et l'ardeur,
autour de ma poitrine, l'embrassade
le soulagement du corps qui se rend
et s'abandonne à celui qui le tient

Plonger à nouveau
dans le crépitement des ruches
inspirer à pleines goulées
et livrer aux cieux
la puissance des brins
la chaleur des cœurs assemblés
Aimer encore
Aimer
car il ne s'agit que de cela.

Tout ceci
n'est pas qu'une histoire de climat
de croissance ou de forêts dévastées
Pas qu'une histoire de capitalisme,
de libéralisme
ou d'espèces en déroutes.
Non.
Tout ça est aussi
une histoire d'amour.

Une histoire d'amour
qui a salement tourné.

Si je pouvais de mes bras
embrasser la terre et les nues
réunir en un instant furieux
le cœur des éléments déchaînés

Si ma bouche savait soudain
délier toutes les langues
allumer chaque dialecte
dessiner les élans et les souffles
les affres et les jaillissements
comme s'ils étaient miens

Si mon cœur pouvait contenir
en un seul mouvement
la profondeur des océans
et l'éclat des étoiles

Si je savais chanter
comme murmurent les ruisseaux
comme se courbent les blés

Si des paumes de mes mains
s'écoulait la soie

Si de chacun de mes pas
fleurissaient les iris
et les dahlias

Alors je saurais décrire tout l'amour
que j'ai pour toi.

Diadème fait de terre et de lune,
éclat qui transperce la nuit des forêts
les pieds nus,
égaré entre les troncs immenses,
assoiffé de sel et de soufre,
je cherche ta lumière.
Les mains faibles et le pas fébrile
je poursuis l'élan né de tes baisers et de la chaleur des cuivres,
j'espère encore le feu des promesses
et des scintillements.
À chaque pas, j'affermis ce désir fou d'immensité
cet appel incessant de la multitude.
Rien ne saurait plus me détourner de cet amour là
qui me rend à la vie.

Inédits

BARZ DISKIANT

Grâce à votre achat, nous venons de planter dix arbres.

Putain j'me sens mieux, elles sont belles mes godasses,
je consomme éthique, la planète me remercie,
et les oiseaux aussi, big up à vous,
et les insectes, faut pas les oublier, super important les insectes,
c'est fou ce qu'ils font ces petits trucs,
du genre pollinisation, et puis ils remuent la terre je crois,
ça la rend plus fertile ou quelque chose dans ce goût-là,
alors on est sur de la biodiversité il me semble
c'est ce que j'ai cru comprendre.

T'en penses quoi de mes nouvelles baskets ?
Grâce à elles j'ai planté des arbres, t'imagines ?
Je sais pas où, dans une forêt je suppose,
en développement conscient (ça se dit ?),
peut-être même que ça crée des emplois
pour des gens qui en ont besoin
qu'on a exproprié de leurs terres
dans un pays lointain,
du Sud probablement,
du Sud de quoi je n'en sais rien,
tu te souviens à l'école on disait les pays du Sud,
je ne sais pas si on le dit encore,
l'Auvergne c'est déjà le Sud,
alors peut-être dix arbres en Auvergne.

Je me demande à quoi vont servir mes arbres
oui je dis « mes », j'me sens proche d'eux maintenant,

mais j'imagine que c'est mal de s'approprier comme ça la nature,
enfin, loin de moi l'envie de faire main basse sur la forêt,
mais j'aimerais savoir, j'ai payé, à quoi ils vont être utiles
combien de temps ils vont vivre,
quelle espèce (ou quelle essence ?) ce sera,
si avec on fera du bois de chauffage,
des meubles, de la pâte à papier,
des palettes pour transporter des cartons remplis
de baskets,
ou alors attends, imagine : des sabots
ce serait fou ça des sabots,
avec mes baskets,
il y a des gens qui portent encore des sabots ?

Grâce à moi c'est une filière qui se réinvente,
un écosystème qui se met en place,
on relocalise la production,
mon bilan carbone est neutre sur cet achat,
tu te rends compte ? C'est pas donné à tout le monde.
J'me sens si bien. En harmonie j'oserais
si ça ne te paraît pas trop exagéré.
En harmonie.
Si bien.

Mon lacet est défait.

Inédit

ARIANE DREYFUS

La grâce d'être deux

Ces pages sont la toute fin d'un livre en cours : Sasha est morte quatre ans auparavant, Anders a quitté Berlin pour New York. Il tente de continuer à vivre, et un jour, Lisa.

LE ROYAUME

C'est la pleine nuit

Les voitures partent de plus loin, n'arrivent plus ici
Anders et Lisa marchent sur le trottoir rendu à lui-même

Marcher tout près d'elle, son rythme est le sien, pas encore
Celui du désir, de l'océan il suffit qu'il y ait déjà le vent

Et le sourire de se regarder en même temps, miroir bouleversé,
Visages d'enfants délivrés qui vont ouvrir la bouche pour s'embrasser

Il l'a prise aux épaules pour cela, *les plantes, dont les racines touchent aux morts, bourgeonnent doucement et vont revivre*

Et l'étonnent, ces lèvres dont la confiance se mêle à cette fraîcheur
D'eau que les siennes ne retiennent jamais assez

Ne sachant plus s'il donne
S'il prend ce qu'il voudrait donner

Lisa
Ferme les yeux, des mains touche tout ce qu'elle peut du visage
D'Anders commençant à l'aimer jusque dans leurs corps

Un ralenti de fleurs qui ne veulent que s'ouvrir,

Au-delà ? Pas encore

Alors il ne l'embrasse plus, mais la serre très fort, fermant les yeux
Sur ses larmes retenues tout contre elle, *ce qu'on appelle douceur*
Ah ! Que voulez-vous que ce soit ?

Corps tendrement immobiles

LAISSEZ LES ENFANTS Y ALLER

Un ventre nu se pose sur un ventre nu
Aussi lisse que le sable
Aussi lentement que possible

Couchée elle soulève son visage il voit
Elle ose demander
Que la bouche s'ouvre comme elle et que la langue vienne toucher

La langue

ton petit mimosa
si sensible
et si juste
consacré un soir
d'été

Il embrasse aussi ses cheveux, si près de la bouche
Les caresse jusqu'à l'oreille

Souffle un peu sur eux, à peine

La robe se détache facilement du corps

D’un sein puis de l’autre
Posés sur la fine ossature

Il se soulève, regarde pour mieux trouver
Le centre du monde le mamelon

Elle monte en se berçant toujours
S’enfoncer et le visage rougit plus fort

Il se balance de gauche à droite pour qu’elle bascule
En la serrant dans ses bras s’enfoncer à son tour

Après l’avoir aimée il soulève sa nuque pour la respirer
La fine chaîne d’or glisse derrière elle, d’une main
Il la ramène au-devant pour que rien ne l’étrangle

Le sang reflue naturellement, le pénis humide glisse
Dehors, et demeure, serré entre leurs cuisses réunies

deux êtres qui se confièrent l’un à l’autre
une vie qui ne s’en ira pas comme ça

Elle se couche sur son dos à deux
Ils sont une tortue bien au chaud

Se reposer d’avoir donné tant de formes
Sorties d’eux, elles sont écloses et la terre
En a le souvenir invisible

Puis le visage tourné, ils se sourient à eux-mêmes
L’un à l’autre
Anders tend la main

LA PLAGE GRANDE OUVERTE SUR LA MER

Et d'abord tout le sable à traverser

Parfois Lisa lâche sa main pour la reprendre
Ou si un petit garçon
Lance sans y penser son ballon
Entre eux

Lisa le relance maladroitement, si engourdie
Dans les jambes de la douceur du long baiser

prendre ta bouche

Elle se déchausse car on approche de la mer

Anders la laisse y aller, voir tout son corps
Lui entrer dans la chair à la regarder

Elle avance son pied, marche dans l'eau si émouvante
Sait-elle qu'elle bouge en lui,

Sasha aussi frémit

Puis se tourne de l'autre côté elle s'y repose

Lisa continue d'avancer pour sentir la mer entre ses doigts
Si proche à l'horizon, Anders ne la quitte pas des yeux,
Où est donc ma peine ?
Je n'ai plus de peine.
Ce n'est qu'un murmure
Au bord du soleil.

Inédits

Les citations (en italiques) sont, dans l'ordre, de Pierre Loti, Jules Supervielle, Bernard Chambaz, Inger Christensen, Mathieu Bénézet et Paul Fort. Et merci à Mikhaël Hers dont le film *Ce sentiment de l'été* m'a donné ce livre.

ALAIN DUAULT

Une nuit à Venise

J'ai vécu la grande nuit de Pascal cette nuit de feu où tout
Resplendit : connaissez-vous la braise dans les veines ici
Quand le ciel des nerfs est une rivière ces chimères filles
Du prince d'Aquitaine à la tour abolie Quand tout semble

Une nuit de cendres car j'étais venu à Venise pour oublier
Un amour auquel j'avais cru un paquet de peut-être un lit
Comme un bateau j'étais arrivé à Venise l'après-midi tout
Endolori mais je n'avais pas de maison de palais rien pas

De chambre un sac seulement avec quelques vêtements et
Des livres tant de livres J'étais arrivé à Venise comme un
Ballot qui glisse au fil de l'eau qui glisse et se heurte à un
Amour qui est reparti et ça zigzague sous la peau saccagée

J'ai posé mon sac chez une qui a bien voulu et j'ai marché
Toute la nuit j'ai marché dans Venise qui s'éteignait peu à
Peu je me souviens du silence et des bruits qui ricochaient
Comme si la ville dormait mais rien jamais ne dort Venise

Est somnambule la nuit était un grand manteau dans lequel
Je somnolais en marchant d'une ruelle noire à l'autre pont
Sans rien savoir sur quoi je marchais sur qui sur cet amour
Qui m'avait conduit au bras de cette nuit loin si loin : c'est

Là que j'ai entendu les mots du feu les doigts des mots sur
Ma peau ma gorge on ne sait comme est belle cette Venise
Secrète des places vides des canaux de soie noire une jupe
Qui passe en froissant l'eau les pierres et le silence caresse

L'ombre cache les drames un chuchotis de chairs éployées
Comme une prière J'ai marché dans les rues noires jusqu'à
Cette invention de l'aurore ses couleurs là sur San Giorgio
Maggiore : chacun a dans sa vie un moment où il est saisi

J'ai pris mon petit déjeuner sur la Piazzetta quand Venise
Soulevait ses paupières effaçait cet amour dont je croyais
Qu'il m'avait brisé mais voilà je suis reparti léger, du rire
Plein les poches et rassasié de nuit j'ai dormi dans le train

Quatre moments de grâce

Un couloir de craie, l'or pâle de la lumière, du sable
Sans marchand, pantalon et corsage grèges je la vois
Penchée sur le miroir elle repeint ses yeux ses lèvres
Un instant, regards croisés dans le miroir, je prends
Sa main dans le miroir, l'emmène vers les chambres
Vers un rêve de peaux mêlées dont elle ne saura rien
J'ai fermé l'œil de la nuit

Une robe or, noir et or, crêpe noir zébré de soie transparente
Épaules structurées zigzag d'or un sein visible sous le tissu
Une grande lame de soie qui déchire le crêpe laisse paraître
D'épaule à cuisse laisse paraître le ventre l'aine et le slip or
Quand elle murmure je suis d'accord comme on dit je meurs
Comme le ciel d'or est un grand vide habité d'étoiles mortes
J'y réunis les hirondelles

Doute toujours Doute de tout du vent de la pluie Doute
De l'ombre des oiseaux qui étirent le ciel Doute du ciel
Et de la mer Doute des manteaux du tonnerre Doute de
Toi au milieu du silence et des cris Doute du feu et de
La mort Doute des ailes de l'orage qui tourbillonne et
Te fait peur Doute de la nuit Doute de la lumière mais
Ne doute jamais de mon amour

Danse avec moi jusqu'au bout jusqu'à la fin de l'amour
Je suis si pierre quand je tends ma main qui tremble vers
Toi J'emporte avec moi toujours une reproduction de toi
Tes paupières ou tes seins J'écarte tous les rideaux toutes
Ces montagnes qui nous ont séparés quand je ne te voyais
Plus Je veux toucher encore ta nuit palpitante danser avec
Toi jusqu'à la fin de l'amour

Inédits

JOANNA DUNIS

Fleuve hérissé en offrande –

Il était encore tôt dans ce train infini,
Le jour pas même levé,
Allongée en *platskart* – la couchette à l'étage

Le rideau écarté,
Et la Volga en silence dans l'écho des rails,
Baignée de perle – ou était-ce de la nacre ?

Je me suis rendormie dans l'odeur de chaussettes,
Et le lendemain à Kazan,
La certitude de l'avoir vue – seule et figée

Puisqu'elle m'avait réveillée,
Juste pour moi offerte, vierge sous la lune,
La Volga – gelée dans la nuit

Jérusalem –

Sur une esplanade qui semblait paradis, enfin un peu de calme, des oliviers tranquilles. Loin loin la pierre dure, la frénésie fanatique. C'était avant qu'un bout de cheville ne représente ma nudité toute entière, et que la main d'un homme posée en réconfort sur mon dos couvert soit comme une salissure jetée au divin.

Alors fuir fuir Jérusalem et n'y jamais revenir
Hurler au dedans de mon corps devenu partout hérésie,
et le porter vite vite jusqu'à la mer fluide

Prière pour des lumignons –

Un jour, tu m'as écrit d'un bateau, la nuit. Il y avait du vent, des vagues en folie. Tu regardais par le hublot les remous pas tout à fait noirs, parfois les petits traits d'écume. Tu as écrit : des lumignons de tempête. Je m'en souviens parce que je ne connaissais pas ce mot, lumignons. J'ai pensé à de petites créatures qui brillent, comme une écume de vers luisants pour éclairer la tempête.

Tu m'as écrit : J'aurais aimé que tu y sois en cette nuit agitée, au fond de la cabine. Je pense à toute cette vie en dessous, qui s'agite et s'agite dans le grand tourbillon. Je me demande si les poissons aussi sentent la tempête. Comme moi depuis le hublot, d'un coin de refuge.

Sur les hauteurs, les reflets en altitude des grands immeubles m'aspirent vers le bas – et la nuit agitée de tes abysses. C'est peut-être moins la hauteur qui donne le vertige que le nombre de vies, d'histoires singulières qu'on imagine derrière chaque lumière, chaque habitation. Comme toi – tes poissons par milliers, dans leurs refuges.

Inédits

ÉTIENNE FAURE

De la musique

L'hiver fut joué Gracieux et très lié au piano, extrait
d'une partition gouvernant les doigts
désengourdis, exécuteurs fragiles
s'accrochant, se trompant sans cesse,
avertis tard d'une marche funèbre à l'approche
du tempo lent dans le couloir, le bruit des pas qui
décroît puis disparaît par l'escalier : la porte ouvrait
sur un jardin où des rosiers l'été grimpaient le long
d'un mur de brique et de calcaire mitoyen d'autres vies,
le vent coupait à travers les enclos, c'était décembre,
on entendait Réda Caire demander pour la énième
fois dans son refrain qu'on lui donnât enfin la raison
« pour laquelle tu t'en allaaas » puis les pas
résonant des pavés jusqu'au crâne
avec les abois d'un chien s'échappèrent
via le porche où l'air mordant s'engouffrait
devant la porte,
les emporta.
La neige commençait à tomber.

travelling par les jardins

Le phrasé lent d'un piano qui répète
en plein été tâtonne et désespère
des heures encore à passer sur ce tabouret,
réveille l'enfance, les mains inertes
sur le clavier avant de trouver le dièse,
l'accord de toute façon imparfait,
allegretto entend-on par la fenêtre ouverte
ma non troppo, il fait beau comme jamais
a écrit le poète, le cri des mouettes
affleure au contact du ciel,
une paire de lunettes embue déjà ses yeux,
fait voir le monde à travers le verre
si beau, si moche, fa dièse, si bémol et l'air
inspiré, expiré, par la grâce de la musique
soulève son torse,
mourir, mourir, soupir.

brève réminiscence, cœur gonflé

Inédit

EMMANUELLE FAVIER

Mouillage

La chair nue de mes pieds
    dans le remuement transparent de l'onde
Blanc de mort qu'exaspèrent des reflets verdâtres
Le bas de mes pantalons a noirci
J'ai ôté mes chaussures, gardé l'imperméable
Et je fixe un cliché
Un horizon de bateaux et de nostalgie

Pendant ce temps
En contrehaut
Les chères âmes s'occupent de l'essentiel
Je me suis échappée un instant
Je thésaurise le temps dérobé
Quand je voudrais m'en goinfrer
Absorber sans mâcher la fraîcheur crispante
Le gluant des algues terroristes au vert criard
Qui collent à mes chevilles

Le ressac fait écho au ciel rosse
Pendant ce temps
De jeunes garçons jouent à se faire peur
Sautent dans le fond critique
La vie se joue à un tirant d'eau

Finalement
La vie est là tout entière
Dans ce petit mouillage de carte postale
Avec son phare rouillé

Sauvé par des pétitions locales
Avec sa jetée aussi grise que le ciel gris
Avec sa digue fendillée
Et ses vedettes de plaisance, barcasses sans charme
Que sait toujours rattraper l'océan
Son immensité saisie dans une anse minuscule
Brutalement confisquée

Tout aussi brutalement
Et non sans ridicule
Je me dis que
C'est ici que je veux vivre
Je m'enivre de cette certitude brutale
J'en ai le souffle coupé
Et pourtant je le sais bien
Ce n'est jamais ainsi que les choses arrivent
Jamais

Je remonte vers le port
Jeter un œil à l'essentiel
L'essentiel sait toujours quand il faut arriver

Il suffit d'écouter le vent

Quelque part entre massif et rivière
Sur des flancs d'automne épuisé
Une histoire m'est contée
Celle d'un vieux Malien qui dit
Dans ma langue il n'y a pas de mot
Pour dire que l'on meurt
Il dit
On ne fait que changer de domicile
Tel l'exilé, que l'on ne voit plus mais dont,
De temps en temps,
On reçoit des nouvelles
Il suffit pour les entendre
Il suffit d'écouter le vent
J'écoute le vent et s'y glissent des nouvelles
D'au-delà
Celles d'une grand-mère
Par le vent qui joue dans les coquillages
Celles d'un chat par le souffle des bêtes qui transhument
Celles d'un ami
Par l'écho qui s'achève d'un battement de cœur
Je me concentre et les entends
Il me suffit en effet
Il suffit d'écouter le vent

Un an après

Il y a un an, où étais-tu ?
Presque là, déjà
Et si loin
Cela a-t-il eu lieu ?
Il y a un an
Les ombres s'allongeaient autour de la ville,
    proches à la toucher
Invisibles encore à qui manquait d'un chien pour le guider
Un an plus tôt, y croyais-tu ?
Les drames étaient encore des histoires tendres,
    de petites liesses, des lumières à venir
Y crois-tu encore
Un an après ?
Il faisait bien plus froid pourtant
Il y a un an
Les dernières neiges peut-être
D'un monde qui chauffe à feu doux
C'est tout soudain qu'il est devenu impossible de voir plus
    loin que le bout du jour
Dehors ce n'étaient plus que les tremblements, les regards,
    les croyances exaltées dont nous ne sommes pas fiers
Il y a un an
Les détresses gagnaient
Il y a un an
Un instant, tu as cru
Que plus jamais tu ne verrais au-delà du jour
En voyant ce à quoi il fallait résister

Inédits

GABRIELLE FILTEAU-CHIBA

Cauchemar

minuit je suis des narines
les vapes de formol
dans le dédale
je me fais ventre de velours
feutrine sur lames de bois

j'abouche à l'armoire vitrée
là où végètent les avortés
crapauds et rats
salamandres de feu
foies nécrosés

j'effleure du bout des doigts
la poussière des bocaux
révélant vies captives
immobiles
enflées

me réveille en sursaut
trempée jusqu'aux os
surgit une phrase
qui me hantera
toute l'aube

l'irrévérence est une hérésie en soi

kintsugi

j'aime le marin des faïences
sur les porcelaines crème et blanches
et les vaisselles les plus polies
celles dont les fêlures se parent
des couleurs de mes baies confites

elles m'apprennent à faire la paix
à sucrer mes amertumes
à mettre en lumière
ces blessures franches
là où j'ai cédé

à voir le sourire dans mes rides
à composer avec les saisons
à admirer les failles
les manquements
avec indulgence

belle brisée
recolle tes morceaux
laque tes plaies
orne-les des plus douces
poussières d'or

louve solitaire

j'acère mes idées
chiffonne des journaux

les froids d'hiver sans pardon
m'ont endurci les savoir-faire
je ne fige plus je fais face

les coyotes du soir
chantent de plus belle
pour la première fois ils me séduisent

j'ai envie d'être entourée d'eux

j'en viendrai
là c'est clair
à aimer la pénombre
à préférer au jour
mes nuits de veille

raconter le ruisseau gelé
la soif du lac abreuvoir
ce quelque part où enfin
étancher toutes les bêtes en moi

océane

désolée mon fœtus
si sur les battures ils shootent
des pesticides biologiques
pour tuer les moustiques
friands de touristes

désolée mon enfant
si sur la plage dès l'aurore
ils tondent au quart de tour
les algues coquillages nids et trésors
pour les passants du dimanche

lasse
la mer
pourlèche le désert

je la regarde qui se retire
retiens mes larmes salées

Inédits

BRIGITTE FONTAINE

Petite poupée brune, en chiffon, à grosse tête pour le fun avec accroche-cœurs noirs mignons, énormes yeux, minuscule robe rouge et escarpins rouges, un délice ; et celle-là, toute petite lampe qui fait penser à un rideau de théâtre de nuit ; oh oui c'est joli mais pas assez pour consoler ; consoler les cœurs solitaires et désolés-désossés, patraques à mourir.

Des traînées, des monceaux de médicaments ; de grands bouquets d'habits en vrac.

Taches de café sur le drap du lit. Tasses, pailles, sacs, briquets, paquets de Craven menaçants, cendriers de fortune.

Pas de comtesse, pas de chat.

PAS DE CHAT.

Junk food, junk rooms, junk face.

Le squelette tordu qui compose ma personne fait pitié par son élégance suppliciée. Le peu de chair qui reste est toute froissée. De quoi se moquer, quoi.

Nervous breakdown, down. Longue, longue. Beaucoup de major anxiety attacks. Pas de gnôle, pas de picrate. Juste une quantité de morphine. Et encore, sur ordonnance. Fracture de vertèbre. Deux tendons sur le cou. Déprimants.

FICHE SIGNALÉTIQUE

Aime les pancakes au sirop d'érable et le chocolat noir et mou.

Craint l'ennui suppliciant et justifié.

Cheveux châtains, jusqu'aux seins qui n'existent presque pas : petits chiffons.

Passe sa vie (si on peut l'appeler ainsi) sur une grande baignoire sèche et souple ; entourée de petits canards, de cigarettes, de cendriers, de verres divers, de taches de café, de livres rabâchés, de loques en soie, de sacs toutes tailles, de pailles toutes couleurs, de médicaments à divers usages comme les Américains afro beat.

Gilet en angora rose, loin, loin sur la route de l'enfance. Petite fille droguée nourrie de marmelade. À Saint-Malo, foie gras et gâteaux ronds marrons. Et drogue, encore. Solitude gardée comme sont les moutons. Un amoureux de longue ligne accidentée, un amoureux très rare, et des amis lointains.

Avant-scène, chagrin.

Être enfermée dans un corps ; sentir l'enveloppe, sentir la paroi, horreur, horreur ! J'ai peur !

CHARLOTTE FRANCŒUR

Lorsqu'il se fait tard et que le ciel
se jette en bas du balcon
le vide ne m'appartient plus.

Aux jours de grâce,
j'arrive parfois à le plier
en un miniature
et complexe origami,
à l'enfouir dans l'une de mes poches
ou dans l'autre.
Aux jours d'immobilité,
cette communion me rassure.

Il fait presque nuit et j'ai les mains
pleines de pouces.
Aucune lueur ne pénètre
mon appartement pourtant citadin.
Le sang reviendra
probablement sous peu.

Vêtue de mes jambes de coton,
je collectionne les secondes
qui passent à mon insu.
Je les réchauffe dans mes paumes
je les imprime sur mon épiderme :
de nouvelles parcelles de moi.

Je n'ai ni lavé ni secoué la nappe
festive de la salle à manger
depuis des lustres.
Des miettes de présence amicale,
de petites taches de vin
y forment la mosaïque
d'un visage rassurant.

Ici a parfois lieu la vie.
La vie a eu lieu ici,
il n'y a pas si longtemps.
Les traces de sueur
et d'amour sur mon canapé
me le confirment.
Je m'installe sur la preuve
comme dans une plaie familière.
J'ai rarement la force de rager.

À chaque catastrophe, une part
de moi s'envole en fumée.
Je deviens cet accident
sur le point d'accoucher
d'un autre accident.

Boîte noire qui encabane
les sorties en éclats, les collisions,
les crissements anonymes.
Convoi de débris sur les parebrises,
paysages barricadés aux limites
de mon imaginaire.

Pneus qui crissent en mes membres
bien avant de n'émettre
un seul son.

Je ne sais pas à partir de quelle
colère je prends vie ou m'éteins.
Quelle forme, quelle place occupe-t-elle ?

On prépare discrètement mon autel,
ma croix blanche le long d'un chemin
à la chaussée mouillée,
parsemée de fleurs fanées,
de petits suisses
et de belettes bien aplaties.

La plaie du divan se referme
sur moi, m'avale entière.
Je crie à la rescousse.
Qui m'entend ?

Les yeux clos, j'enroule le bas
de mon corps dans ma veste
surdimensionnée.
La lampe du salon restera ouverte
pour la nuit.

Inédits

LAURE GAUTHIER

« le corps glorieux »[1]

Raymondin resta devant le dormant de la fenêtre ouverte qui demeura le dernier lieu commun.

Il resta devant le dormant à contempler un corps s'échapper sans savoir s'il venait de voir la femme aimée s'envoler ou si c'est son propre corps qui chutait, sans pouvoir l'affirmer. Peut-être fallait-il cette peine pour apercevoir la beauté ultime, la beauté dérobée d'un corps sans gravité, un corps léger dont la tête précédait les pieds, la beauté du pied qui suit sans s'appuyer ni devoir porter, un pied transfiguré qu'il ne savait plus embrasser. Peut-être faut-il perdre l'aimée pour la voir voler quelques secondes dans ses pensées, voir soudain le tapis d'herbe fraîche et noire un soir de printemps, le voir, un instant, agile et sans nécessité autre que la clarté : il lui sembla ainsi voir mélusine s'envoler avec une grâce nouvelle qui se mouvait « de manière quasi instantanée et sans efforts ». Nimbée de lumière et sans aucun mot articulé, mélusine souriait en fendant l'air, lui semblait-il, avant de se transformer, avant de rejoindre l'herbe fraîche, avant de se muer en une flaque verte et rouge, avant de lui apparaître avec la clarté du cristal brisé. Ou était-ce lui qui avait voulu traverser la fenêtre pour éclater sa peine, la faire taire à jamais ? Peut-être dans ce corps sans centralité, ce corps

1. Le « corps glorieux », cet état où seraient les corps des bienheureux après la résurrection, et qui désigne ici l'état de « conservation » du corps de Mélusine depuis qu'elle s'est échappée de sa propre légende, est un clin d'œil appuyé à l'essai éponyme de Giorgio Agamben, publié dans *Nudités* chez Payot.

émietté, au sol, y avait-il la splendeur révélée de l'amour passé ? Il alla le rejoindre dans l'herbe et s'y disperser. Ce furent ses dernières pensées. Peut-être la bouche souriante dans l'air glacé du soir puis dans l'herbe drue, disait-elle tout ce qui était nécessaire et que toujours, désormais, il l'entendrait. Mélusine, son amour allé, continuerait sans lui. Lui y resterait, une motte de terre en bouche. Elle s'était envolée dans les airs, lui s'était enterré dans la terre.

Raymondin resta devant le dormant de la fenêtre ouverte qui demeura le dernier lieu commun.

Pourquoi une clarté nouvelle transparaît-elle des échappés ? Pourquoi en partant à jamais retient-on l'autre dans sa plus grande beauté ? Raymondin était enfermé dans le souvenir vif et cherchait des traces de l'aimée en allée, il cherchait des restes, des preuves pour reconstituer un départ, pour nourrir la raison qui ne l'aidait pas. S'était-elle fondue en un geste, un ultime geste de la main lui montrant sa tristesse contre le dormant, un ultime sourire l'avait-il absorbée ? De mélusine aucune trace désormais. Il avait aidé la police à tout reconstituer, tout ce que l'on ne savait, il avait fait cent dépositions, avait figuré en tête de cortège, avait initié des battues, on avait fouillé tous les lacs, tous les étangs et même les mares, on était allé jusqu'à l'océan, jusqu'à l'embouchure du fleuve, toujours rien des lèvres de mélusine, toujours aucune preuve de sa disparition. Plus rien d'elle n'était, si ce n'est son corps glorieux et son sourire lumineux, son corps béat dans les souvenirs. Raymondin relut toutes les lettres, il déroula tous les films de tous leurs souvenirs, il devint le musée de leur couple et passait ses journées à archiver méthodiquement leur passé, à le répertorier et le classer en des catégories inventées au cas où quelque chose lui aurait échappé. Mais rien de mélusine. Pourtant, un jour, quelques années après que mélusine se fut évaporée, des caméras de surveillance indiquèrent qu'une femme lui ressemblant à s'y méprendre avait été vue dans un supermarché et des témoins signalèrent sa présence aux abords des maisons de ses enfants, à la nuit venue. Il semblait qu'elle leur rendait visite régulièrement, les témoignages concordaient. Mélusine n'aurait-elle pas complètement disparu ? La nuit pourtant, dans ses mains, dans ses doigts, raymondin sentait sa peau vibrer, il embrassait l'oreiller, serrait ses draps contre ses jambes, la cherchait. Où est le corps glorieux de ma femme aimée ? Que serré-je dans mes bras la nuit venue si ce n'est toi ? Je serre ton corps arrêté, ton corps sans organe, sans centre de gravité, je serre ton visage lumineux, tes muscles agiles, tes cheveux parfaits, ton expression impassible, je te serre comme si tu étais à la source du souvenir, sans horaire ni nécessité, je te serre sans goût ni odeur, comme une image magnifiée, dans la perfection obligée où tu m'as jetée en t'arrachant à moi, en partant au loin vivre avec charles, où tu es partie faire dérailler l'histoire, je resterai hébété avec mes archives à recomposer comme un pèlerin désarticulé en adoration devant une image glorieuse dont le sang s'est échappé.

Raymondin resta devant le dormant de la fenêtre ouverte qui demeura le dernier lieu commun.

L'échappée de mélusine était-elle une fin ? Ce mot était-il la seule consolation pour qui ne sait accepter les transfigurations ? Sait-on faire face à l'auréole de lumière qui émane d'un corps allé ? Et si le corps devenu musique ou le corps parlant sur le plateau nu d'une scène sobre, si le corps absent et filmé à même la terre battue était un corps ouvert « à un nouvel usage commun possible » ? Pourquoi raymondin se rongeait-il alternativement de jalousie et de culpabilité tandis que mélusine, devenue minérale, irriguait les vers à venir ? Pourquoi ne pas savoir étancher sa peine si mélusine étanchait celle des autres ? Et si mélusine continuée était la clé qui lui manquait ? Mélusine était partie s'insinuer dans la terre grasse, elle était partie dans le terreau commun, rejoindre le grand récit et le transformer ; elle était devenue fille de joies, un mythème pour tous. Elle allait désormais là où la confiance existait, en des phrases continuées, là où on y croyait encore, là où la brèche se battait à même l'espoir. Peut-être lui fallait-il échapper au foyer pour ne pas s'y consumer, pour sauvegarder les images communes, ne pas les dévoyer, pour ne pas exhiber son agilité à transformer, mais œuvrer à garder les silences possibles pour clairvoir ce qu'il restait à prédire, ce qu'il restait à faire, ensemble. Mélusine aimait ses prochain*e*s.

Peut-être fallait-il aller au centre de ce qui danse encore, y donner, agile, ses dernières forces, se mouvoir en des mots subtils pour affronter l'adversité. Peut-être fallait-il s'ouvrir jusqu'au point de fragilité et offrir à ceux et celles qui viendraient des joies incarnées. Peut-être avait-il fallu ce corps impassible, échappé à la gravité pour redistribuer les plaies et les bosses et encourager ses prochains à trouver la force de biffer le récit. Mélusine était allée éprouver le chemin possible, l'ouvrir

Inédits

ALBANE GELLÉ

Globe terrestre est divisé en des quartiers d'orange bleue
les cartographes ont tracé lignes, du nord au sud
et d'est en ouest, nommé tropiques et méridiens,
mis des virgules à leurs calculs, de longitude
en latitude, vous êtes là, je suis ici,
terre tourne et ronde dans le système d'un seul soleil
et toi où es-tu

La terre promise est-elle sainte, quelle terre n'est pas
une promesse, on fait ici ou là quelques pèlerinages
et peu importe finalement quel nom prendra la religion
on rend hommage, on honore, poignée de terre
dans la main, baisers au sol agenouillés
vers la terre, inclinés.

Terreau de feuilles, terre de bruyère, dans les narines
les senteurs des mille réseaux de champignons
qui s'entrecroisent et s'étendent,
sous les racines de nos chers arbres
et maintenant, miracle, voilà qu'arrive dans l'humus
la mycorhize.

Tomettes terres cuites et poteries, tuiles faïence
et céramique, maisons entières et des collines
en face des trous creusés en lacs
tout ce qu'on fait
ce qu'on fabrique
avec la terre.

Inédits

GUY GOFFETTE

Et la grâce dans tout ça ?

Le temps viendra-t-il pour nous aussi
où l'amour s'abîme comme tout
ce qui sur terre prétend à plus d'espace,
plus de lumière et plus de vie ?

– et nous devrions mourir encore
nous contenter du temps qui reste
comme un pauvre se réjouit du soleil,
ne rien demander de plus, n'exiger

que l'instant, et que la fin soit brève
et nette ? – Tu me regardes parler ainsi
en marchant et tu secoues la tête
parce que ta gorge est un nœud

et que les larmes ne coulent plus.

Laisse venir, laisse

Et puis laisse mars aux oiseaux, à la jeune
herbe acide, aux bourgeons. Ne tente pas
un autre geste pour assouvir ta faim
de sortir de l'hiver et du sombre

que celui d'être là, les mains défaites, sans
désir, dans l'abandon à ce qui vient.
Laisse enfin courir sa chance à ta vie
de partir seule, hors de tes bras

comme un enfant échappé à sa mère
et que l'air porte, insoucieux des appels,
et qui, un instant, rien qu'un instant,
devient plume, flamme vive, poème

parmi les arbres qui ne dorment jamais.

Inédits

DOMINIQUE GRANDMONT

Nuit d'octobre

Souviens-toi de la liberté
quand une étincelle de poussière
tombe dans la pénombre

où ne rêvent plus ceux qui dorment
sinon dehors sur la terrasse
quand la semence des étoiles

laisse une rumeur ininscriptible
ou le murmure d'une écriture
lorsque les murs ne sont personne

sinon touchés par ce qu'ils touchent
la nuit sous le marbre des quais
pour mieux brûler portes berceaux

ceux qui plongeaient dans les fumées
dans leur âge de bronze otages
d'un sang trop longtemps gardé

pour aller plus loin qu'ils ne marchent
ou que l'écume au moins s'arrache
à l'impatience de ses vagues

pour justifier leur démesure
jusqu'au cœur de l'oubli mais sûrs
d'arriver trop tard pour s'y perdre

pour Olivier Gallon
(octobre 2022)

Un orage

Cet orage ne peut que s'offrir au souffle
dont la parole est la rupture
et l'obscur écho son ressac

n'est qu'une brise au creux d'un roc
où ne tourneraient plus les aigles
malgré quelques brebis perdues

qui s'éloignent en répétant
ces mots qu'on dit sans les entendre
même en sachant qu'aucun désert

n'ose arrêter leur fuite aveugle
ni empêcher que la justice
ne soit cette route où nul ne marche

.../...

.../...

s'il ne sort pas de l'infini
pour choisir un autre destin
ou lui trouver un sens plus pur

que le bruit des lettres sur le papier
en ne retenant de l'imprononçable
que ce que les mots disent à sa place

pour donner leur voix au silence
avant d'en connaître la langue
dont brûle encore l'horizon rouge

où s'accomplit la nuit des temps
dans ce tumulte des rochers
que révèlent ses derniers éclairs

puisque le chemin qu'ils inventent
laisse une preuve irréfragable
de leur impossible irréalité

pour Albane Prouvost
(novembre 2022)

Poème dématérialisé

Toi qui es resté là n'aie pas peur
de n'avoir su qu'imaginer
ce que tu croyais atteindre

quand un avion racle le ciel
en longeant cet abîme de lumière
dont la profondeur est le cri

puisque l'encre brillait dans l'ombre
sans la volonté d'advenir
ni de concéder un sourire

dans le vacarme des cafés
où tout le monde était quelqu'un
que couronnait l'orgueil de vivre

même en exagérant l'éveil
des fleurs des flambeaux des couleurs
dont la force éclipsait l'image

tu n'étais seul que parmi tous
pour que l'exil ouvre la route
à ce qu'ils n'avaient pas fait

en ne barrant que l'illisible
pour retrouver les mots qui manquent
avant de les avoir écrits

à Jean-Baptiste Pédelucq,
(mai 2023)

Inédits

PATRICIA HOUÉFA GRANGE

Je mets le mot en bouche
telle une pierre au creux de ma paume
ma langue en explore
les aspérités
en éprouve les saillies
Je rends le mot au parler
papilles tapissées de ses lichens et mousses

J'ai posé les mots sur ma langue
en ai laissé fondre *lento* les sons
en ai savouré *dolce* les nuances
en ai avalé l'encre
en ai absorbé l'essence
alors le poème en moi a joui

Glaner la parole au long du chemin
La laisser vieillir au creux chaud des poches du silence
La laisser prendre patine tels les arbres à l'automne
Et laisser tomber la cueille affinée
non pas moribonde
non pas morte-sèche
mais graine
dans l'humus du poème sempervirens
qui sans cesse se ressème

Il fait blanc de soleil
Ma joie bronze
au sourire des girasols

*

À fleur d'équinoxe
le tournesol épanche sa corolle
en pleurs

*

En cueillant des hélianthes
j'ai trébuché
dans septembre

Je me caresse avec ton regard
La houle qui descend et remonte mon cœur
sans cesse ramène mes vagues au bord de tes lèvres

*

Les paupières de ta bouche
closent
les lèvres de mes yeux
Ton baiser est un
regard pénétrant
qui me sonde

*

Glissements de peaux
sèment en chair
murmurations de frissons

Pas-Sage

Elle se coule gauche devant le miroir
comme dérobant une clé cachée au fond d'un tiroir
Elle laisse glisser malhabile le peignoir
comme déverrouillant d'une porte secrète le fermoir
    Son reflet la toise de la tête aux pieds
    Elle affronte le regard familièrement étranger
    de la gardienne du cabinet de curiosités
On ne m'a jamais vraiment parlé de toi
Je ne t'ai jamais vraiment laissé la parole
Et pourtant tu es mon tout premier toit
Laisse à présent nos yeux et mains déployer leur vol
    Vue et toucher explorent à tâtons
    les montagnes, les vallées, les creux, les sillons
    chair-paysage en constante mutation
Dissection visuelle et tactile
sur les chemins de cette terre inconnue
Elle en elle se faufile fébrile
petit à petit se lib-erre en cette mise à nue
    L'œil et le doigt cueillent ici et là
    oubliant le diktat du fais pas ci fais pas ça
    Souffle suspendu au seuil du par-delà
Lentement elle remonte au face-à-face
    Jamais nous n'avons vraiment conversé ô mon corps
Doucement le reflet brise la glace
    Je t'ai effleuré, survolé, j'en veux encore…
                    Laisse-moi entrer

Inédits

ROXANA HASHEMI

Le réconfort absolu

Il y aura un moment où
tu toucheras
un mur vieux

ferme les yeux
colle la peau de tes doigts
dans les plis

tu feras attention à ne pas
glisser

vous serez maintenant reliés

une voix aura été à ton ventre
un citron à la paroi de la bouche

tes organes auront changé de place
ils rayonneront dans le mauvais sens
tu te diras il faudrait lécher une prise
avec cette bouche

tu iras voir le mur

tu diras
un poil sait
ne pas pousser
sous un pied

une bouche sait
produire de la salive

mes organes ont
changé de place

il y aura un moment où
tu ouvriras les yeux
ça ne changera rien

rien n'aura changé

juste un petit point
de côté

le mur accueillera alors
une cellule
après l'autre
de ta main

le réconfort sera
absolu

Problèmes et périls
disparaîtront
tu inventeras
le zéro

un pore
après l'autre
ouvriront leurs bouches
ce sera
une invitation

le bateau
que tu es
sur toi
glissera

une petite vague
changera d'avis
ce sera un geste
mineur

un poisson
s'étouffera
avec sa salive

l'eau
n'aura qu'une chose
à faire
pour protéger les siens

tu descendras

Avec
dans ta poche
quelques allumettes
mouillées
tu fréquenteras
un rond-point

les tours te seront familiers

de temps en temps
tu fermeras tes yeux
un peu de vertige

l'aventure sera toujours
nouvelle

Inédits

PALOMA HERMINE HIDALGO

Figuette

À l'aube, sous les glycines, te mettant à mon pas enfantin, gros poutous le long du bras ; à mon poignet, un friselis de bave – l'étreinte du limaçon. Sous le canif du soleil, un orvet détale que tu n'entends pas, car ces bêtes, dis-tu, « ne gazouillent que dans les rêves ». L'aurore est là. Glaise, fange creusée de vers – et mon œil gratte le sol. Sous nos godasses, les escargots. Au loin, le pas sec des chèvres. Les plantes s'éveillent – crue de soleil sur l'ortie. Par-delà les ormes, un balcon large, un parapet de chêne ; muret qui domine, au pinacle d'une tourelle, la volière et ses pampres.

Tu m'offres un bol de grès – motifs ruraux, bleutés – son lait clapote à ma gorge, écume claire, bien autour de la lèvre. « Et *glou* et *glou*, gamine, lape le bon pis des bêtes. » Tu mâchonnes, Baba, une figue de tes dents d'or. Et je mords à ce fruit, moi aussi, en souvenir de notre arbre, ombragé de chênes : ma toute première balade loin de La Matinière, il y a de cela trois ans.

Ce figuier, je lui ai parlé comme à un père. « Chéri, Papa chéri… » Les fruits tremblaient. J'ai dénoué ma jupe, en ai couvert l'écorce, ai baisé la sève – « Papa chéri… » À chaque tronc, j'avais tracé des cœurs noirs, entrelacs de mûres, de myrtilles écrasées, les plus anciens, à peine lisibles, cernant ces mots : « Je t'aime jusqu'aux branches. » Et tu me grondes d'avoir goûté, sans toi, à la beauté des choses.

Parce que tu sais la vie, Baba, celle qui débute au cri du paon, celle qui croque aux ramures la moiteur des figues. « T'aimes le lait, Figuette, le lait aux fruits ? » Je m'en gardais comme d'un blasphème. Mais cette jatte en faïence, brûlante de lait, et que teintent les figues, paraît, à tes lèvres, douée d'une magie charnelle. La « boustifaille », cette féerie de la vie rustique, tu la médites pour me plaire.

Oui, j'aime : ce Noël de toute aube, ce fruit, cette fleur inversée, matin tombée du ciel, tes doigts qui ne sont que plaisir, le gras du pouce déchirant la robe fraîche, plus tard brassant la figue blessée, ses graines, infusant à mon écuelle un savoir sans mot, moi lorgnant tout ce rose qui est dedans quand on les ouvre, comme la chair vaincue des truites, leurs âmes dépiautées les soirs de grand froid, moi qui reste accroupie, à te fixer, Baba, lèvres neigeuses, barbiche idem, et parfois la grande trace, le jet de lait rosé, tout pulpe et crème, quand, buvant pour de bon, tu demandes, parmi les pelures absinthe à tes pieds, si je sais ce que c'est, le « lait de bon gars » ; moi, alors, pariant, accroupie sous les plantes, que ce n'est rien, ça, rien que des bêtises de grand, je devine qu'en quelque étable la source de ce lait coule peut-être pour moi.

Ainsi chaque jour. Tes ongles, Baba, sentent la fleur inversée ; tu cajoles ta Figuette qui sait les cueillir. « Donne voir ta bouche, ma figue. » Tu poses ta lèvre sur la mienne et me passes, dents contre dents, le lait miellé des figues. « Le jeu des laitiers : deux anges ne font pas plus pur. » Je rougis du baiser, crains ce prodige qui m'éblouit : l'instant et le point où deux anges ne font qu'un.

Et puis, j'ai des peurs de coquette, redoute ce glouton qu'alourdit la joie, quand sa paume fourrage ma blondeur, la dépouille des rubans. Et j'endosse le corps du « bon gars », soudain jouvenceau, serre le poing, bande mes muscles, creuse mes joues comme pour siffler. Mais « père laitier » est impérieux. Il entre jusqu'à devenir ma gorge. Sa langue est méchante ; elle force la lèvre, accomplit contre la luette sa torsion de lamproie. Le plus hardi des gars subit cet empire ou s'y dérobe. *Aïe, Baba, aïe.* Ma joie s'émousse.

Après le jeu, je n'ai que ce lait en gorge. Mais j'en essuie le ventre. Et le monde ratatine. Ratatine jusqu'à n'être qu'un point neigeux dans une aube si blême, qu'il ne reste, de vif, que ce lait à ma glotte. « Pas plus pur, Figuette. » Pourtant, ça sent mauvais : caca. Je ne le dis pas. Le mot s'englue dans ma bouche. Mon visage se froisse.

D'une tonnelle lente, parmi les paons saphir qui crépitent au soleil, je vois le cattleya s'ouvrir. Mon ennemi à moi, c'est peut-être l'orchidée qui va trop haut, ou l'oiseau vaniteux, ou les mots qui poissent autour des choses comme des congres d'un bleu de vase : dès lors, à qui parler ? Restent ces comptines qu'en l'absence d'étoiles, sous la grâce des foins, Baba, torse enfiévré par l'eau-de-vie, une lune géante poussant ton ombre prune, tu chantonnes.

Viens donc Figuette
Sous l'échauguette
Tiens ta languette
J'te conte goguettes

Fredonnant l'un et l'autre, fredonnant l'un près de l'autre, longeant des sentiers bruns, chacun babillant ses rimes du dedans, égrenant les fleurs, les tiges – pépiements de clarté dans l'ombre des platanes. Tu me montres, au ciel, ces fruits aux noms lointains. Tu me dis celui des vrilles – ma candeur te rend fort. Plus tard, dans la tourelle, les murmures *crescendo*, arôme de vignes le long du lierre, mêlées à l'âcre de la fiente – crottes de paons en cortège empanaché, cérémonial turquoise.

Tout cela comme un conte. Parfum d'abricot mort dans la pièce, volets clos, miroirs à l'envers. Je couche ma joue au sol, joue sur la cendre. Je pose des questions, voudrais aimer, la cendre en bouche : « Baba, c'est quoi, *goguette* ? » Et toi, haleine tendre en ton étreinte :

Viens voir, Fifigue
Mon fruit prodigue
Cajole mézigue
Qu'la gnole irrigue

« À toi, répète. » Ma voix tendre : un babil scande l'éclat. Lallations, faute de souffle ; mots enfouis dans la gorge. Tu caresses ma pommette, baisers du bout des ongles ; moi, pauvre sourire, toute honte bue : « Aïe, mais aïe ! » Suffit de toucher, de câliner, là, pour que le sang perle ; un baiser de l'ongle, et c'est la méchanceté comme des figues en charpie. Dans le noir, j'imagine la mort des fruits. Mes cheveux glissent. Visage givré, à force de sueur. Rai de lune à mon front.

Viens là Figasse
Ma mie fougasse
Viens que j't'agace
Ma p'tite bagasse

Dans la cendre, nous jouons aux morts, fermons les yeux – le premier qui les ouvre ! D'un index, tu écartes mes paupières, mon caraco troué – perdu, Figuette ! Ce haillon dénudant ma pâleur, tu m'en étanches le buste, puis : le frôler, le presser, à travers la guenille brodée de toucans ; d'un ongle, encore, érafler sa candeur. « Oh, Figuette, montre un peu pour voir. » Flash : mes tétons brillent. Je les couvre de cendres – « Souillon ! Vise un peu comme t'es sale ! » – doigts fouillant la poussière, enserrée dans sa main, au-dedans d'elle :

Pâle Cendrillon
Sous ses hayons
Sales les trayons
D'la pure souillon

La souillon, c'est moi. Encagé, mon cœur, je le sens à mes lèvres, battre contre ma glotte, oh, si fort ; la souillon c'est Figuette, qui empaume la poussière, tempes écrasées au sol, blondeur de cendre, de cendre, oui, elle n'a pas peur, non, des comptines sous l'escarbille, pas peur des rats qui pleurent là-haut, dans la tourelle, pas peur, non, princesse cracra, fée d'apparat, pas peur, non, elle la connaît, la fable, la fable à l'envers, écrite noir et cendre dans un livre de contes. La souillon, c'est moi. Le reste, je ne sais plus, je voudrais courir, quitter les paons, les figues, leur conte pétrifié, courir, friselis de plumes, lacis de fiente sous mes pieds nus, j'aurais pu pleurer.

Pleurer, je ne savais plus.

Inédit

NANCY HUSTON

Magnanimité

même tes défauts je les aime !
on a protesté avec ardeur
parce qu'on ne les avait pas encore vus
et nos qualités semblaient briller
jusqu'aux tréfonds les plus obscurs de l'univers

oh tes chères faiblesses murmurait-on
ah tes travers attachants
les signes du vieillissement sur ton corps
les cicatrices sur ton âme
et autres fadaises du même tonneau

Nos inventions

on a inventé des mots tout neufs
amour je t'aime personne n'avait encore dit ça

vie rimait avec amie jusqu'au cœur de la nuit
mariage était un vol vertigineux d'hirondelles
sans parler d'enfant, des enfants, nos enfants

avant nous deux, ça n'était venu
à l'idée d'aucun être humain, et d'ailleurs
avant nous deux, aucun être
n'avait été tout à fait humain n'est-ce pas

le mot joie aussi on a inventé, par exemple
et le mot viens nous faisait rire à chaque fois
allez viens, viens ici, viens voir un peu, et cetera
nous seuls étions tombés sur cette blague

se tenir par la main nous rendait fiers comme Edison
nous deviendrons célèbres disions-nous
pour cette découverte révolutionnaire

personne n'avait jamais songé
à juxtaposer ces parties du corps
ces parties du discours, non, jamais

Les bons amis

vous avez bien du courage
te dirent mes amis
elle paraissait si heureuse dans son couple

vous avez bien du courage
me dirent tes amis
c'est un loup solitaire depuis si longtemps

avec un sourire énigmatique on a balancé
nos terreurs au vent, et le vent
nous les a renvoyées en pleine gueule

et désormais

elle ne te méritait pas
te disent tes amis et

il t'aurait bouffée toute cru
me disent mes amis

ah on a vraiment de bons amis
aucun doute là-dessus

SABINE HUYNH

Pour écrire dix dizains réalistes sur Méïr Wieseltier

Écrire d'abord que le poète
Méïr Wieseltier est mort le dernier
jeudi de mars, enterré « Porte de l'espoir »
le premier dimanche d'avril. Sous le linceul –
qu'aurais-tu pensé en voyant ce drapeau, rien
sans doute, *je me fous de savoir ce qu'on fera*
lors de mes funérailles, je n'y serai pas –
ta tête semblait casquée alors qu'elle portait
une légère auréole certains soirs,
une crinière folle certains matins.

Nous partagions une ville que tu aimais
arpenter à grandes foulées, une rue aussi –
au nom de l'astronome découvreur de la planète
Kepler-76b ? –, tu étais au 69, porte d'acier grise,
on y taillait des diamants dans les années 40.
La rue a été nommée après un homonyme,
un grand rabbin orphelin élevé par sa grand-mère,
la longue rue du premier château d'eau,
ses deux syllabes demandant en hébreu :
qu'est-ce que c'est ? C'est tout un poème,

ton Petit Prince dans « Convocation »,
il se cramponne à une mitraillette,
voit un tank sous le chapeau, un terroriste
sous le lampadaire, des têtes de moutons
tomber, ne prend soin d'aucune rose.

Nous partagions un fleuriste, Yitzhak,
tablier vert, moto noire, queue de cheval,
mort comme toi par un de ces jours ensoleillés
où les oiseaux les plus bruyants se perchent
au bout des moustaches des plus sots.

Écrire ensuite qu'il aimait ma soupe aux légumes,
les poèmes de Hezy Leskly, mettre du beurre
dans son omelette, les chats et les moineaux, Ezra
Pound, Yona Wallach, Yaïr Horowitz, dialoguer
avec des textes d'antan – des objets de mots
ayant survécu à l'oubli, dits à voix haute,
surprenants – *juste en hébreu, la langue*
russe ne marchait pas pour moi, je l'ai tuée,
dans un langage expressif et démocratique,
traduire Shakespeare et Woolf

assis à la grande table. Tu écrivais
à la petite, mangeais et corrigeais les copies
des étudiants à la table ronde, sous la tour
de fers de pelles de ton ami Yaacov Dorchin,
laissais la radio allumée les jours où tu ne sortais pas
pour entendre le bruit du monde, publiais tes poèmes
dans le journal – avec passion tu l'effeuillais
comme une femme, j'ai un rapport intime avec –
comme une sorte de dialogue ininterrompu
avec les amis poètes que tu ne voyais plus.

Wieseltier est né à Moscou et à quatre ans il récitait
du Pouchkine et du Lermontov debout sur un tabouret.
Les mains du poète Ilya Kaminsky né à Odessa
me rappellent les tiennes, blanches, belles,
doigts effilés, droits. Méïr, à Paris, tu flânais,
prenais des photos, n'écrivais pas. Te promenais-tu

des pommes plein les poches tel Ilya quand je l'ai vu
en novembre à Saint-Germain-des-Prés ? Veston noir
aux profondeurs enflées : Granny Smith et Reinettes
prises à l'hôtel au petit déjeuner puis tendues

aux poètes venus de l'Ukraine bombardée.
Boris, Ludmila, Serhiy, aux chambres payées
par la France et aux repas payés par Ilya
continuent à croire au pouvoir de la poésie,
à écrire des mots que la poussière recouvre,
à les coucher dans leurs combinaisons
de plis, de trous, de graisse, de sueur. Mots réels
sur des murs que la poussière réclame, mots sauvés
qui sauvent sans pouvoir sauver les poètes, mots
se débattant dans la poussière gorgée de sang.

La vie est dure. Je suis né au milieu de la mort.
J'ai grandi entre quatre femmes. La langue russe
j'ai tuée, mais mes souvenirs sont restés vivants.
Il portait ce gilet de pêche ou de photographe,
dix-huit poches comme autant de poèmes,
comme au moins autant de lignes, de leurres,
de lettres d'amour, d'agitateurs, de clés,
béret roulé, petite monnaie, bouts de papier
griffonnés, graines de tournesol pour oiselets
curieux – un poète n'a besoin que d'un crayon.

Il roulait ses boulettes de viande des étincelles
dans les yeux. Sa mère avait pris six ans
pour en avoir préparé dans l'ex-URSS, créé
quelque chose de ses propres mains pour nourrir
sa famille. *Il n'y a pas de neige là où nous vivons*
et pourtant nous sourions encore.

Recopier enfin ses derniers vers, datés du 18 mars :
Le soleil s'est levé
sur un Moyen-Orient sanglant
bigoterie et stupidité, d'ici à Téhéran.

Le matin, tu te lèves, tu regardes par la fenêtre
et tu vois plus de politique que de fleurs dehors.
Dans « Frère de cœur », que je t'ai traduit,
tu enterrais ton ami Jacques. *Vivre*
jusqu'à 80 ans est une anomalie, 82 ans ?
L'âge de la fatigue, cet âge
où les urgentistes te donnent 97 ans.
Sur ton répondeur : *Tel Aviv, 560, 62, 78,*
vous pouvez laisser un message
après le bip sonore – ta voix encore.

À Méïr Wieseltier (1941-2023).
Tel Aviv, 8 juillet 2023.

Inédit

EMMANUÈLE JAWAD

c'est un autre scénario

1

anatomie du corps et conditions de gestes
tailles et parties des planches anatomiques
réserve d'organes en coupes & bande nerveuse
à l'image les grands équilibres sont en train de
se modifier on dit cela agit sur le corps après
tout il pourrait ne rien avoir

2

aucune luminosité dans cette concrétion
à la plus simple organisation
elle peut naturellement apparaître sur les bords
suivre tous les mouvements
périphériques
c'est connaître toutes
les possibilités sans s'y perdre
tout corps inerte ou vivant
laisse sa marque particulière
[après tout il pourrait ne rien avoir]
c'est un autre scénario
nous parlons de cela de quoi nous
parlons la parole est toujours en avance

3

dans la seconde région
la décélération de la chute
des corps freinés
décompose les allures
la base est contrastée
leur comportement
sans autre élément décelable
dresse au plan d'une itinérance
toutes les formes et les mesures
par voie de modification

Inédit

Note : Des fragments issus du film *Je vous salue, Marie* (1985) de Jean-Luc Godard entrent dans la composition du poème 2 et, dans une moindre mesure, du premier poème. Le titre est l'un de ces fragments.

MAUD JOIRET

+ un filet clair de sauce
mayonnaise ne sauvera pas
le dîner de la colère – ni la bête
ni l'amour – c'est sa langue
hachée que nous mangerons
peut-être à la fourchette + ton corps
quelque part : anticipé
par la lumière précipitée des immeubles
depuis des cumulus de cathédrale
+ le contraste entre nos peaux achève
un catalogage muet de décomposition
comparée / l'une s'enterrera avant l'autre

+

et d’autres noms encore moucheronnent
au-dessus des assiettes selon les habitudes
de la conversation – enchâssée en minutes
menues / combien de temps gagné
sur les apparences / la tendresse convertie
/ ceci qui est au fond vaut + que ce qui est vu /
dit + le calice au cubi nous buvons le sang
mal habité soudain l’amour / fait ailleurs /
flash-back + éjacule du regard sur la viande crue,
nue marbrée / et l’instant célèbre
l’industrielle maternité du jus
nourricier

les yeux cherchent en leur cornée la brûlure
sûre
d’une transsubstantiation

```
  +++       +++        +++   ++++++      ++        ++
 ++   ++    ++    +  +   ++  ++         ++  +      ++
++     ++  ++       +    ++  ++         ++   +     ++
+++++++     ++           ++  +++++      ++     +   ++
++      ++  ++           ++  ++         ++       + ++
++      ++  ++           ++  ++         ++        +++
++      ++  ++           ++  ++++++      ++         ++
```

+

tout le temps
composé de mots

chiés au lait de croissance

te tient serrée
botte de foin – un épouvantail
– un mannequin de paille, d'entraînement –

et tu ne sais toujours pas
si ce qui se passe
a lieu

quand ta bouche cherche
la coulisse des doigts un poème
s'articule

il faut que tu chantes
au tranchant d'une épée
et tu gémis

un feu humide de fétus

+

pile
où le langage s'arc-boute
dans nos face-à-face fendus
en voix blanches

s'articule un zugzwang :

si j'y suis c'est grâce à toi
mais si j'avance c'est que tu meurs

+

du Christ je n'ai sollicité
l'intervention qu'une fois
à neuf ans quand j'ai perdu
tes clés
puis
je me suis excusée pardon
de ne plus penser à lui dans le futur
désolée j'ai dit vite mais toi
et moi c'est pour du faux

+

prendre tes mains
ici
dans les miennes

les garder plus long
que le temps qu'il faut
au poème pour craquer
l'intraduisible
à ce feu

Inédits

CHARLES JULIET

12 juillet 2023

Jean-Yves Reuzeau m'appelle pour me proposer de participer à l'anthologie qu'il prépare. En raison de mon amitié pour lui, j'ai spontanément accepté sa proposition. Mais après quelques minutes de réflexion, j'étais fort embarrassé. Le sujet : la grâce – un mot qui a plusieurs acceptions. Je me suis souvenu que j'avais déjà plus ou moins traité ce sujet. Je devais veiller à ne pas me répéter.

La grâce, je ne l'entends pas en référence à une conviction religieuse. En ce qui me concerne, elle résulte d'une adhésion à moi-même, elle naît d'une intense confiance en soi. Quitte à vous surprendre, je dois avouer que je l'ai connue à plusieurs reprises en jouant au rugby. Lorqu'elle m'envahissait, j'avais de l'audace. Je tentais des choses difficiles en ayant la certitude que j'allais réussir. Je n'étais plus divisé, hésitant. Une force soudaine me possédait, et je connaissais des moments d'une folle intensité. À tel point qu'après bien des années, je m'en souviens encore avec précision. Je m'en souviens comme d'une sorte d'ivresse. Après m'être débattu dans toutes sortes d'entraves, enfin réconcilié avec moi-même, j'avais vécu une mutation. La vie ne m'était plus hostile, chargée de menaces. Je pouvais marcher à sa rencontre, je savais qu'elle m'accueillerait avec mansuétude.

Inédit

ANISE KOLTZ

À chaque repas
notre table devient
un champ de bataille

Tout un bestiaire disparaît
de nos assiettes
ciel et terre
traversent nos estomacs

Nous oublions
les signes précurseurs
de l'apocalypse
qui porte des gants blancs
pour nous servir

*

Même si j'habite un pays
froid et sans lumière
où j'ai grandi parmi fraudeurs
et assassins

Je vis sur les berges du Nil
depuis des millénaires
pétrifiée par le soleil
au bord du fleuve
je n'ose pas dormir

*

L'océan est un vieil homme
assis devant sa maison

Veuf
il ne dort plus
marmonne des paroles
incompréhensibles

Les mouettes
lui crient des malédictions

*

Je marche dans deux mondes différents
je change de souliers
matin et soir

J'ai planté deux arbres
un pour l'Occident
un pour l'Orient

Je récolte le silence
de leurs racines

*

Après ma mort
j'expulserai mon âme
pour qu'elle se cherche
un nouveau corps

Je la couvrirai de plumes
et la lâcherai
comme un faucon

*

Et si mon poème n'était qu'un visa
pour un pays lointain
une facture impayée
un compte à découvert

*

Le poème est une écriture verticale
une échelle
lancée vers le ciel
sans jamais l'atteindre

Les échelons sont de verre
prêts à se briser
à couper jusqu'au sang

*

Ma mère a réveillé ses enfants
comme des larves

J'ai voulu me réveiller
de ces siècles de sommeil

J'ai voulu marcher
où jamais
elle n'avait posé le pied

J'ai voulu qu'elle gémisse de peur
comme j'avais gémi
sous sa tutelle

Mes paroles étaient sanguinaires
je les ai lâchées
comme des chiens

*

Le jour croule
sous mon poids

Les morts passent
et me saluent
comme si j'étais déjà
une des leurs

In *Le Porteur d'ombre,* éditions PHI, 2001.

ABDELLATIF LAÂBI

J'ai deux mémoires

J'ai deux mémoires :
celle que je maudis
car elle a effacé une bonne part
de mon enfance et de ma jeunesse
et ne me permet même pas
de me rappeler ce que j'ai mangé
la veille à midi
Mais il y en a une seconde
qui m'enchante et m'alarme
Lorsque j'y plonge
je ressens les douleurs de ma mère
au moment où elle m'a enfanté
j'entends mes premiers cris
(de protestation ?)
de nouveau-né
et plus loin dans le temps
très loin
avant la conscience
je me sens en train d'accéder à la vie :
molécule
protozoaire
simple vertébré
J'éprouve
mes premières peurs
mes premières pulsions de prédateur

Alors finalement
ai-je une bonne
ou une mauvaise mémoire ?

Bien obligé !

Pourquoi suis-je encore là
à vouloir extraire de mon être
ce qui aurait quelque chance
de « faire sens » ?
Comme si la volonté
y était pour quelque chose
et que le désir
avait un rapport quelconque
avec la réalité
Comme si la parole
la vraie
était dissoute
par un magicien des temps révolus
dans un bol d'eau
qu'il faut vider d'une seule traite
si l'on veut que cela fasse de l'effet
Le pire
est que je ne me force pas
Il suffit
que je signale ma présence
que je montre le produit de ma pêche du jour :
blessures
éblouissements
appels irrésistibles
pour me retrouver
pieds et poings liés
dedans
le poème

Quand nous ne serons plus là

Quand nous ne serons plus là
et que la planète
la plus belle de l'Univers
(selon moi)
se sera débarrassée de nous
le temps fécond
reprendra sa course
Après des dizaines de millions d'années
la sève originelle
redonnera son sein à l'eau
à l'air
à la lumière
Lentement
prudemment
la vie repartira
sans but
sans autre témoin qu'elle-même
Et qui sait
elle quittera sa galaxie
pour entreprendre un périple grandiose
de reconnaissance
et de rencontres imprévues

Elle retrouvera enfin
sa liberté
quand nous ne serons plus là

Inédits

RAPHAËL LAIGUILLÉE

J'amadoue les collines

je découvre que si c'est doux dans les creux il faut bien ces collines creuseuses de creux
alors j'amadoue les collines

je ne me souvenais pas que dodu et dodo fussent des mots qui allassent si bien ensemble

je ne me souvenais pas d'avoir tant de doigts simultanément disponibles

« pèse-moi ! »
nous avons parcouru toutes les lettres de l'alphabet et il n'y a que le p qui convienne vraiment alors nous roulons à rallonge de lourd à léger

le sniff de touffe, tu me dis que jamais personne
personne je te jure !
je savais bien que tu étais une femme-poisson, que tu venais d'une mer d'avant les paquebots les tankers les filets dérivants et les océanographes qui vouent leur vie à faire chier les mérous, d'une immuable interminable mer, d'une mer d'avant Sara épouse d'Abraham, d'Agar servante de Sara, de Rebecca épouse d'Isaac, de Bethsabée la fille d'opulence et bien sûr de Ruth, la moabite femme de Booz

je ne me souvenais pas qu'une femme ait jamais autant ri aux blagues potaches de mes âges boutonneux je respire longtemps ta croupissure délicieuse

tout bien pesé ton sein glisse et tout est à recommencer
tout bien frôlé il ne reste plus qu'à refrôler, afrioler, affoler
et reprendre au refrain : *Mon pantalon est décousu*, etc.

on ne s'en lasse pas mais on est bien avancé, c'est-à-dire qu'on tourne en rond
aucune vue nouvelle, aucun progrès spirituel, bientôt nous baverons et nous en trouverons bien

nous voici partis en rut libre pour les cycles des cycles et sur des chapeaux de roue
tu tournes en eau de moulin
je passe sous tes fourches câlines
tu me goûtes bonbon
je cherche un Laiguillée dans ta motte de foin
tu découvres le poteau rose
je tombe à pic
tu bois du petit lait
je bats ton plein
tu es bonne comme la Romaine qui se donne à moi avec plus d'ardeur depuis que je lui ai appris la chute imminente de l'Empire romain
je lève ton lièvre
tu reprends du pieu de la bête
nous mettons le feu aux foudres
nous avons depuis deux heures fière lurette et belle cambrure

à l'instant Tempête T - 1 je claque sur tes fesses le clap de fin

iels montent au ciel
iels y retrouvent celleux qui au feu du ciel ont préféré le fiel de la queue

pendant que tu laves à grande eau ma postérité perdue
je t'écris des petits mots tendres
« Rrose Sélavy goûte sur la peau la plus fine la pine la plus faune »
« Écoute, c'est l'exquis sur ta poudreuse »

je ne me souvenais pas d'avoir fait une partie de Scrabble du sexe et réussi à placer le Z de zob sur une lettre compte triple

je ne me souvenais pas d'afters aussi feutrés

je ne me souvenais pas d'un avenir aussi tardif

merci à Robert Desnos

Ma tagada

à la première pointe de faim j'ouvre ma brioche pour y chercher son fruit qu'on dit qu'on fit mais qui est à sa place de toute éternité
incréé
mystère et boule de dogme
il est aussi aléatoire pourtant que la perle dans son huître la fève secrète dans sa galette ou l'orgelet dans sa couche de pergélisol mais si rassasiant que je m'y colle de toute urgence
vert c'est une Valda je la crache n'en parlons plus n'en vaut pas la peine
rouge, oh rouge ! c'est un rubis de la plus pure sanguine c'est le rubis pour lequel tant d'aventuriers et de croqueurs de fortune ont bravé l'âcre mer vacarmeuse

je passe un petit coup de langue sur mon fruit rouge comme si je voulais le dessaler
d'un si long séjour ou vérifier qu'il est encore vivant
alors le petit rouge cabriole danse en tagada ne se sent plus d'aise on dirait bien

il faudrait un cœur bien méchant pour gâcher la joie d'une si gaie tagada
aussi je la délaisse comme une fleur dépétalée qui ne compte plus et qu'on jette vilaine et chauve sur le chemin

ce n'est pas un si grand sacrifice pourtant car ma brioche possède des succursales partout sitôt qu'on la touche
j'ai vu mais je versais à mi-sommeil j'ai cru voir des roulades massives sous sa peau comme celles du dauphin qui bombe

sous la vague ou de l'éléphant qui boule dans le boa qui l'avala ou de la taupe qui voudrait voir le jour mais se heurte à la croûte obstinément

comme un dauphin qui virgule sur la vague ou un éléphant sorti du boa qui débaroufe vers la mare ou une taupe victorieuse qui dévale d'aise sur une pelouse soudaine, je glisse vers les succursales succulentes et je me cale sans plus bouger au premier rebond doux

ô blancs cuissots de Canaan ! ô fleuve d'oubli, jardin de la caresse !
ô cul de dame d'avant-scène ! oreiller de chair fraîche où l'on peut aimer !

et moi chameau paisible au pied d'une montagne

Inédits

MÉLANIE LEBLANC

Une icône

Quand je rends grâce

à tes 80 organes
à tes 150 milliards de cellules épidermiques
à tes 25 200 milliards de globules rouges

Ne crois pas que je t'idolâtre

C'est à l'univers que je rends grâce
aux milliards de milliards de planètes d'étoiles de galaxies
dont tu es le relais
dans ma nuit

ॐ

Salutations

Om les échecs les défaites namaha
Om les bruits de la fête namaha

Om la faim qui rend fou namaha
Om le pain donné pour rien namaha

Om les voix qu'on n'entend plus namaha
Om les doux souvenirs namaha

Om les parfums disparus namaha
Om les odeurs de l'amour namaha

Om l'absence éternelle namaha
Om la présence éternelle namaha

Om tout ce qui s'effondre namaha
Om la graine sortie de terre namaha

Om l'enfance étranglée namaha
Om les rires partagés namaha

Om les paroles envolées namaha
Om la plume sur le chemin namaha

Om les amours oubliées namaha
Om la lettre retrouvée namaha

Om les dimanches soirs d'hiver namaha
Om l'aube après la nuit namaha

Om les peut-être on verra namaha
Om les immenses questions namaha

Om les fleurs piétinées namaha
Om les fêlures comblées namaha

Om les étés trop clairs namaha
Om l'odeur du foin coupé namaha

Om le cri dans la nuit namaha
Om la bombe pas déclenchée namaha

Om les larmes sur l'oreiller namaha
Om là où se réchauffer namaha

Om le vide qui aspire namaha
Om la main dans la main dans la main namaha

Om les vers qui nous dévorent namaha
Om la terre où l'on dort namaha

Om l'étoile qui se meurt namaha
Om la lune qui se lève namaha

Om la mer déchaînée namaha
Om l'eau qui purifie namaha

Om l'incendie qui tout détruit namaha
Om le feu qui nettoie namaha

Om le vent tout puissant namaha
Om la brise qui rafraîchit namaha

Om ce sur quoi l'on trébuche namaha
Om la pierre qui guérit namaha

Om les couleurs défraîchies namaha
Om les couleurs dans la nuit namaha

Om le rouge qui a trop coulé namaha
Om le rouge qui monte aux joues namaha

Om l'enfant non-venu namaha
Om les filiations secrètes namaha

Om les adieux à jamais namaha
Om les saluts du cœur namaha

ॐ

Hozhoni

Un mot
Un seul
Pour dire l'immense dans l'instant
Un mot
Juste un mot
Pour dire la grâce qui surgit
Parfois ce mot
Ce seul mot
Dans notre langue manque
Parfois ce mot
Ce mot unique
Donne à voir
Fait exister exploser jaillir
L'enfoui
L'informulé
Ce que l'on ne sentait pas encore vibrer
Ce mot
Merci aux autres langues de nous l'offrir

Merci au japonais **komorebi** pour la lumière du soleil qui passe entre les feuilles des arbres

Merci au norvégien **mångata**, au turc **yakamoz** et au japonais **kawaakari** pour le chemin de lumière que la lune trace sur l'eau

Merci à l'allemand **waldeinsamkeit** de rendre grâce à ces moments seul·e dans les bois, en harmonie avec la nature

Merci au suédois **gökotta** qui nous invite à nous lever tôt le matin, pour entendre le premier chant des oiseaux dans les bois

Merci au hollandais **dauwtrappen** grâce à qui nous penserons à marcher pieds nus dans la rosée du matin

Merci au japonais **shinrin-yoku** qui porte dans chaque syllabe la profonde détente ressentie au contact de la nature, belle jusque dans ses imperfections, comme le dit **wabi-sabi**

Merci au coréen **sohwakhaeng** pour les petits bonheurs simples

Merci au bakweri **womba** de rendre hommage à la beauté de l'enfant qui sourit en dormant

Merci à l'aborigène **dadirri** pour l'écoute intérieure profonde

Merci au japonais **ukiyo** qui nous invite à nous plonger dans « le monde flottant », celui du moment présent

Merci à l'italien **trasecolare** qui nous autorise à perdre la raison devant le sublime

Merci au navajo **hozhoni** grâce auquel notre regard capte la beauté de la nature et la projette sur le monde

Merci au yiddish **fargin** d'exprimer la joie de voir quelqu'un d'autre heureux

Merci à l'arabe **tarab** de dire l'immense communion des sens entre le spectateur et l'artiste

Merci du fond du cœur au créole réunionnais **fonnkér** de nous offrir un mot, un seul, pour ces moments où l'on est traversé·e par un profond sentiment, au point d'en écrire un poème

Il faudrait inventer un mot pour chaque moment de grâce

Quand on touche pour la première fois la main de quelqu'un qui nous plaît

Quand on se baigne dans la mer pour la dernière fois de la saison

Quand la personne à laquelle on pense à l'instant nous appelle

Quand on marche à la lumière de la lune

Quand on retrouve un objet sentimental que l'on croyait perdu

Quand on se sent au bon endroit, au bon moment, avec les bonnes personnes

C'est à vous

Inédits

JEAN-PIERRE LEMAIRE

Quatre vitraux

(cathédrale de Strasbourg)

Présentation de la Vierge au Temple

L'évangile commence
par cet escalier
vert émeraude,
vertigineux,
où s'avance hardiment
une jeune fille.
En haut l'attend
le prêtre du Seigneur
à la coiffe jaune.
En dessous, ses parents,
leurs amis et nous
qui avons peur pour elle,
à notre humble place.
Elle
monte
avec le sourire
sans regarder en bas,
les yeux tournés
vers celui qui l'appelle,
confiante,
intrépide et sage
– déjà porteuse
de notre salut.

Le paralytique

« Prends ton lit,
m'a-t-il dit,
et rentre chez toi. »

Je marche à présent
et je le porte dans la rue,
surprenant les passants.

Ils y voient peut-être
un signe
en forme de croix.

À la maison,
je le dépose.
Par terre, il devient

pour moi un autre signe :
j'y vois
un tombeau vide.

Les pèlerins d'Emmaüs

Il a disparu
mais c'était bien lui.
Avant que nos yeux s'ouvrent,
notre cœur brûlait.
Il fait nuit maintenant.
Dehors, on devine
les amandiers en fleur
comme s'ils avaient cru
dès le début aux prophéties.
Il a disparu
mais tout, autour de nous,
a changé de sens :
le temps
va vers la vie,
la route
vers Jérusalem.

Nous sommes prêts
à repartir.

Pentecôte

Avec les visiteurs
venus de partout,
d'Allemagne, de France,
d'Amérique et du Japon,
nous regardons, les yeux levés,
l'éventail rouge
déployé par la colombe
au-dessus de Marie et des douze apôtres.

Parmi la foule
cosmopolite
réunie à Strasbourg,
chacun les entend
parler à son cœur
et proclamer là-haut
dans sa propre langue
les merveilles de Dieu.

Inédits

YVON LE MEN

La montre d'Alice

C'est en pleurant
mais doucement

comme un ruisseau cherche sa pente
dans le bois

pour se jeter dans les bras de la mer
où la lumière se renverse
en ciel

bleu
comme ses yeux

qu'elle me parle de sa mère
en me parlant de sa montre

elle n'aimait
ni sa montre
ni sa mère

mais ses larmes disent le contraire
de sa voix
qui tant ressemble à celle de sa mère

je regrette
d'avoir été
comme j'ai été

je lui ai fait du mal
comme elle t'a fait du mal

là-bas
si loin d'où tu es née

tu as
sur le mur de ta chambre
et dans un coffre

des choses d'elle
aussi vivantes que les natures mortes
de Chardin

le peintre des choses humbles
des bols
des verres
et des assiettes

et même une robe de ta mère
qu'elle n'a jamais portée

et un canevas où l'on voit des paysages
qu'elle n'a jamais traversés

Assiettes en faïence usées
Dont s'en va le blanc,
Vous êtes venues neuves
Chez nous.

Nous avons beaucoup appris
Pendant ce temps.

a écrit Guillevic
hier
pour nous
aujourd'hui

pour toi
qui me parles de ta mère
avec sa montre sur ton poignet

pour rien au monde
tu l'échangerais

à l'instant où ta mère s'est arrêtée
sa montre a poursuivi ses heures
en faisant des ronds dans le temps

jusqu'à l'heure de ce poème
de ton poème

comme un caillou fait ses ronds dans l'eau
jusqu'au rivage

petit caillou noir
déposé dans le blanc
du poème

pour ne pas se perdre
dans l'immensité
de la mort

Inédit

JULIA LEPÈRE

La proie et le néant

Le monde tremble et s'ouvre

Il semble que quelqu'un parle à travers sa maladie. Il semble que personne ne l'écoute. À moins que sa voix ne soit voilée

Ou trop difficile à entendre

À cause des failles et des secousses, de la poussière

Que fait l'air. À cause des cris

Graves et aigus, rendus rauques

Par les cimes

Les flammes sont entrées dans Palerme

Les flammes sont entrées dans la maison

Et les bêtes, où sont-elles

La lumière est aveugle

Atteignant la chambre, la mer, le bateau, le corps qui fait semblant encore

D'être mort. Son jeu le lasse mais il répète ce que lui dicte la lumière, très en arrière

Dans la chambre il relie ses mains aux mots mais

Le sang ne coule pas

Il garde

Ses prédictions d'orage

Les murs fissurés tiennent encore debout

Et par la fenêtre, un air orange, chargé. Les hirondelles volent bas comme s'il allait pleuvoir. Pourtant,

L'écriture suit sa mécanique et les chiffres les heures, les morts sous les décombres

Rien ne distingue le château

De la roche

La montagne s'effondre à me porter

Puis, plus rien

Un caillou pour une présence humaine, cela fait au sommet

Une autre montagne. Je prends une photographie inutile

Pour être, moi aussi, là. Même au milieu du rien. Même au milieu

De la disparition même

Pour être ce corbeau, seule tache noire qui descend

(un vieil acteur à qui l'on demande qui il est, dit

There is no

Self

Encore perdu dans le désert, sans sa mémoire

Et moi aussi je ne sais plus

Dire mon nom c'est un bruit de rocher)

Derrière l'écran blanc : l'exil d'une île, les souverains soulevés, le royaume bancal, les rugissements des êtres sans divertissement

Parfois,

J'ai un désir de noirceur si fort que mes yeux se remplissent de terre. Alors je sens que ma mémoire n'est pas un édifice immense, mais un château en ruine. Il ne s'élève que peu. Le vent le contredit, l'oblige et le sépare

Une femme assise sur un banc, dans le parc s'éteint. Elle

Me regarde la prendre en photo

Le temps

Dans le corps paraît impossible. Je me le dis m'étendant sous le loch qui est une pieuvre noire dans la pensée qu'autres ont de moi

Des gestes feints, l'armure des veines

Un chevalier tord tous les ponts, un chevalier chevauche

Et tant mieux pour lui, si dans la guerre le fer il croit

Se coucher comme un fauve. À l'intérieur

Les draps sont tachés de sang. Sur les murs, des empreintes, des pistes fraîches dans les tableaux et les miroirs, des chasseurs derrière les lourdes tentures. Voilà l'aube :

L'enfant dit qu'il l'a en horreur, et moi je pleure

Car je n'ai pas dormi

Car j'ai enfoncé dans ma gorge une épine jusqu'à ce qu'elle atteigne mon cœur

Car j'ai brûlé mon cerveau

Car j'ai pourchassé le cerf dans mes rêves au milieu de fougères et que ma chute

N'a guéri personne. Les salles du château sont toujours aussi lentes, aussi marquées

De pas

Le chevalier chevauche encore plus loin de moi

Et je ne souhaite pas son retour

Je souhaite que la terre l'avale, pour toujours

Alors je roule,

Les forêts sont osseuses. Il y a des rivières refusées par l'air

Je roule dans le pays que j'ai trouvé

Parmi les roches spectrales. La poussée des premiers arbres a été douloureuse. Les lacs ont créé en moi des soifs invraisemblables. Des créatures ont remué jusqu'à me faire perdre mes dimensions

Et les montagnes hurlaient

Tandis que le corbeau descendait les gorges d'acier. Il était moi, j'avais trouvé l'absence que je cherchais

Les mers m'ont encerclée

J'étais un territoire arraché à un autre, rattaché à un autre, un territoire conquis

Par l'homme qui chevauchait. Je n'avais plus que la mémoire du vent,

Qui bougeait

À présent

La route me coupe à la traverser

Je lis *Exit* à l'entrée de cet embranchement

Je regarde, machinale, les durées qui nous séparent

D'un point à l'autre de la carte

Les durées qui me séparent de toi

Ne sont marquées nulle part

J'imagine ce qui tombe avec l'eau profonde : un monstre imaginaire, une poupée, un corps dont on a voulu se débarrasser

Je parcours la lumière indécise. Je cherche l'état de grâce. Ensuite, le soir le fige. L'œil le fige. La main le prend. La balle le couche. La maladie l'éventre. Je me souviens

Quand les contours d'une tour fuyaient le jour

Ce que j'aime par-dessus tout

C'est quand on ne voit rien

Dit l'enfant

Quand la brume

Brûle et que la forêt surgit

Dans la figure antique

Les couchants

Les bois tombés, couteaux

Ce qui n'a pas de forme, la proie et

Le néant, dit l'enfant

Fermant les yeux

Derrière est l'océan

Inédit

KAREL LOGIST

Elle portait un nom de pays
Je trouvais ça plutôt joli
Moi j'écrivais les jours de pluie
en écoutant le vieux John Lee Hooker
me branler le cœur
Je savais la monotonie
et l'angoisse mais pas encore
la petite mort
Au café la solitude
venait s'asseoir à mes côtés
regardait par la fenêtre
et comptait les chiens mouillés
Je pensais qu'un bon moment
pour tout arrêter serait
une matinée d'hiver
parmi la tristesse des pierres
Bien des années plus tard
un ami me retourne un poème oublié
qui parle d'avenir
de filles et de voyages
Sommes-nous parfois là
où nous nous regrettons ?

Je ne saurai jamais
si je suis transparent
aux yeux de mes amis.
Ils ont tant de couleurs
de peaux et de poèmes
qu'ils ne disent jamais
de vérités que j'aime.
C'est une joie pour moi
de nager avec eux
dans les lacs de nos jours
et de nos confidences
mais quand leurs rires dansent
je reste silencieux.
Ils voudraient tout savoir
du cours de mes émois
et des fluctuations
du marché de mon cœur.
Ils pensent y avoir droit
comme j'ai droit aux leurs
moi qui tais par pudeur
que parmi mes amis
se trouve mon amour.

On porte un toast à la beauté
du premier barbecue de juin
On est bien moins nus à présent
que descend doucement la nuit
Les enfants somnolent figés
dans la posture de leurs jeux
Ils n'auront pas vu de lucioles
Des bouts d'animaux morts finissent
de se calciner sur les braises
Les prédateurs sont rassasiés
Les végans rangent leurs salades
L'ivresse tremble dans les verres
La conversation se flapit
entre mâles alpha fatigués
Les apartés prennent le pas
Quelqu'un rappelle qu'il est tard
et parle de baisser le son
pour ne pas fâcher les voisins
Un ange passe – Qu'on l'encule !
dit celui qui cite Cocteau
La grâce avec indifférence
attise le chagrin des cendres.

Pour l'avoir négligée au printemps de ma vie
je suis en plein conflit avec la finitude
qui se rappelle à moi avec force baisers.
Elle me fait de l'œil et caresse une montre
dont les chiffres sont flous. Il me reste environ
entre seize minutes et quarante ans à vivre
– ce qui revient au même à l'échelle du monde –
Je veux partir aimé comme je suis venu
laisser des souvenirs gonflés comme des veines.
Je m'occupe de traiter des courriers en retard
d'écrire des mots d'excuse à quelques connaissances
que j'ai blessées peut-être par mon indifférence
et des lettres d'amour aux témoins de mes joies.
Je comble l'alphabet de mes bibliothèques
et je rachète des livres que je ne lirai plus
pour les offrir à ceux qui videront mes lieux.
Je veux faire place nette et que ceux-là ne doivent
– les ongles endeuillés et le regard humide –
dans le désordre heureux du lendemain de l'âme
passer l'aspirateur ni prendre mes poussières.

Inédits

CAMILLE LOIVIER

If

à l'ombrage aux fruits rouges
rouge du petit fruit vif
le broie entre les dents

avale-le
avale-rouge

au passage du roitelet
seuil demeure au seuil

attend d'être aimée sous l'if
dans ses aiguilles
revient-elle à elle

songe sur la pierre
dort la bouche ouverte
un fruit d'if tombe dedans
froid mais sûr, mort à volonté

if, écarte-t-elle les doigts
petits fruits rouges ramassés coupables

– froisse les feuilles –

en recouvre son corps
dans l'hiver
gorge aux vents

je m'assieds dans l'humidité froide du parc
quand la nuit tombe
vends des bouquets de feuilles

la fièvre sur son front, je la sens
me laisse dans le noir
sans voix

allongée sur les feuilles pétillantes
craquent les pommes de pin salées
j'aspire la terre à plat ventre
blottie dans les feuilles en décomposition
pour en soustraire un peu de chaleur humaine

vient ensuite la paix

grimpe dans l'if
et me perds dans les branches
maintenant ignorée
– chuter parfois s'évite de justesse

si facile d'être dans les airs
le corps détaché entre les branches
isolée, le songe isolé
les branches bougent, les branches essuient le sol
lentement dans leurs gestes patients
je suis leur obligée

j'écrase les baies d'if
scandale rouge sur le trottoir
– tant de morts possibles gaspillées –
hommes en gris ou manque
les piétinent
(un savoir perdu)
rouge vif d'un désir pourtant
danse pieds nus
la peau teinte peu à peu
l'aube

dans le soir qui tombe
un bord de pierre suinte
ce sont les arbres que l'on observe de près
les feuilles cousues à la tige
fil résorbé dans le suc
au point qui cicatrise

une feuille se déroule fraîche verdure
jusqu'à s'anéantir
(une vie de feuille remplacée par une autre feuille)

quelque chose qui disparaît sans bruit
(on ne la retrouvera pas)
elle s'est éloignée définitivement de nous
va-t-on sombrer dans le sommeil
la lune s'est levée

Inédit

LISETTE LOMBÉ

Je vous parle

Je ne vous parle pas de dentelles, de tulle, de nuques délicates.
Je ne vous parle pas de mouvements étudiés pour émouvoir.
Je ne vous parle pas de jolies phrases cambrées vers les applaudissements.
Je ne vous parle pas d'auréoles de compétition, de ce qui se conclue aux points.
Je ne vous parle pas de pardon divin, d'épée posée sur l'épaule des moutons noirs.
Je ne vous parle pas de chants de rossignols, de jupettes aériennes, d'insolents appâts.

Je vous parle d'un coup de vent.
Brèche de moiteur.
Vibrations des pages d'un polar, oublié sur une natte d'été, à côté d'un verre de rosé.
Papier léger.
Froufrous de vacances.
Comme un bout de carton battant rayons de roue de vélo de petit pirate.
Poids des histoires à tiroirs.
Prix de l'irrésolution du mystère de la vie.
Comme un tiraillement d'archet à l'échauffement.
À moins que ce ne soit simplement la chorale des cigales.
Entends ce que tu ne conçois point en hiver !

Je vous parle de la feuille d'un bonsaï géant et de ce moment de détachement tant redouté des êtres humains.
Peur des cordons coupés, des chutes de nid.

Peur de cette solitude triste qui joue du pipo aux plus sensibles,
sur des parapets glissants.
Vois ce mouvement abrupt, de la fine branche au pied de l'arbuste !
Cri chlorophylle.
Distance trop courte pour tourbillonner une dernière fois sur soi-même.
Ligne droite.
L'ivresse, on la connaît, va déguerpir de la sève avant la relève des nouveaux venus.
Dernière ligne droite.
Ventre nu tourné vers la lumière des jeunes pousses.

Je vous parle d'une danseuse hip-hop croisée devant la plus grande bibliothèque de France.
Du blanc électrique de son pantalon de training.
De ses tresses de méduse urbaine.
De ses fines bretelles, de ses abdos en béton.
Souplesse.
Camouflet à la rigidité des mondes et des modes adultes.
Grand écart latéral sur l'ancienne partition des possibles.
Sueur.
Amie d'une jeunesse ne craignant pas de mouiller le maillot en l'absence absolue de victoire assurée.
Amie d'une jeunesse, fière du charbon astral déposé sur la peau des ancêtres.

Je vous parle de printemps délinquant.
Je vous parle de prouesse du quotidien.
Je vous parle de grâce.

Inédit

PHILIPPE LONGCHAMP

On n'aurait pas bien appris dès l'origine comment souffler pour sécher les promesses à l'encre de Chine signées par nos fées et sorcières de naissance.

Pas bien appris comment souffler sur la mèche à bougie pour éteindre le crépuscule et entrer dans la nuit sans y emporter nos cauchemars familiers.

Pas bien appris comment souffler la dame sur les damiers à portée de nos désirs, ce qui, comme on le sait bien, n'est pas jouer.

Pas bien appris les secrets à souffler ou à n'en souffler mot, ni les jeux avec le chaud et le froid, ou avec la braise, ou la boule de verre en fusion, et autres nombreuses possibilités avec la bouche.

Mais à présent pas besoin d'apprendre comment l'âge va nous souffler la vie pour que du vent peu après souffle sur nos cendres.

On a ouvert des bals avec des cavalières de tous âges et couleurs, parfois échevelées et bouillonnant dans des dentelles, toujours dans l'espoir d'avec elles approcher les vertiges. On a toujours fait gaffe aux élégances.

On a ouvert à trèfle, monté à pique, enfin coupé à cœur ; on a toujours joué gros. Sur les chemins des amours, qu'on en soit aux ébauches ou déjà au galop, jouer petit ne vaut jamais rien.

On a ouvert les yeux sur la désinvolture haute couture en cachemire des puissants quand ils tuent sans vergogne qui s'aviserait de les ralentir, potentats d'altitude distribuant simagrées et disgrâces définitives.

On n'a jamais ouvert le feu, pas même à blanc.

Peut-être n'a-t-on plus désormais quantités d'ouvertures. Mais on a tant d'âge, on a peu à peu appris comment se glisser dans les moindres failles, et aller voir.

On aurait volontiers touché à tout mais pas le temps. Déjà on a touché galets, vélos, mulet, jonquilles, clés de douze et carte à puce, sans compter cent mille ou cent millions d'autres touches à nommer, mais pas le temps.

Sont tous touchants les passants si on attend assez pour y voir. Pas seulement ceux à gueule d'ange ou de mystère à déchiffrer, aussi ceux à tête d'acier inoxydable avec gueule à broyer de l'os. On a toujours voulu ça, qu'ils nous touchent.

Et on n'a pas qu'une seule corde sensible à nos violons d'en dedans, c'est clair ; on pleure ou caresse ou reprise ou console et embrasse ou colère et on cogne ou même on tombe en stupeur.

Chaque printemps depuis notre petite nuit des temps on a intensément effleuré du nez des pivoines. Encore maintenant, elles nous le rendent bien.

On a nourri des cuirs à la graisse, des bois à l'huile de lin, des moineaux, merles et geais avec graines adéquates. Comme faisait l'artisanal limeur et tailleur d'ivoire en vitrine jadis dans la rue Bonaparte, on a juste secondé quelques éclats de la beauté du monde. Merci à eux !

On a nourri, il y a si longtemps, les sables avec l'eau de mer seau après seau pour bâtir au soleil des châteaux forts pleins de merveilles éphémères. À tous les sables, à toutes les mers et océans, merci !

On a nourri des meutes et des meutes de désirs à fortes mâchoires, rêves éclatants, passions envoûtées, grandioses desseins. Beaucoup ont naufragé. Ceux qui ont franchi les embûches ont rendu cette vie magnifique. Aux amis et familiers qui l'ont permis, merci !

On a nourri quelques jolies demandeuses d'étincelles tant qu'on a su à peu près faire quelques étincelles. Resterait-il de la ressource ? À toutes les demandeuses, merci !

On n'a jamais fait ce qu'il faut pour nourrir sept cent quatre-vingt-dix-sept millions des êtres humains vivant en 2023 sur notre terre.

Inédits

KRISTELL LOQUET

Les grâces de ses yeux

Et tant que la main pourra écrire nous n'écrirons rien qui puisse changer le monde car seulement être sans corps le bouleverserait... et la pensée nous donnera la mort comme pour provoquer le bouleversement du monde et ainsi pouvoir s'ouvrir sur d'autres horizons. J.-L. P.

Ses yeux bougeaient sans cesse dans ses orbites. Il n'avait jamais le regard fixe. Quelque chose se déplaçait dans son regard, à l'image de sa pensée constamment en éveil, tendue vers l'inattendu. Certains êtres ont le regard éteint. Son regard à lui était plein de grâces.

et il faut écrire sans corps être un poète invisible ne plus penser comme si nous volions et le corps est voyant parce que nous pensons

Quand il vous regardait, ses yeux bougeaient de droite à gauche et de gauche à droite, comme s'ils avaient cherché à voir de chaque côté de vous, derrière vous, en vous ; à vous toucher comme s'ils avaient été des mains enveloppantes. C'était sa façon de vous déshabiller avec élégance et facilité. Il vous regardait avec grâce. Avec la grâce d'un toucher transparent et donc invisible, il pratiquait *l'imposition des yeux* plutôt que celle des mains.

et les poètes n'ont pas de tête ils ont un autre corps que l'on ne peut ni voir ni toucher les poètes sont transparents ils n'existent pas [...] et les poètes essaient de nous refaire un corps et d'eux nous viendront des ailes

On dit qu'avoir la grâce c'est avoir un don, une inspiration. Il avait le don de toucher l'âme de ceux qu'il regardait.

A faire
1 tableau chat Micheline Caty
1 tableau Coquelet
texte grandlieu
l'ensemble Lara Vincy

L'imposition de ses yeux malicieux sur les vôtres c'était son signe d'identification entre lui et vous. Il bougeait ses yeux sur vous et vous vous sentiez plus vivant. Il vous regardait de droite à gauche et de gauche à droite et vous vous sentiez exister. Il vous regardait et vous vous sentiez aimé, auréolé de son amour ou de son amitié vraie.

et toute la magie du monde qui nous entoure n'est due qu'à la pensée qui nous habite

Il aimait depuis l'enfance ces icônes russes où abondent les nimbes qui entourent les têtes et les auréoles qui enveloppent les corps tout entiers : des grands disques dorés pour les anges et les saints, des couronnes de rayons de lumière pour les bienheureux mais aussi de fins anneaux dorés à peine perceptibles à l'œil pour tous ces autres qui méritaient le bain d'enchantement et de brillance. Du plus près au plus loin de la vision. Du plus loin au plus près du toucher. Le bonheur est une grâce.

Est-ce que ces disques, ces couronnes ou ces anneaux dorés ont été jusqu'à orienter et modeler son regard et faire se replier ses mains sur des accumulations de boules surgies de disques de cire, de couronnes de terre ou d'anneaux de papier ?

Est-ce que les lignes d'or circulaires de ces icônes ont été jusqu'à l'éblouir, l'aveugler et le faire écrire comme à la surface d'un espace courbe pour retrouver la sensation de la caresse d'un œil ?

Ces auréoles ont peut-être été les arènes de lumière dans lesquelles il a tourné et tourné et encore tourné ses centaines de milliers de boules et ses centaines de textes sur les yeux. C'est dans ces lieux circulaires qu'il faisait tourner ses mains et sa langue, engagé qu'il était dans une sorte de lutte avec lui-même pour faire jaillir sans cesse le nouveau du même. Il écrivait « nous tournons, nous voyons mais nous tournons sans cesse », reconnaissant dans son corps et dans sa tête les tours que la terre fait sur elle-même et tout autour du soleil. Il ne disait pas le nombre de ses années : il préférait dire à la place le nombre de tours de terre autour du soleil qu'il avait effectués.

Il imaginait que la terre pourrait s'échapper du soleil pour parcourir l'univers. Ces icônes qu'il affectionnait étaient peut-être pour lui les images de têtes « éclatées », répandues au-delà d'elles-mêmes dans des disques de lumière, des pensées envolées du corps, dans un éveil et une paix intérieure continuels.

c'est alors que nous n'aurons plus d'yeux ni de paupières mais que nous aurons des ailes et que ces ailes seront des yeux qui ne pourront plus se fermer comme une pensée en chair et en os infiniment déployée dans l'univers

Le mot *grâce* peut parfois être remplacé par celui d'art ou de poésie. Désignant alors des langages au-delà du langage, une pensée au-delà de la pensée. La grâce nous emporte au-delà. Et n'est-elle pas d'ailleurs cette bonne disposition dont l'au-delà témoigne à l'égard des artistes et des poètes en venant habiter en eux ?

Il y avait chez cet être unique une sorte de mystique, mais davantage dans son rapport profond au secret ou au caché que dans le sens d'une foi religieuse. Il croyait plus en l'invisible qu'en le visible. Il avait l'impression d'être chanceux et d'avoir reçu les faveurs d'un feu supérieur, inconnu et bienveillant. En cela il habitait la grâce. C'est le sens de l'expression *état de grâce*.

Il en voulait pour preuve l'arrêt cardiaque auquel il avait survécu après trois semaines passées dans le coma, sur la ligne de crête de la réanimation. Il avait vécu cette ressuscitation comme la grâce d'une résurrection. Cette plongée dans l'abîme l'avait ramené à ses souvenirs de collégien, ou plutôt de « lycéen », comme on disait alors. Il se remémorait avoir exposé ses tout premiers tableaux dans l'aumônerie de son lycée. De cette période de sa vie où les dimanches se chantaient à l'église, il se rappelait par cœur son « Je vous salue Marie » qu'il avait récité à Franck, l'aumônier de l'hôpital Cochin, assis à ses côtés sur le bord du lit de l'hôpital qui lui avait sauvé la vie et qu'il s'apprêtait à quitter. *Je vous salue, Marie pleine de grâce.* Ou bien encore : *Je vous salue, Marie comblée de grâces.* Marie à qui une grâce extraordinaire a été faite. En récitant cette prière, il remerciait l'invisible auquel il croyait tant. Il lui rendait grâce d'avoir permis à son corps d'abriter encore un peu plus longtemps son âme.

et nous mourrons pour que le monde meure avec nous et que la pensée revive ailleurs et les poètes font briller le soleil dans l'obscurité et les étoiles dans la lumière ils détournent la terre de son trajet dans le ciel ils basculent le monde dans un autre monde ils sont les ailes du globe

Il disait précisément par ces mots que la mort est ce qu'il y a de plus proche de la vie, le rampement ce qu'il y a de plus proche de l'envolement.

Le compositeur Jean Sibelius a écrit : « La musique commence où finissent les possibilités du langage. » Il y a ainsi la grâce de la musique qui se passe des mots, elle aussi déjà au-delà. Et une femme écrivain célèbre dont le nom pourtant m'échappe, dans une interview radiophonique entendue récemment par hasard, d'affirmer qu'au-delà de la musique il y a Dieu seulement. Mais elle se demandait aussitôt, « comme Dieu n'existe pas », ce qui pouvait surpasser la musique. Sa réponse ? Les enfants. L'enfance est-elle la plus haute grâce ?

Albertine, sa petite-fille préférée, me parlait il y a quelques jours de ses *séances* avec lui, me disant tout le plaisir qu'elle a à écouter sa voix enregistrée sur un disque, cette voix qui se faufile au milieu de boules et de livres. Comme si elle désignait par ce mot *séance* ce temps clos et privilégié passé à l'entendre encore et encore. Une séance d'écoute et de contemplation d'un être admirable. « Ne veuille pas mourir », écrivait Pasolini à sa mère. Et j'entends Albertine penser « reviens, reviens » à la fin de chacune des séances passées avec les antiennes de ses chants pour tourner en rond. Il lisait avec tant de grâce. C'était toute sa peau, toute sa chair, tout son sang et tous ses os qui passaient dans sa voix chaude et reconnaissable entre toutes.

nous sommes un corps de chair d'os et de sang et dedans il y a tout le bouleversement incessant du feu de l'eau de l'air et de la terre car le corps est le concentré de toute l'énergie qui se produit dehors

Ces trois éléments – l'eau, l'air et la terre qu'il a dessinés tant et plus – sont à l'image des Trois Grâces de l'Antiquité : splendeur, joie et abondance sont les escortes de la beauté comme l'eau, l'air et la terre accompagnent définitivement le feu de sa pensée.

Il s'appelait Jean-Luc Parant et je verrai toujours les grâces de ses yeux, même fermés.

Inédit

Les citations en italique qui émaillent le texte sont de Jean-Luc Parant. Elles sont tirées de l'ouvrage collectif *Wozu ? À quoi bon des poètes en un temps de manque ?*, Le Soleil Noir, 1978.

Légende de l'image : Jean-Luc Parant, *Les Trois Grâces de Jean-Luc Parant : l'air, la terre et l'eau*, 2003, encre de Chine sur papier marouflé sur châssis bois, 51x35 cm, collection Kristell Loquet.

GÉRARD MACÉ

Je n'écris plus

Je n'écris plus, mais la poésie me revient par bouffées, la poésie qu'on savait par cœur et dont on a honte aujourd'hui. Elle ressemblait à des cerfs-volants, à des grenouilles, à des papillons, à des bateaux mal peints que nous hésitions à mettre dans le grand bain, tant ils avaient l'air d'être faits pour le naufrage.

À la forge du ciel,
un soleil sur une enclume
refroidie par la mer.

À la foudre et la fornication,
au lit qu'on a brûlé
dans la maison de Jupiter.

Au roulement de tambour qui vient du cœur
et ralentit
quand des phrases ailées prennent le relais.

Au temps qui glisse
sur la banquise
et se laisse griser par la vitesse.

À la pluie qui fait du ciel
un sac où crèvent les nuages,
de la voûte céleste une vessie qui se vide.

À la boite à outils au sommet de l'Ararat
qui devait servir à réparer le monde
et rouille entre les nuages.

À la lumière qui monte
de vingt mille lieues sous les mers.

*

Au cerf-volant
que je confondais avec le vol d'Icare
pendant que mon père était perdu dans ses calculs.

Au bruit du temps selon les jours :
le tambour voilé du tonnerre,
la grêle et le papier froissé.

Aux souvenirs de rêve,
à l'écriture secrète
que je ne sais plus déchiffrer.

Aux crapauds
qui sont des princes,
aux chevaux qui faisaient de nous des rois.

À l'herbe qui s'incline
comme une tête qui penche,
au vent qui caresse les écailles du dragon.

Au souffleur de verre,
à son haleine solidifiée
qui ressemble au poème.

À l'écho de la voix,
quand il précède
la voix elle-même.

Aux conversations
dans le noir,
quand on garde les yeux ouverts.

Aux souvenirs qu'on met sous le tapis,
un tapis à fleurs
où l'on met aussi la poussière.

À la mue du serpent,
au corps absent
dont il est la mémoire.

Aux récitations
qui annonçaient des batailles
en faisant la liste des vaisseaux.

Au réel
aussi mince que la glace,
aussi fragile que le temps qui reste.

Aux feuilles du philodendron
qui s'enroulent sur elles-mêmes
pendant que le lecteur tourne les pages

Aux dieux qui n'aiment pas se répéter.

*

À la récolte du brouillard,
aux espèces qui survivent dans le désert
en se nourrissant de la rosée.

À la bulle d'air qui contient les nuages
et l'odeur du tabac,
l'haleine des soldats et le parfum de la gnôle,
peut-être même la peur de mourir au combat.

Au maître de la foudre
et de la parole
qui portait le ciel sur ses épaules.

Aux outils du chercheur d'or
qui cherche un filon dans le réel,
qui trie dans le trivial en espérant un trésor.

À l'arc et la lyre,
à la boîte de Pandore
et la baguette de Prospero.

Au rire de la hyène,
quand le chant du cygne
devient trop doux à nos oreilles.

Au cri du paon
dans une cour de ferme,
quand mon père qui s'appelait Léon
m'appelle de l'au-delà.

Inédit

VICTOR MALZAC

LA GUERRE
LES LAPINS
DÉVALENT LA COLLINE
ET LE DÉSERT LE LAC
TOUT JAUNE MAINTENANT.
TOUT RECOMMENCE.

les lapins de garenne sont venus l'équipe entière, la nation
l'armée venue prendre sa terre à nouveau, reconquérir
le territoire le lécher le salir.

ils viennent ils vont sur les résidus de poussière leurs parents
dans nos cuisines pendus par le cou les oreilles les organes
jetés mangés dans la marmite ils se rendent compte
ils le sentent sur nos doigts.

ils viennent de partout ils sautent sur nos genoux et nous
disent je t'aime je t'aime s'il-te-plaît je t'ai adopté il y a belle
lurette très longtemps dans les histoires dans le livre
des couleurs le poisson arc-en-ciel la bonne nuit
de notre mère.

ET QUAND
MAMAN
NOUS DISAIT BONNE NUIT
SA MÈRE NOTRE GRAND-MÈRE
PARTAIT
À LA GUERRE À NOTRE ÂGE
PERDAIT

les lapins partent c'est la guerre tout explose ils mangent des chips des rogatons dans l'herbe restante laissent les paquets vides.

la bataille était longue on attendait la bête on avait fait des barricades.

ma sœur bougeait ma sœur voulait sauter nager dans la rivière s'en vouloir, elle voulait sauver son lapin de coton dans l'eau rouge,
son amoureuse dans le ventre du lac.

CAR IL A BU
L'EAU DU
LAC, ALORS
QUE POURTANT ELLE
ÉTAIT ENCEINTE.

ils boivent l'eau du lac bientôt les reins nous lâcheront
bientôt l'eau ne sera plus jamais potable

elle sera trop claire trop verte alors la bête ne pourra
jamais mourir.

ma sœur et son lapin boivent tu bois l'eau du lac en paix
son ventre plein son ventre gorgé d'eau de coton
son ventre de peluche tu entends tu sens.

tu sens dedans touche tu peux mettre les doigts
comme c'est doux sur la peau dans le ventre si gentil si calme
le bond des petits lapins.

Inédits

CHRISTOPHE MANON

Glorifions sa grâce par notre vie

1

ici tout à fait peut-être précisément
entre nulle part et maintenant c'était
tellement ce fut d'ardeur si ce n'est
comme un excès l'orage menaçait
au plus haut de lumière toi et nous
grands ouverts tellement resplendissent
un peu plus que si belle nous nous
sommes-nous l'un contre dans tes
bras qu'un seul instant un seul voici
venue pleine de grâce c'est-à-dire
je ne m'en souviens-tu ne pleures
pas comme dans l'enfance des traces
d'absence et de silence l'empreinte
d'une scintille au creux des rêves
sur tes hanches oh mais cesse donc
d'un furtif doucement à travers
les temps s'agitaient tous les temps
et là-haut tourbillonnent c'est ainsi
soit-il dit-il ceci est ma dernière
mort en suspension au gré du vent
dans tes cheveux qu'est-ce mais
qu'est-ce d'autre que de l'amour

2

où les jours sombrent d'un parfum
si léger en vérité leurs silhouettes
comme une bénédiction dans ton
sommeil pareilles à des fantômes
tranquilles c'est donc cela rien que
la mort en vérité ce n'est que vaille
que cela chancelants dans la chaleur
ou peut-être n'était-ce hier je ne sais
pas une seule fois depuis et parmi
la présence sans colère de toutes
choses qu'un rayon d'une nécessaire
nécessité avant de disparaître encore
à genou mais debout sur tes lèvres
le souffle en équilibre combien je te
désire tellement plus près viens tout
près mon cœur oh mon petit bras
dessus bras d'amour quasi n'existe
quand je revois je ne revois seulement
cela qui n'advient pour se sauver
le peu de ce qui ne reste et demain
le monde avait-il lieu plus que tout
glorifions dit-il sa grâce par notre vie

3

soudain c'était peut-être ou bien
derrière les apparences nos corps
réels retentissent de sueur et se
multipliaient sous la lumière exacte
est-ce que toujours plus nous nous
approchions-nous de notre absence
peut-être pour exister à tâtons seuls
et nus le long de tes jambes depuis
la tendre pas encore qui ne l'est tout
à fait simplement tout était à jamais
trop tard à commencer par cela
qui se dérobe et brûle derrière le ciel
très large d'un peu plus que son poids
quotidien oh s'il te plaît dit-elle dit-il
donne-nous notre cœur partagé je te
plus que tout j'ai peur tellement mon
petit coquelicot cela fut c'est-à-dire
dans le présent éblouissant et n'aura
jamais plus déjà lieu nulle part de rien
ne reste dans nos mains et pour quelle
grâce de vivre et de mourir réconciliés
avec notre destin mais tout disparaîtra

Inédits

GILLES MARCHAND

Quand on y a goûté

Je joue un peu faux
Mais je joue
Je suis parfois un peu
Trop bavard de musique
J'en mets partout
Des notes, des notes
Ça déborde de notes
Je devrais les trier
Je le fais parfois
Je les accroche à ma portée
Mais elles tombent
Ou éclatent
Elles éclaboussent
Parfois avec grâce

On ne contrôle pas la grâce
On la cherche
On la perd
On s'en rapproche
On la frôle
On la touche
Elle nous échappe
Et reparaît
Au hasard d'une chanson
Ou d'un geste

On se dit que c'est bon
On la tient pour de vrai

On ne lâchera plus
On en fait un paquet
Mais elle a disparu

Alors on recommence
On ne peut vivre sans
Quand on y a goûté

J'ai connu une chanteuse
Qui rampait à ses pieds
Elle la suppliait
De ne pas l'abandonner
De ne pas la laisser
De lui donner une chance
Une sorte de dernière danse
Elle l'aimait pour de vrai
Il était bien trop tard
La Grâce avait filé
Pour une autre chanteuse
Pour une autre danseuse
Qui ne savait pas encore
Qu'elle avait la grâce
Pour quelques secondes
Pour quelques minutes
Ou peut-être une vie

Et moi je regarde
Et je me souviens
Quand c'est moi qui l'avais
Je me souviens les notes
Qui éclaboussaient en étoiles
Mais je continue
À faire déborder les notes

À les suspendre à ma portée
Une petite portée
En attendant que
Peut-être un jour
La grâce repasse par ici
S'y arrête
Une seconde
Une minute
Juste le temps
De soulever les notes
De soutenir ma voix
Et tant pis si c'est faux
S'il y a la grâce
On s'en fout si c'est faux
Quand on a la grâce

Et si elle ne vient pas
J'aurais essayé
J'aurais tout tenté
Je me serais marré
J'aurais chanté
J'aurais dansé
J'aurais pris le risque
D'accueillir la grâce

Inédit

JEAN-MICHEL MAULPOIX

Accordez-moi la grâce

Seigneur mon Dieu, disait-il, « accordez-moi la grâce
de produire quelques beaux vers
qui me prouvent à moi-même
que je ne suis pas le dernier des hommes »

Mais je suis le dernier des hommes
et je sais qu'aucune grâce ne sera accordée
Il est donc inutile de la solliciter
comme une faveur du ciel

On ne la trouve que dans les formes belles
le charme et la souplesse des corps
d'élégantes silhouettes, à la faveur du jour
plutôt que des dieux ou des princes

Et l'on sait que le temps qui passe
n'accorde aucune remise de peine
Il ne laisse à personne la vie sauve
Aucun châtiment ne nous sera épargné

Sans rien attendre en retour
il ne nous reste à assembler que des semblants de poèmes
avec des bribes de trois fois rien et de mauvaises pensées
venues toutes seules en désordre sous la plume

Faut-il appeler cela « grâce du style » ?
À quoi bon ces déchets de petites histoires ?
Quand la langue ne chante plus et se fait cruelle
Il ne reste sur le papier que de la vie qui se résigne

Il est en vérité très douloureux de concevoir
Que les mots ne s'envolent plus
Notre corps idéal n'est plus si léger
Que l'on puisse y greffer des ailes

Le temps du poème est passé
où l'on y pliait les genoux
et disait de grandes choses tristes et solennelles
en murmurant de graves paroles

Comme dans l'ombre grise d'une église
où tremblaient des voix et des cierges
protégés par une Vierge et un Christ de bois
dont saigneront toujours chevilles et poignets

C'était une chapelle de pierres blanches
Peut-être une tente de fougères, peu importe :
On y pouvait croire à des choses
Quand l'espérance s'y abritait

Et même quand on n'y disait que sa tristesse
la vie ne semblait plus si grise
Le poème à présent est une cabane de neige :
Où le froid fait silence.

Inédit

CÉLESTIN de MEEÛS

1.

Un vieux paquet de Belomorkanal traînait
dans le troisième tiroir de la commode
entre les deux walter et l'impossible steppe
c'était l'été des cathéters et de la canicule
l'été des morts et de la connivence
du pire – quand nous n'avions pas d'autres choix
que de parfaire ce qu'aujourd'hui
sont devenus nos plus glorieux mensonges
que nous avions trois cartes
épinglées sur le mur – que nous avons compris
que la cartographie n'est rien
rien qu'un rétrécissement des lieux
où il serait encore possible de se perdre.

2.

Une abondance de brome, de bleu baril
en cet octobre où nous baisons
pour faire barrage aux incursions du froid
mais c'est toujours la nuit
au martèlement du loir dans la toiture
que nous rattrapent toutes les informations
du jour et juste avant de prononcer
la mer provoque un sentiment d'usure
nous comprenons que nous vivons
dans une époque où le sadisme se dissimule
dans la tendresse et la démocratie
et que la guerre chapeaute
la charité.

3.

Entrés en gare nous inventons
de vastes fables de la grandeur
de Oaxaca   et chaque octave
du roulement des rails sur le gravier
nous donne envie de boire et de tenir
dans la main droite une promesse
dont pour une fois nous ne douterions pas
une vulgaire promesse qui ait le temps
de dévier à la mesure
de nos désirs en nous disant
que s'il existe encore un tout petit détour
nous en ferons une vaste fable
nous travaillerons la cape et la verónica.

Inédits

LUIS MIZÓN

Écrire un poème est un acte de courage
comme se jeter à la mer
pour sauver un enfant

l'instant ne sait pas nager
dans le naufrage du temps

Les poètes devraient être des infirmiers
des médecins d'urgence
prêts à risquer l'impossible
pour garder les mots en vie

À l'âge mûr
souvent en exil
ils écriront la légende des choses minimes
les instants qu'ils ont eu la chance de sauver

Parmi les fleurs calcaires du récif
ils trouvent parfois des petits miroirs brisés
ce sont des morceaux de l'âme d'autrui
L'âme
ce sont des mots et des taches
et ce qui reste en nous de plus fidèle aux mots
la trace de notre haleine la plus pure dans la bise de l'au-delà

rides irisées
rails qui s'en vont vers nulle part
écailles d'acier sombre
échos de l'horizon

étincelles dispersées dans la suie du ciel
galaxies qui s'enroulent sur les arbres de cire

Entre les mensonges des fleurs
je ramasse la rose carbonisée des véritables mots

Mon âme rebondit sur le chemin
elle a appris à fleurir
comme un cactus
à l'ombre d'une pensée qui ressemble à la pluie
telle qu'on aime l'imaginer
insouciante
tombant au large
déluge de joie en parfaite solitude

Mon âme m'a appris à inventer un monde
à l'intérieur d'un caillou
avec un ciel sans nuages et un lac
dans le cratère d'un volcan

Mon âme a grandi à l'ombre des choses disparues
elle m'a appris à me nourrir d'éclipses dans l'espoir du soleil

Je n'ai plus besoin de corps
pour exister
surfeur de la vague qui ne vieillit pas
point doré qui saute sur les écrans verts des radars

d'où viens-tu
où vas-tu
petit point doré ?

Mon âme est partie avant moi
elle m'attend peut-être
assise dans un bistrot du mont Olympe
devant un verre de bière ambrée

Comment ferons-nous pour nous reconnaître ?
si par chance je l'aperçois au loin
dans les latitudes et les longitudes de l'instant
de l'ailleurs ou de l'ici
Comment savoir si elle me fuit ou si elle m'aime ?
j'imagine mal notre première rencontre

Je demande aux pierres
de rester près de moi
pour que je puisse découvrir
sous leurs paupières fermées
le regard de la prière

Mon âme est partie emportée par le vent
elle ne reviendra pas
et le vent non plus

il cherche qui a volé la lumière

Inédit

MARIE MODIANO

Trois poèmes de saphir

1.

Dans ce vide j'ai vu la voile et le navire
ça tanguait sans jamais s'arrêter
droite-gauche, gauche-droite
comme les aiguilles d'une pendule déglinguée.
Je fuyais vers un horizon qui rétrécissait
à force de s'agrandir
et ça me donnait le tournis
les souvenirs remontaient à la surface
les bons mais aussi les mauvais
traces mousseuses au creux de mon insomnie
telle l'écume
l'écume de ma petite vie.

2.

À Séoul
j'ai marché avec toi
nous avons ri le long d'une autoroute
en nous disant que nous en avions vu
des pays ensemble
des beaux, d'autres moins
des soleils aux teintes diverses
parfois jaunes, parfois blancs
mais notre amour est là
intacte et solitaire

peu importe la couleur
peu importe le pays.

À Séoul
nous nous sommes embrassés
dans une rue piétonne aux devantures bariolées
un chien s'est posté devant nous et nous a regardés
puis il a disparu dans l'obscurité
j'ai pensé :
Je ne reverrai probablement jamais ce chien, ce chien coréen
je me suis demandée si tu te disais la même chose
au même moment
comme cela nous arrive souvent.

À Séoul
nous avons parlé
le matin, l'après-midi, le soir
et parfois même la nuit
ne cessant de nous interroger
sur les personnes que nous sommes devenues ces dernières années
ligotés à une vie qui nous ressemble si peu
rêvant tous deux de liberté jusqu'à n'en plus dormir
Assez de cette même journée qui n'en finit plus
voilà ce que nous nous sommes dits à Séoul
les yeux dans les yeux
un sourire aux lèvres
comme une promesse secrète entre nous.

À Séoul
j'ai regardé à travers la vitre de notre chambre d'hôtel
les néons rouges et verts clignotaient sur la grande avenue
j'ai voulu ouvrir la fenêtre sans y arriver

alors tu m'as aidée
mais le bruit des voitures qui passaient était assourdissant
nous l'avons vite refermée saisis d'un fou rire
impossible à contenir
pendant une heure, peut-être même plus.

À Séoul
j'ai joué de l'accordéon et aussi du piano
au beau milieu d'un décor fait de carton-pâte qui représentait
Paris
je t'ai fait un clin d'œil quand j'ai traversé le petit pont
mais je ne suis pas sûre que tu m'aies vue
ils l'appelaient tous *le pont des amoureux.*

À Séoul
j'ai dansé
j'ai fait des claquettes
toujours dans ce même décor de carton-pâte
et toute la salle m'a applaudie
une fois rentrés dans notre loge
je t'ai murmuré à l'oreille
je t'aime

C'est grand Séoul
Si grand que quand je ferme les yeux
je te cherche mais je ne te vois pas
je me perds et je tremble
à l'idée d'être seule
comme ça
toute seule à Séoul.

C'est loin Séoul
si loin que quand je me réveille

tu te couches
le noir de ta nuit
N'est pas le même que celui que je traverse le matin
Pour accompagner nos enfants à l'école.

C'est triste Séoul
si triste car tu y es
et moi je n'y suis pas
nous ne cessons de marcher ensemble
le long d'une autoroute
dans cette ville
Au fin fond d'un rêve chancelant
Qui disparaît déjà.

3.

Heureuse après la pluie
le temps enlacé à ma taille
je fais du hula-hoop dans mon esprit
dehors il fait sombre
je m'enfonce comme si ça n'allait jamais s'arrêter
tandis que d'autres s'arc-boutent contre le mur.
La deuxième partie du mot désespoir n'est-elle pas espoir ?
Ne l'oublie pas fille de l'ombre
tu fais du hula-hoop dans mon esprit
avec ton cœur qui bat fort
et tes yeux un peu trop bruns
tu t'éloignes déjà tandis que le noir passe au bleu
et que j'entends à présent les oiseaux qui s'éveillent.

Inédit

ANTOINE MOUTON

Tout le monde

Il y avait du monde et pour une fois c'était bien. Pour une fois j'ai aimé voir des gens. Des gens qui ont l'habitude de se voir entre eux, des gens qui ne se sont jamais vus avant. Pour une fois je n'étais pas inquiet. De ne pas reconnaître quelqu'un, d'oublier un prénom, de ne pas avoir parlé avec tout le monde. Tout le monde c'est trop, tout le monde le sait. Je n'avais pas peur de ce trop, je l'avais même provoqué, manigancé. J'ai fait avec le manque. Avec les manquements. Les impairs. Mais j'ai reconnu chaque personne, et comme je n'avais pas peur j'ai parlé à tout le monde. Un peu mais fort. Il n'y avait pas de temps pour laisser traîner les conversations. Elles sautaient comme des puces sur la peau d'un gros animal. Nous étions le gros animal. Les conversations sautaient sur notre dos. Les conversations rebondissaient. D'une personne à l'autre. Sur le dos de l'animal que nous formions. Peut-être un âne. L'animal de l'enfance. Nous donnions forme à l'enfance.

J'ai aimé voir les gens. Nous avions peu de temps pour discuter, mais je voyais les gens. Je les trouvais très beaux. À vrai dire je les trouvais magnifiques. Je me disais : mes amis sont magnifiques. Ils sont venus avec leur beauté. Et la personne avec qui je vis, je la trouvais encore plus magnifique. Peut-être pas plus que les autres, mais autrement parmi les autres. Sa beauté me touchait à un autre endroit de la peau. Comme un surgissement. On vit avec une personne, on la regarde mais on ne la voit pas. Et un soir, soudain, on la voit de nouveau. C'est une couleur particulière sur le dos de l'âne. Et sa beauté nous revient. Tout le monde était poignant de beauté. Tout le monde était venu, et ceux qui n'avaient pas pu venir, je ne leur en voulais pas du tout. Tout le monde est resté dans le bar jusqu'à la fermeture. Deux personnes ont dansé. Certaines ont mangé, en tenant leur sandwich sous la table, pour que le patron du bar ne leur fasse pas de remarque. Tout le monde est resté, et ceux qui sont partis, je ne leur en voulais pas non plus. Je savais qu'ils n'en avaient pas marre. Mais c'était leur heure.

Quelqu'un m'a dit : tu connais beaucoup de filles. J'ai dit oui, mes amies sont surtout des filles, on n'arrive pas à être ami avec les garçons, les garçons sont obsédés par le fait de vivre seul, de prouver leur indépendance, ça a à voir avec leur mère, les garçons n'arrêtent pas de se détacher de leur mère, moi je n'ai pas vraiment ce problème, j'aime la dépendance, j'aime beaucoup dépendre des autres, donc mes amis sont principalement des filles. Mais j'aime aussi les garçons, et je les trouve beaux, et je parle avec eux, mais ils sont moins présents, et c'est ainsi. Oui, tout le monde était venu, tout le monde était une fille, et c'était magnifique.

Quelqu'un a dit : est-ce que la folie de la mère est là pour cacher la violence du père ? Quelqu'un a dit : ça fait dix ans que je n'ai pas fait la fermeture d'un bar. Quelqu'un a dit : c'est dingue, tout le monde à cette table voit un psy. Quelqu'un a dit : et pourtant on rigole. Quelqu'un a dit : j'ai créé un jeu sur les poètes suicidés. Quelqu'un a dit : il y a Sylvia Plath dans ton jeu ?

Et puis le bar a fermé, et nous sommes restés devant la porte, et nous avions trop bu alors nous avons ri, et tout le monde avait la voix brisée, et cette brisure était d'une beauté folle, une beauté de plus dans la nuit, et j'aimais vraiment tout le monde.

Et quand je suis rentré, je n'ai trouvé à dire du mal de personne, et ce n'est pas si souvent, finalement. L'accord.

L'accord avec ce monde qu'on connaît, qu'on choisit, qu'on invite et qui vient. Ce monde qui vient, qui reste toute la nuit, et qui laisse sa voix se briser. Ce monde, oui. Ce monde à qui dire oui, enfin, après tous les refus de l'enfance. Tous les refus qu'il a fallu faire, enfant, pour continuer de vivre. Tous les refus, pour que le chaos ne soit pas total. Pour que la blessure soit vivable. Cette existence, enfin. Oui. Le lui dire. Oui, viens. Lui donner rendez-vous. Être présent. Répondre. Avec la voix brisée.

Inédit

ANNE MULPAS

C'est dans l'éloignement
que je comprends parfois ce que prier veut dire
j'aiguise le souvenir
affûte son écho
comme un baiser aux paupières résonne longuement
dans le rêve à tâtons
le sac est léger au revers de la peau.
je garde
tu vois je n'ai gardé que
le frôlement du doute et l'assise du sourire
cela suffit pour se mettre en route
suffit amplement pour voir
aimer aussi sans doute
puisque
chaque œil a le pouvoir de consoler Judas

•

chaque jour une ligne une ligne courant droit tête baissée
buttant contre le vide ce flottement régulier
comme une lune que l'on aurait froissée dès le cocon
comme
une respiration cousine arrondit le sommeil le drape et l'emporte où tout ne cesse de commencer – le monde là tout près – la ligne retourne encore la ligne en sa pensée se raclant s'épanchant pour que l'instant qu'elle espère précéder procède à la naissance de ce qui fut ne peut en fait qu'avoir été chaque jour la ligne ce trait de maître en l'atelier se déchausse déhanche se rotule pour un oui un non pour apprivoiser le blanc mystère en noires pattes mouchetées

pour que deux ailes lui poussent et que
chaque jour puisse remettre

ça

chaque jour une ligne reprenant par en dessous d'elle-même le vouloir effréné du chemin reprenant se repensant elle-même le vide la ligne la ligne le vide la perception du jour et de l'oubli l'ange en son désert
sentinelle désertant s'effaçant sentinelle sûrement si près si loin des doigts qu'elle n'ose dire l'incertain de chaque jour où

une ligne

n'est que tentative ligne de la main au front ce combat contre le vide tout contre lui pour que le ciel s'enrobe le museau de gelée verte pour que la couleur puisse naître et le parfum aussi

comme un tapis de mousse sur les gencives mortes des plaines que la bête grignote réinstalle en son ventre chaque jour digère cette même chose ce mouvement qui ronge l'enclos de la nécessité

qui s'obstine encore
pour aborder le feu absorber le froid de l'origine et le sexe imposé pour qu'entre ses multiples ratés renaisse l'émerveillement le mystère chuchoté

et que

chaque jour
en son chapitre premier la ligne s'imagine et d'elle-même s'accouche puis se lève titubante fière malgré le tremblement l'ascension monotone et les rires en bubons dans le cimetière des hommes où

la ligne
intuitivement sait qu'elle ne se connaît reconnaît qu'en se cognant à chaque granule d'humanité quand chaque

jour

où son reflet fuyant elle ressasse la folie de ses fentes
s'expatrie vers l'ailleurs qui promet une levée   alors oui
la ligne court conquiert la résistance de légions d'aïeules
au torse de dentelles oubliées

qu'elle

aligne et réanime chaque jour courant droit s'essoufflant
        s'époumonant   en fragments en ratures   comme
des crachats de fleurs qui auraient pris froid trop tôt trop vite
dans le terreau de l'insensé
tandis que le présent ne cesse d'offrir tout ce qu'il sait   ce
qu'il en coûte au devenir

comme s'il n'était jamais possible que – ligne entre
les lignes

l'amour nous délivre

Inédit

SARA MYCHKINE

L'heure violette

le ciel s'ouvre
sur tes cernes

fendus

ma langue au feu glacé
de tes poignets

les autoroutes du destin
d-rift
Sur la paume

il y a
venger
Les nôtres
et embraser
la Fin
du monde

une veine
bat des mondes
épars

lesnéonsvrillentenfumées

mes lèvres
débordent
sur ton
chaos

la résonance
est
Radicale

est-ce que vous
m'avez
regardé casser
le dos
aux Cadences de la rage ?

le muscle
comme un lien
Nouée
à la faveur des ombres

la perte comme
De la glaise
et ces soleils
qui ont

semé

J'ai foutu
ma carcasse
dans les flancs
de l'envol

une lune
amputée
glisse sur
les trous
de
ton
regard

La lumière est féroce

ma peau se défait sous tes lèvres

je crache à la portée des tien-ne-s

des futurs piétinés
Sur la membrane
des soleils
Plastiques

le butin
Translucide
des visages
En y

Le langage ne m'appartient pas

Les mouches
n'ont pas
de reine

poésie c'est ton sexe
mouillé
Qui se noie
dans ma langue

la fumée sort
par la bouche

– de_la_tristesse_artificielle

L'océan se décharge dans le soleil

tes yeux sont des portes
fermées
sur les falaises

la transe parcourt l'ébullition du souffle

j'ai mis le feu
aux entrepôts
du temps

Séisme
C'est la controverse
des corps

l'odeur du
métal
blessé

et ton bordel
d'ombres
Mauves

la gorge aussi rouge que la nuit

le vertige comme
Cadeau
de la douleur

Ma voix est une foule qui marche

Inédit

JULIE NAKACHE

Rendre grâce aux baisers oubliés sur un banc
aux rêves qui s'absentent des nuits
aux *beautiful losers*, aux jours dépouillés
aux aubes blanches, aux hiers dévastés
aux demains sans voix ni visage
Rendre grâce aux silences des mères
aux révoltes des filles
aux lamentations
aux murs brisés
aux hivers dans nos bouches
aux peaux déchirées aux pierres recousues
aux corps-à-corps avec la Terre
au souvenir des morts
aux cendres soufflées sur les seuils

Rendre grâce aux larmes
de sel
de sang
de pluie
et se brûler les lèvres à la première prière.

*

Nous n'aurons pas d'autres royaumes que ceux de nos ombres
pas d'autres lumières que celles de nos déclins
Nous aurons été chiennes à la chaîne, chiens aux abois
Nous nous serons prosterné.e.s devant l'insecte et sa reine
devant le paysage disparu
devant l'arbre, l'herbe, la feuille
Nous nous serons adonné.e.s aux silences, aux éclairs, à l'inconnu

à l'immortalité des premières fois
Nous aurons été hommes, femmes, femmes-hommes,
créatifs dans nos genres et nos vies
Nous aurons vaincu échoué remercié
Nous aurons été.

*

Ainsi nous sommes au monde par la grâce d'une *folk song*,
désarmé.e.s, abandonné.e.s
impuissant.e.s

En éveil

Amen.

*

Le ciel s'ouvre
Chute
de
ciel
sur la terre insatisfaite
Retiens ce ciel
Il élève
pas toujours juste
Illimité dans le décompte de nos vies.

*

Nous nous sommes
rejoint.e.s
enroulé.e.s

enveloppé.e.s
nous nous sommes
hissé.e.s
haussé.e.s
élevé.e.s
nous nous sommes
enfoncé.e.s
enfoui.e.s
enseveli.e.s
nous nous sommes
bercé.e.s
choyé.e.s
caressé.e.s

Pour un peu plus de grâce.

*

La foule porte en elle des ciels et des chants, des vies,
des enfants, des lettres de sang.

La foule porte en elle des rues, des sentiers, des quartiers, des pays, des îles, des mendiantes, des reines, des horizons de feu,
la foule sentimentale brûle, embrasse, embrase.
La foule connaît l'envers des amours, l'endroit des discours,
la foule reçoit les mots comme des coups, rend l'œil et la dent,
la foule a le ventre et le cœur chargés de royaumes, la foule cite Yeats car le monde a du chagrin.
La foule avance, à l'arrivée dit le peuple.

*

Au seuil de nos découragements

la main blottie dit la tendresse
la fièvre l'amour des mères
la vitre mal lavée le ciel
la mort les chemins bleus et mauves du cou
le cri dans l'océan la révolte des Justes
la fuite des femmes la course des joggeuses
les jours baissent sans flamber encore
l'herbe repousse après l'incendie
les disparu.e.s appellent nos mémoires
les draps éteints éclairent la lumière des sexes

Au seuil de nos découragements
élever l'aube
et se réveiller
à s'en casser les yeux.

*

Quelque chose écrit
Quelque chose s'écrit
En suspens du silence
En marge d'un cri
Un écho – un feu – une bête
Le vent mange le bruit
En résonance.

Inédits

ARTHUR NAVELLOU

Trouvée

La colombe égarée ou le parfum du doute
Dans l'œil tremblant d'un chien enfermé dans la soute
La morsure du froid dans le creux de la main
Attrapée de justesse à la porte d'un train

Le plan d'une évasion dessinée à la hâte
Pour aller voir la mer la semaine de Pâques
Le mouvement du châle égaré dans le vent
Trop chaud pour la saison dessus un oiseau blanc

Dans un geste inconscient fruit de force et douceur
On se lance nos sacs comme deux vieux jongleurs
Du réel impatient au centre de la cible
Tout paraît si normal si simple et si facile

Nous sommes des oiseaux dans la libération
Nous l'étions dans la cage oui mais nous l'ignorions
Rien n'est dur après tout si l'on ne touche rien
On se fraye un instant un fragile chemin

Je regarde un serveur affairé en terrasse
Plombé par un soleil qui ne fait pas semblant
Il essuie d'une main de la sueur sur sa face
Et ne compte jamais la monnaie qu'il nous tend

La plage n'est pas pleine et la journée s'achève
Un trop jeune enfant pleure et je me souviens d'elle
Qui cherchait quelques sens au milieu de ses rêves
Des clés pour enfoncer dans le brumeux réel

Il a plu quatre jours et nous n'avons rien dit
Pour ne pas rajouter au paysage éteint
Dans notre appartement l'enfant s'est endormi
Nous avons fait l'amour comme deux clandestins

Nous recherchions l'accord perdu de notre histoire
Ce qui fut le moment précis où tout dura
Qui dressa sa colonne enflammée jusqu'au ciel
Qui fait que deux humains se rejoignent et voilà

Que l'on peut croire à Dieu comme un grand raccourci
Aux questions enrochées dans le sel de nos vies
Qui fait les mots en feu et les langues avides
De se battre sans fin sans fin et sans merci

Car nous sommes violents quand nos désirs sont vrais
Quand nous savons de fait la voix vers le sommet
Comme c'est si fragile ce que l'on se promet
Pour retrouver l'instant qui ne dure jamais

Je ne m'appartiens pas quand je suis en suspens
Entre deux directions opposées et pourtant
Je voudrais m'y plonger de plus en plus souvent
Car je sens dans les yeux de l'autre un feu aimant

C'est le sang des bateaux abîmés dans le bleu
L'énergie somnambule à la proue des aveugles
L'éternité instable en train de déjeuner
Un rire de vieillard un matin de janvier

Nous voulons nous survivre et éviter les balles
Lancées par des robots et des humains serviles
Pour cela nous savons que la grâce est de mise
Mais nous n'avons sur elle qu'une trop faible prise

Il est temps de partir et nous cherchons des yeux
L'or nous appartenant et quelques souvenirs
Les fruits d'une existence en instance de vide
Entre deux lourds sommeils et ponctuée de tonnerre

Nous voyons cette plage et ses badauds débiles
Son serveur assoiffé aux goélands tactiques
Nos valises usées de ne pouvoir mourir
Sous le poids délirant de nos plaisirs antiques

Nous disons au revoir sans entendre répondre
Ces murs blanchis et nus qui ont presque tout vu
Nous passons devant eux pour de fous papillons
Qu'une lumière vive avalera tout cru

Soignés de notre rage après un bain de mer
Nous regagnons la ville et son rythme et son bruit
Rêvant d'y revenir les corps chargés de joie
Pleins d'un bonheur vécu peut-être une ou deux fois

Nous demeurons légers dans la vitesse et l'ombre
Cahotant sans répit entraînés par les yeux

Résolu à ne prendre aucun ordre au sérieux
Un enfant s'est caché dans les vagues du monde

Inédit

Cachée

Tant que l'amour existe
Et ses vagues
Et ses feux
Et ses vains artifices
Pour nous ouvrir les yeux
Et ses petites preuves
Et ses graines sublimes
Et ses attentions veules
Et ses sursauts cinglants
Et ses promesses d'ombre
Ses avertissements
Sa confiance sans borne
Et son souffle coupé
Son envie de crier comme un vieux maraîchers
Pour qu'on lui prenne tout il ne doit rien rester
Sa crainte de se voir un soir abandonné
Par un homme une femme ou l'enfant fatigué
Tant que l'amour existe
Et ses vagues
Et ses feux
Il joue à se cacher
Dans le meilleur de nous deux

Inédits

JEAN PÉROL

Étrange littérature, chacun son coin de France. Parfois le Jura est si loin des mondanités normandes du Touquet. Des petits chéris de maman aux grands voyous de la mort. L'École Alsacienne, Henri IV, des plaines à loups du Moyen Âge. Des enfances attaquent par-dessous, rouges de leurs soleils opposés, de leurs brumes, de leurs femmes et de leurs vallons. Parfois même, elle dégringole des balcons des banquiers suisses, avec de sales manières, le clope au coin des lèvres, pour porter sa scansion jusqu'au bout de la Sibérie. Dis, Blaise, c'est encore loin la France ? Elle roule toujours, des pierrailles provençales aux sapins muets des Vosges. Venus de tant de coteaux, finalement, très cher Villon que les loups mangèrent, il n'est pas de bon bec que de Paris. La mer hante aussi de hautes voix, jusqu'à les pousser en Amérique, offrir en Virginie son mouchoir blanc en débarquant à une jeune esclave noire, où s'aventurer dans la sauvagerie au pied des Niagara. Vicomte. Les cerisiers en fleurs de la Saône abritent les rêves amoureux d'un petit fuyard savoyard. Du Meschacebé au lac Léman, des bords de l'Ain aragoniens aux bords du Rhône claudéliens, que d'eaux lustrales en douce coulent sur le gravier des poèmes. Et je vous en supplie, n'oubliez surtout pas Bordeaux, sinon que de hautes ombres vont aller se fâcher ! Sur cette terre de France, partout les mots poussent, et vous poussent, à croire que c'est bien cette vieille terre de vins et de champagnes qui a voulu cette grâce. De partout, de l'humus des siècles, têtus, les livres sortent. De ses vents, de son ciel, monte un horizon de phrases, monte la plus longue écriture terrestre qui ait couru sur le papier vierge des jours. Monte. La grâce.

Le temps aura limé les poètes du jour
le temps aura limé ceux qui sont sans vautour
le temps aura séché les modes les plus fières
le temps aura limé ce qu'il fut dit de faire

le temps aura limé le temps des commentaires
le temps aura jeté ce qu'il fallait servir
le temps aura fané ce qu'il fut dit d'aimer
le temps aura limé   nous   reviendrons sur terre

le temps sera venu de ne plus nous maudire
le temps sera venu de ne plus s'écarter
le temps sera venu de pouvoir accueillir
ce qui fut dans nos os le salut des années.

À Edith Bruck
De 1930,
d'Auschwitz,
de Bergen Belsen.

Il y eut tant de morts qui n'ont pas disparu
qui demeurent vivants aux lèvres des vivants
d'innocents achevés dans des fossés lointains
cadavres-détritus aux yeux toujours ouverts

nous fûmes de ce temps d'un noir de cimetière
les hommes n'avaient plus que tuer à la bouche
tout ne fut que drapeau haine rouge et sanglots
la vie était soumise aux folies carnassières

hébétés on n'a vu que des mères pleurer
la terre était glacée et sans aucun abri
notre enfance ignorait d'être un jour condamnée
à demeurer sauvée aux portes de l'enfer.

Ainsi l'antique bouche parlait à ses fantômes
ainsi au fond de l'ombre on précisait le monde
et les pâles humains toujours se détournaient
la voix errait plus seule au fond de leurs décombres

que peut la poésie sur le déni d'amour
que peut la poésie sur le vieux goût du mal
les hommes cajolaient la force de tuer
qui nichait assoiffée au fond de leurs entrailles

et nul n'est revenu sur l'ordre séculaire
d'infliger la douleur au plus faible qui lâche
chacun s'en va buter au mur de pierres noires
ah qui fera couler dans les cœurs la douceur ?

Inédits

SERGE PEY

La poésie est un détail ordinaire

La poésie est un détail ordinaire
Le vieux est entré dans la maison
et a délacé seulement une de ses chaussures
L'autre il l'a gardée car son pied lui faisait mal
Nous avons commencé à collectionner
des boîtes
jusqu'au jour où elles ont ressemblé
à d'autres boîtes
Pourtant les boîtes d'allumettes
ont toujours eu ma sympathie
parce qu'elles mettaient le feu
à ce que nous ne savions pas
et souvent à elles-mêmes

La poésie est un détail ordinaire
Un prisonnier s'est enfui du tribunal par la fenêtre
Un miroir s'est brisé de l'intérieur à cause des visages
qu'il avait gardé prisonnier
Un autre a vomi du verre
La logique de la neige est devenue insupportable
Elle n'accueille plus les corbeaux
parce qu'ils sont devenus blancs
et qu'on les mélange avec ses flocons
Le dictionnaire n'est plus lu que par les rats
ou par des lunettes de hiboux
et par moi aussi puisque je suis l'un et l'autre

La poésie est un détail ordinaire
Les objets ont tourné le dos au monde
La chaise ne veut plus du cul de la table
qui parfois s'assoit dessus
La fenêtre pour se suicider casse une de ses vitres
avec une simple fleur
Grand-mère dans la cuisine se prend pour une enfant
et berce des crêpes dans l'évier

La poésie est un détail ordinaire
Une mouche se pose comme un point
sur un poème pour dire qu'il est fini
Il faut l'écouter Elle a raison
Il faut laisser faire les choses
Dans l'église les cloches ont quitté le clocher
et se sont mises à l'envers
puis se sont suicidées au bout de leurs cordes
en enlevant très haut le sacristain

La poésie est un détail ordinaire
comme quand nous numérotons toutes les mouches
dans la pièce en leur accrochant un dossard
ou quand nous essayons de lire le nombre qu'elles écrivent
ensemble à chaque nœud de leur danse
ou encore quand nous suivons un numéro
sur une mouche particulière
sans le perdre parmi les autres mouches

La poésie est un détail ordinaire
Ainsi les spectateurs n'ont plus applaudi les joueurs
mais le ballon
Ils ont acclamé l'aigle qui a volé le sifflet de l'arbitre
pour le porter dans son nid

Ma mère lave maintenant les ailes d'un ange
avant de les offrir au coiffeur pour faire des perruques
parce que ses plumes repoussent sans cesse éternellement

La poésie est un détail ordinaire
parce que Dieu ne sait pas son nom
même si on le lui rappelle en l'épelant chaque jour
pour ne pas qu'il se confonde avec le démon sur la liste
du monument aux morts

La poésie est un détail ordinaire
quand les branches d'un arbre sont des fusils
pointés vers la montagne qui s'avance pieds nus
quand les loups sont déguisés en loups
ou mille chevaux en un seul hennissement
ou que les fantômes se taisent dans les armoires
entre les draps de lit
ou que l'eau veut ressembler à l'eau
en remontant vers sa propre pluie

La poésie est un détail ordinaire
qui demande d'être accepté par la vie
même quand elle ne le veut pas
La lumière en pleine nuit a décidé de se venger de la nuit
coupable malgré elle de l'avoir éclairée une seule fois
Le matin est sans condition
La valise ouverte palpe le linge qui n'y est plus
ainsi que les souliers de rechange qui ont longtemps disparu
La police n'a pas compris le poids
du parpaing que quelqu'un a mis
au dernier moment dans la valise
uniquement pour faire mentir le poids de la valise vide
en passant la frontière

La poésie est un détail ordinaire
comme l'image mobile de l'éternité dans une enveloppe
transportée clandestinement
le détour d'une ligne droite autour d'un cadeau de Noël
l'obscurité véritable que contient la lumière
le désir sans limites d'un objet voulant devenir un mot
une certaine volonté des choses supérieures
à dépasser le souvenir d'un pois chiche
l'indicible qui est un dentier qui se fracasse dans le silence

La poésie comme détail ordinaire
implique une difficulté grammaticale majeure
même si on ne la voit pas
La beauté est une apparition terrestre qui trébuche
sur une autre beauté

En épluchant les patates
nous avons épluché aussi nos mains
Nous nous souvenons que le coiffeur chaque dimanche
voulait couper les cheveux à tous les animaux
pour en faire des détails
En écoutant les haut-parleurs venus de la mer
j'ai oublié la prononciation de mon nom et du tien
et j'ai évité de fixer les escargots qui remplaçaient
les yeux dans les orbites des morts

Le silence aboie
Un bateau traverse l'appartement avec un drapeau rouge
qui ne sert plus à rien même dans les gares
Les moineaux ont traîné le chant du mort sous la terre

Les escargots au bout d'un moment
se sont réunis pour transporter le cadavre
sur leurs épaules au milieu des salades
mais deux coquilles sont restées sur son visage
et ont persisté à remplacer ses yeux

La poésie est vraiment un détail ordinaire

Inédit

COLINE PIERRÉ

je ne sais pas quoi faire de toi
voilà la vérité
tu m'encombres vieux boulet
je sais bien que je
n'ai pas le choix
mais tu prends trop de place
tu   m'en   combres
mon corps est un temple
          totem cabane ami jardin toile vierge et puis
quoi encore
                    tu parles
quel ramassis de conneries oui mon corps est
un traître
prêt à vendre mon âme
pour la moindre
          petite flatterie
pour la moindre
          caresse d'ego
pour la moindre miette
          de normalité
un ennemi qui dit
je t'emmerde je fais
ce que je veux
qui répète le mépris au bord des lèvres
tu crois vraiment que c'est toi qui décides ?

je ne sais pas comment vivre avec toi
voilà la vérité
je voudrais bien t'aimer
tout entier t'aimer
tout le temps t'aimer
tout ce qui
déconne
tout ce qui
dépasse
t'aimer trop ou pas assez mais t'aimer
bien
je voudrais pouvoir te laisser
rougir
remuer
déborder
danser
rebon dir
t'aimer pas comme dans les magazines
t'aimer pas photoshopé
t'aimer bourrelets bleus boutons cellulite cicatrices poils vergetures varicosités t'aimer ramollo épais court maladroit tendu myope courbé migraineux tendinique thyroïdique t'aimer
oui
t'aimer les engrenages grippés les pistons qui déconnent la machine qui craque qui claque qui coince qui pique qui pince qui frotte et qui fuie t'aimer
sans avoir tout le temps envie
de te
lisser rétrécir cacher couper
étirer colorer découper
affamer vider
effa
ce
r

vraiment je voudrais
t'aimer
pour le meilleur et pour le pire
dans la joie comme dans la peine
dans la santé et la maladie
t'aimer la richesse botoxée ou bien la peau tannée
par la pauvreté
t'aimer jusqu'à ce que la mort nous sépare
– c'est pas comme si j'avais le choix
tu es là tout le temps même si
j'ai jamais voulu t'épouser
tu m'as jamais demandé mon avis
mais franchement
tu te fous
de ma gueule
tu fais aucun effort alors
toi d'abord
la bienveillance
toi d'abord agite ton drapeau blanc et commence
par m'aimer un peu mieux
sinon
je te préviens
c'en est fini de notre histoire
tu pourras faire une croix sur
les bons petits plats et
les grands livres
à manger
les crèmes hydratantes
les jolies robes
et les belles idées
c'est
ter
mi
né

tu pourras toujours venir
pleurer que tu as faim que tu ne savais pas
à la poubelle le vieux corps pourri
à la poubelle
je demande le divorce

et si tu crois que je regretterai de m'être débarrassée de toi
si ton arrogance te fait penser que je vais chouiner
pour que tu me reprennes
tu te mets
le doigt
dans l'œil
          ou dans ce que tu veux
alors à ton tour la parade amoureuse
à ton tour les beaux atours
pour tenter de me séduire
à ton tour de me prouver
que tu peux aimer
un esprit
pas
photoshopé

Inédit

VIRGINIE POITRASSON

Les ombres

Extrait

Contre moi, encore une fois, tu t'en prends à ce qui fait contre, je suis postée devant toi, ton dos est tendu, tes mains tirent sur l'effroi, le déploient, je me décale, change de rythme, tu plies sous l'effort, tes forces devenues contraintes, tu y es empêtré, je forme une nouvelle figure, un autre trajet, je ralentis, tourne la tête, mes bras me portent à gauche, en décalage j'y trouve ma respiration, les lignes droites et continues sont tiennes et je ne tiens qu'en les enjambant, je me retrouve en circulation de façon inédite.

Le frôlement ne conduit plus aux frémissements, ni à l'abandon, il est ce point de bascule dans tes gestes arrêtés, empêchant tout déplacement, celui du bras qui enserre, de la main qui presse, du vent ramenant quelques mèches, de la jambe tout contre.

*

Prisme du miroir où glisse et rebondit, sous tes yeux, le blanc de ton reflet, où je me découpe au milieu, remuante comme remuent les extrémités de mes jambes et celles de mes bras, gravitant autour de ton reflet, mon image embuée par ton regard, le flou de ma bouche grande ouverte et refermée à l'intérieur, le cri retenu au fond du palais, ne pouvant résonner, ni voir le jour même dans le plus petit souffle.

Tu circules en mon milieu, et je tends mon visage comme on tend son corps pour alerter du danger de voir tout s'effriter.

Ton visage vissé, tes yeux bondissants, rien qui ne se desserre, masse hurlante qui monte, racle le fond des choses, masse hurlante qui se heurte, se cogne, laissant derrière toi cette béance au bord duquel se fige la découpe de nos reflets tremblés.

*

Et voilà, comme possession, cette force qui jaillit et qui s'écoule épaisse et lente.

Nous nous sommes rapprochés, encore plus près de nos peaux, manquant d'étouffer, manquant de périr, les dents serrées dans ce combat, et nous nous sommes rapprochés, quand lutter fait glisser et replier doucement mais inéluctablement la volonté, et nous nous sommes rapprochés, sans porte à ouvrir, sans grille à soulever, sans tunnel à traverser, que la terre qui se déroule autour de nous, surface plane, désir si peu désiré, dégringolade le long de mon dos, petites chutes happées le long de ton dos, nous ruisselons, nos bouches emplies de frayeur.

Et ça descend, descend encore vers un fond qui n'est pas sans fond, vers un fond qui se confond en nous, qui puise dans nos tréfonds.

Tracer de petits cercles et s'arrêter au centre, freiner au mieux la descente en éprouvant les murs, tête appuyée au plus fort contre les parois même si les épaules et les bras ne sentent plus rien.

Rien n'atténuera notre rencontre, rien pour l'amoindrir, la déformer, l'effacer, le choc est frontal et méconnaissable dans nos visages clos.

*

Les ombres sont toujours plus grandes au départ, les ombres sont toujours plus profondes au départ, elles ne précipitent pas le trouble, elles relèvent, au contraire, patiemment et méthodiquement chaque échantillon de douleur, chaque échantillon de frayeur.

Comme un rappel confus de la confusion des choses que nous voilà devenus. Sans se retrouver. Plus jamais.

Même lorsque tu tournoies sur toi-même, les bras mollement écartés, la tête en arrière, même lorsque je m'abandonne au large, vers les collines en pente douce, en surplomb il y a l'absence de notre rencontre, là où les forêts défilent, là où on ne peut faire un pas sans baigner dans le soleil, là où les courbes naissantes des sommets ne coïncident qu'avec le ciel.

Sans toi, sans moi, sans nous. Et rien n'est dit. Et tu ne dis rien. Et rien ne se dit.

Les ombres se lèvent, agrandies dans la lumière déclinante, et flétrissement après flétrissement finissent par disparaître.

Inédit

JEAN PORTANTE

I

On t'a pour faire diversion
enfoncé des clous dans la langue
les mains viendront plus tard
quand il n'y aura plus rien à toucher /
viendront aussi les pieds
et les chemins qui les dispersent
mais toi tu as trop peu marché
pour qu'un étranger venant
te renier te reconnaisse /
attend-il que croasse le corbeau
est-ce pour prier qu'il pose à terre
son genou droit ou pour retirer
scrupuleusement de sa sandale
le calcul qui l'empêche de parler.

II

Raphèl may amèch zabì almì
Dante Alighieri, *Inferno*, canto XXXI, 67

Le voilà malgré tout puni
à la porte du cercle de la trahison
prononçant les cinq mots de sa langue
que lui seul entend – au-delà
les foules douloureuses
se bouchent les oreilles
à quoi aura servi tant de rébellion /
c'est vers le bas que tend la tour

à chasser il n'y a plus que le babil
que du puits épuisé il puise
à construire il n'y a plus que la confusion
qui là-haut hausse les épaules / les
poseurs de feu viendront plus tard
brûler ce qui reste des bibliothèques.

III

Ô cœur
sans écho !
En toi commence et finit
l'univers.
Federico García Lorca

Est-ce entre euphrate et guadalquivir
où se pavane sans écho l'autre fauve
que le géant a pris possession de la terre
puisque de ciel il n'y en avait plus
à étayer / fatiguées étaient ses épaules
à force de porter / l'orage
pourtant a éclaté plus furieux
que d'habitude / il en reste des traces
sur ces chemins qui sans cesse
disparaissent dans le cœur et la
poussière / sur l'un d'eux mais
c'est plus au sud et bien plus tard
six fusils de vent ou peut-être sept
ont troué une âme qui pourtant parlait.

IV

Puisque tu as été le premier
après l'eau à mettre pied à terre
avant les serpents en tout cas
et les autres régiments
contre qui aurais-tu pu lutter
si ce n'est contre le gardien de
la langue / mais le feu était déjà
volé et les anges déjà déchus /
que faire d'autre alors que la chasse
n'était pas encore fermée
que de sacrifier l'horizon
en échange du vertige
gratter le ciel peut-être
et la langue qu'il parlait.

V

Ce que tu as jeté dans le feu me
parle car nul n'aime que vienne
la fin / conquête est le mot
ça parle vers le haut ça
parle en quête de cendre
est-elle longue la traversée /
les flammes hissent leurs fumées
et dans la nacelle de la plus
haute langue les lames lèchent
une dernière fois peut-être
comme des chiens malaimés
le purgatoire de leurs maîtres
il en faudrait davantage
pour reconstruire la maison.

VI

Veuf désormais le voleur de langue
et quand il se remariera il mettra
le plus noir des pelages
et te ressemblera / je t'ai vu
étancher ma soif dans une mare
à l'eau amère / tu ne t'y mirais pas
et l'écho était sans voix
puis comme s'il fallait demander
quelque chose à l'absence
tu as ramassé un brin d'herbe
apporté par le premier corbeau
puis un autre / je ne dis pas qu'ainsi
la parole revenait / je ne dis pas
non plus qu'ainsi elle partait.

Inédits.

ALDO QURESHI

captain igloo

l'appartement avait grandi sans que je m'en aperçoive.
En plus des deux pièces réglementaires auxquelles j'étais
habitué, il y avait maintenant tout un réseau de couloirs,
de chambres et de vestibules à différents stades de maturité.
Il fallait à présent compter deux ou trois jours de marche
pour se rendre à la salle de bains, de sorte que
tout en ayant l'intention de se laver, on continuait de se salir.
Une fois parvenu aux limites ultimes de la poissonnerie
corporelle, on débouchait sur une buanderie équipée
de lave-linges qui, au lieu de blanchir les vêtements,
les maltraitaient.
Les habits sortaient gris, malodorants et parsemés de poils.
Mais l'appartement ne s'arrêtait pas là,
il semblait s'être dilaté au-delà des frontières de l'immeuble.
Il avait fini par sécréter des rues, des trottoirs
et des magasins, de nouvelles excroissances qui, toutes,
avaient quelque chose de sale et d'abîmé.
Même les boutiques de prêt-à-porter
que l'appartement avait inventées dans sa prolifération
renvoyaient l'image d'une souillure diffuse,
comme si les vêtements disposés dans les vitrines
avaient été confectionnés dans l'intention
de ne pas dépareiller avec le reste
et qu'ils étaient vendus sales

Rick Hunter

notre père ne rentre pas bourré du PMU,
ne s'assoit pas devant la télé, ne crie pas, ne casse rien,
jamais il ne corrige sa femme, il n'est pas comme les autres.
Notre père n'est pas un père,
c'est un gant de velours dans un gant de velours avec une plaie.
Cette plaie, pour lui, l'entretenir, la bichonner, disons-le
c'est une sorte de mission.
Il a décidé de s'enfermer dans la salle de bains
pour vivre avec sa plaie.
Il vit, dort, parle avec elle, joue à la nettoyer.
Cette plaie, cette fente, à chaque fois qu'il lui fait
un shampoing,
quand il la savonne doucement avec son doigt,
ou alors le soir quand il lui brosse les dents,
(et je le sais parce que j'ai regardé par la serrure)
à chaque fois que la plaie s'entrouvre un peu,
on voit les pattes nacrées des choses qui vivent à l'intérieur,
de minuscules créatures blanches,
fragiles et luisantes comme des larves de fourmi.
L'autre jour à court de dentifrice, il a fallu qu'il sorte
de la salle de bains,
et quand il est passé devant ma chambre,
j'ai vu qu'il portait ses petits sur son dos.
Agrippés les uns aux autres, ils dormaient, translucides
et laiteux.
J'en ai profité pour aller dans la salle de bains,
et au fond de la baignoire, il y avait de petits bébés pères
aveugles qui gisaient dans une flaque,
et je me suis dit : c'est ici qu'il habite avec sa famille

mondial moquette

à force d'entendre mon père à longueur de journée
l'accuser de ne voir en lui tout au plus qu'un objet,
ma mère a décidé d'en faire un tapis.
La peau distendue de mon père à présent s'étire sur toute
la chambre, et quand parfois j'ouvre la porte pour m'assurer
qu'il est toujours là, qu'il ne s'agissait pas d'un rêve,
et que j'aperçois son corps aplati, lustré,
ce tissu qui respire, encore faiblement palpitant,
j'ai comme l'impression qu'il a trouvé sa voie.
Sous cette forme de carpette humaine en cuir véritable,
on en viendrait presque à penser que cette nouvelle vie
lui convient.
Bien sûr, on est quand même très loin du tapis persan.
Même si ma mère lui a effrangé la chair sur les côtés
pour que ça fasse plus réaliste, les yeux, les oreilles
de mon père nous empêchent de vivre complètement
dans l'idée du tapis.
Ce qui n'empêche pas ma mère d'avoir des amants
et de se rouler avec eux sur la peau d'ours épilée
qui lui sert de mari.
Parfois le soir à table nous l'entendons gémir, et ma mère
agacée sort sa seringue et l'anesthésie localement,
car même si elle l'a lyophilisé, les viscères sont toujours là,
et avec eux les appétits, les mauvaise habitudes de mon père.
Cette situation ne peut pas durer, nous en sommes bien
conscients.
Les mites lui pondent dans les yeux.
Il se dégrade, il perd des morceaux.
L'autre jour, en passant l'aspirateur,
ma mère lui a aspiré un œil sans faire exprès

le top grossesse en V noir

il arriva que les oiseaux se mirent à ruisseler dans le ciel,
ils affluaient en lignes continues les uns derrière les autres,
et la perspective de ce déferlement
rappelait un peu les cannelures d'une coquille Saint-Jacques.
Ils convergèrent tous en un même point, se rassemblèrent
et entrèrent les uns à l'intérieur des autres, et à la fin,
il ne resta plus qu'un immense volatile indéterminé.
Il se passa la même chose avec les lombrics et les poissons,
les pieuvres et les punaises de lit.
Suite à quoi, les primates se réunirent, et il n'y eut plus
dans le monde qu'un seul grand singe hermaphrodite légèrement dégarni.
Et bientôt ce fut le tour des arbres, et il n'en resta
plus qu'un seul.
Les océans, les lacs, les rivières et les flaques se réunirent
et formèrent une unique sphère liquide et salée.
Lorsque enfin il ne resta plus qu'un seul grain de sable,
la grande punaise entra dans le grand singe qui grimpa
dans le grand arbre qui sombra dans la goutte unique,
et toutes les planètes entrèrent les unes après les autres
dans le soleil, et mon père me demanda
si j'avais fait mes devoirs,
puis il alluma la télé

Inédits

GRÉGORY RATEAU

Poème païen

À la fin, je me présenterai devant vous
presque nu
avec seulement mes bagues en éventail
une pour chaque vie que j'ai vampirisée
les yeux gris d'un plein soleil
l'iris en parchemin
récit des folies de ma jeunesse
mes muscles à présent atrophiés d'avoir trop ou mal aimé
de rares cheveux formeront ici ma couronne
unique récompense pour toutes mes conquêtes
personne pour laver ma dépouille
lui donner les derniers sacrements
juste une photo monstrueuse pliée dans mon poing droit
et qui n'aura plus rien à voir
avec cette chose sans âge aux traits aguicheurs
couchée là
sur son lit de ronces
l'ironie glorieuse aux coins des lèvres
innocence encadrée dans un miroir de poche
enfin confrontée à son portrait ravagé
une vie entière pour un rien
car privée de tout
même d'une descendance

Ni d'ici ni d'ailleurs

Je ne suis plus d'ici
lieu de transit
comptoir d'un hôtel
baie vitrée panoramique
les silhouettes tournent
et me reviennent
la ville les appelle
vivre vite
ne plus chercher un visage en particulier
j'ai échoué en suivant des ombres
dans les impasses de l'amitié
alors je me glisse dans la première valise venue
retiens mon souffle
bringuebalé aux douanes du hasard
en passe-muraille de mon époque
je rentre peut-être chez moi

Imprécations nocturnes

Qui sont-ils ?
ceux que nos proches convoquent d'outre-tombe
pour justifier une ride
une dépendance de rien
ou un succès d'estime

ils ne sont pas grand-chose
mythes sans fondation
inconnus sans adresse
poussière noire balayée au fil du patronyme
et malmenée par les unions indignes

leur sang ruissellerait
à profusion dans nos veines
foutaises !
ils ne ressemblent plus à rien
sinon à une poignée de raisins secs

pourtant aux heures les plus sombres
je les entends
leurs imprécations furieuses
qui vous cueillent au berceau
et vous collent une poisse d'enfer !

Du soleil

Les mêmes déglutitions
Régularité monomaniaque
Fureur liquide
L'image obsédante du criminel au fond de son potage
Et cette vieille bique au regard louche
Du sol au plafond l'odeur contagieuse
Solitude malsaine, aigreur de pierre
C'est Elle qui avait fait le vide autour d'elle
Qui d'autre ?
Et elle lui en voulait à mort de ne pas la désirer
Cette misère, son héritage
De vouloir s'enfuir très loin
Des pigeonniers glauques
Des puits frigides, hermétiques au soleil
Car c'est de lumière dont il a besoin
D'un trop plein indigeste
Jusqu'à l'insolation s'il le faut
Pourvu qu'il s'enivre de paysages
Qu'il finisse raide avant la tombée du soir
Alors, étendu nu sous son vieil arbre
Il s'imagine déjà soulevé sur son trône de paille
De l'or noir jusqu'au fond des veines
Mais la dernière feuille lui tombe sur le râble
La piqûre du froid en rappel
Le potage l'attend
L'hiver maternel

Inédits

SUZANNE RAULT-BALET

je ne veux plus pleurer
que de beauté

*

2 h 22, lettre à vous

mes chères écoutez-moi, mes douces et tendres amies voilà bien des années que je n'ose pas dire ce qui en moi s'écrie. qu'il y a dans mes émois de vous, il y a chez vous depuis des mois, les restes de mon cœur à bout émiettés sous vos toits.

mes chères écoutez-moi, mes douces et tendres amies voilà bien des années que je n'ose plus dire ce qui sur moi se lit. qu'il y a dans mes émois de vous, il y a chez vous depuis des mois, les lambeaux de ma chair partout des murs jusque vos doigts.

ce n'est pas que j'eus peur, c'est surtout que j'en eus douté. c'était trop de malheur de voir dans vos yeux les hommes briller. d'écouter chaque nuit sur un coin d'oreiller comme vous les aimiez fort, comme ils vous transportaient, comme vous ne désiriez que l'odeur de leurs corps, que leurs bras réconforts, tant d'ardeur que je n'ai.

mes chères écoutez-moi, mes douces et tendres amies voilà bien des années que je n'ose pas dire que sans vous je péris. qu'il y eut dans mes émois de vous, il y eut chez vous pendant des mois, le sel de mes pleurs jaloux replié dans les draps.

c'est à chaque silence que je vous ai perdues, chaque élan réprimé vous jetait loin de moi et entre mes errances j'avais beau tout tenter, vous ne m'avez pas vue, pour atteindre vos bras.

vous me pensiez distante, en simple itinérante, mais n'oubliez jamais que si j'ai refermé votre porte sur vous, c'est que je vous aimais, pas vous. c'est que je vous aime et pas vous.

mes chères écoutez-moi, mes douces et tendres amies voilà bien trop d'années que je n'ose plus dire que vous êtes ma vie. qu'il y aura toujours dans mes émois de vous, pour toujours chez vous trônera, une belle histoire manquée d'amour

cette histoire, c'est moi

6 h 23
être silencieuse avec un être
silencieux

12 h 18
ensemble c'est aussi
cette chose pleine et rare différente du monde
où nous sommes l'un pour l'autre des compagnons vaillants
d'humour et de courage
des vagabonds solides aux solutions d'ailleurs
deux petits êtres doux d'une violence rare
au visage tordu et à la peau d'orange
qui guettons la tendresse et observons se faire
pour dans nos coins défaire les erreurs communes

ensemble c'est surtout
tricoter les émois s'accorder le violon amadouer l'ego
se parler ou se taire s'engouffrer dans la guerre
trahir les promesses qu'on s'est faites à soi-même
arrêter tout effort recommencer les corps
cultiver l'embrassade
se serrer les croyances
quitter pardonner revenir côte à côte
s'endormir face à face
se tourner

vers la grâce

19 h 47
jusqu'où iriez-vous pour un coup de foudre ?

21 h 02
ne me regardez plus de vos yeux fatigués je n'ai aucune envie d'être cernée. et ne m'agrippez pas de vos doigts malhabiles ça ne me touche plus que vos idées m'habillent. détournez l'attention. guettez d'autre faux-pas. un divertissement voilà ce que je ne suis pas. elle vaut combien l'Amour ? balancez-moi un prix. n'ayez crainte allez-y. je peux tout encaisser je vaux bien mieux que ça. je prends pour vous parler une langue maudite et j'ai pour vous aimer un corps trop maladroit. je veux pour m'apaiser des humains héroïques je n'ai ni foi ni loi. je me retire de vous lentement. retirez-vous vite de moi avant. et ne me parlez pas de vos bouches moqueuses. et ne me pliez plus dans vos cases moroses. et ne me toisez pas de vos airs agacés. pitié ne m'aimez plus de vos cœurs trop étroits. et ne m'écrivez plus dans vos journaux

intimes. non ne m'invitez pas dans vos rêves la nuit dans vos soirées brouillons dans vos dîners maudits. je vaux bien mieux que ça. et ne fantasmez pas sur le goût de mon corps n'ayez plus d'illusions d'attentes ou de remords ne buvez pas mes larmes que vous faites couler non ne vous soulez plus de mes phrases sucrées et ne vous grisez pas de mes poèmes noirs ne coursez plus mon ombre à vos heures perdues ne traquez pas mes yeux quand vous perdrez espoir non ne me cachez plus au fond de vos tiroirs ne m'imaginez pas dans vos films douteux dans vos romans mielleux dans vos refrains foireux je vaux bien mieux que ça. l'Amour c'était moi. vous m'avez piétinée. vous m'avez rendue vaine vous m'avez épuisée. usée l'amour. usée. à bout. je me retire de vous.

23 h12
profitez-vous bien

Inédit

CAMILLE READMAN PRUD'HOMME

Anges

le jour où j'ai appris que le passage d'un ange renvoyait à l'embarras du silence, à la crevaison de la parole plus qu'à quelque chose de majestueux, j'en ai été stupéfaite. pendant longtemps, j'ai cru que l'expression « un ange passe » désignait un moment de grâce. comme lorsqu'on a la chance d'être là quand passe un colibri ou un cardinal, un oiseau assez beau et rare pour que sa vue devienne un événement, être témoin du vol d'un ange devait signifier qu'on avait eu le bonheur d'assister à quelque chose de spécial. et à l'instar des pleines lunes, qui semblent toujours vouloir dire quelque chose, voir un ange (ou ce qui le suggérait) devait aussi indiquer qu'on obtenait en quelque sorte sa bénédiction.

s'il y a les silences contraints et les silences de ce qui s'épuise, il y a aussi ceux du ravissement : parfois surgit quelqu'un ou quelque chose qui provoque une attraction si forte qu'elle nous fait oublier de parler.

si la grâce nous assujettit doucement par sa splendeur, si elle assigne ses témoins au silence et à l'immobilité, il ne faudrait pas croire qu'elle n'exige rien à ce qui l'incarne. quand je sors je croise souvent des personnes dont l'éclat me saisit et me dis qu'elles doivent bien être des anges. avec le temps j'en suis venue à connaître certaines d'entre elles qui m'ont montré leurs trucs : je connais des anges qui évitent de sauter à l'eau ou de marcher sous la pluie pour ne pas se décoiffer, je connais des anges qui choisissent des vêtements bien coupés qui les empêchent néanmoins de courir ou de sauter. parfois je les imite, plutôt que d'aller vers le confort ou le raisonnable, je choisis la cohérence d'une forme : à qui verrait dans ce choix une sorte d'asservissement, je dirais le contraire, car il y a dans cette recherche quelque chose comme une affirmation.

on veut devenir un ange ou recevoir leur aval : souvent, c'est leur élégance qui me renverse, mais parfois c'est aussi leur dignité qui me touche, me séduit. j'ai connu une femme qui, en changeant d'hémisphère, était devenue allergique aux fruits de mer. de temps à autre, parce qu'elle s'ennuyait du goût des crevettes, elle décidait d'en manger quand même, même si cela impliquait d'être malade. si cette décision semblait étonnante, je la trouvais digne, parce qu'elle s'offrait la liberté de choisir le plaisir plutôt que d'obéir à la logique. on lie la grâce à la beauté, et la beauté aux choses de la peau ; or parfois la beauté prend d'autres voies, comme celles de l'élan.

Inédits

BENOÎT REISS

Une invitation à la fête d'août

1

dehors tôt éteint

avec tant d'autres s'efface au noir ce jour
manière éblouie

où
lui à deux mains a pris son courage marché jusque
chez elle a toqué demandé
elle a répondu *oui* rougi dans l'ombre du couloir

soir
voici les deux en chemin
le jour est entêté pierres tièdes à ses bords

ils entrent dans la musique les couleurs glissent
en tissu
elle danse lui n'ose pas longtemps regarde sa robe
bleue
comme ça tourne

2

le linge sèche contre la maison
loin le mézenc a connu tant

ventre mézenc jamais on ne saura compter sur ta peau
les entailles les herbes serrées hautes les existences
qu'il faut comprendre si on peut

3

lui a bu trop de vin veut garder courage sans quitter
des yeux la robe ciel de cet août exact
ciels davantage passés chamade

4

tard à l'écart sous un arbre de nuit
un mot frôle sa joue il croit
une mouche enivrée

un mot vieux d'école
de pastorales larges cols

alors ce qui bat là sous sa poitrine
va se dire

pisse et s'étonne de ce mot sur le point
replié encore
encore dans ses syllabes

entier tient son silence puis bat
la grâce ?

Inédit

FLORENTINE REY

Ma grand-mère, ses cheveux d'ange, sa peau comme un étang pris par le gel, sa voix fluette qui délivrait des mots choisis, souvent réconfortants, est morte à 105 ans. Nous continuons régulièrement à nous parler. Assise face au lac du parc de la Tête d'Or à Lyon, j'observe les rebonds des cygnes qui froncent la surface de l'eau.

— Mamie, c'est quoi la grâce ?

— La grâce, c'est un brouillard qui fleurit, une étoile qui se casse la gueule sur la canopée et inonde la forêt de lumière en pleine nuit, un ingrédient qui s'ajoute aux situations, aux êtres, aux mots et leur donne une saveur particulière. La grâce, c'est le sommet du bon goût, ma chérie. Le pied de la danseuse goûte l'air et sa jambe remue les nuages. Mais seules les choses vivantes ont du goût.

— Alors toi, tu n'as plus de goût ?

— J'ai le goût de mon souvenir.

Ses cheveux s'enroulent autour de ma langue, sa peau piquante, ses oreilles fondantes, je goûte sa surdité, son immobilité, sa présence.

— Y a-t-il des éléments qui favorisent la grâce ?

— Tu peux demander à quelqu'un d'appuyer le plus fort possible sur ta tête, puis de lâcher d'un coup.

— Ça dure combien de temps ?

— La grâce n'a ni commencement ni fin, elle se fait prendre la main dans le sac, sur le vif, et laisse en toi une trace indélébile.

Je mords le souvenir de son gros orteil, le goût des pas qu'elle a faits pour venir à moi glisse dans ma gorge. Les cygnes décollent, s'échouent sur la rive. Leurs cris se mêlent au bredouillage qui sort de ma bouche.

Inédit

ELKE de RIJCKE

Colombe du Bodan · Messie du Bodan · Madone du Bodan

MON PETIT PLACARD

firmament papillonnant vif, éclairé d'un bleu ciel : je fonce vers toi.

je me présente : ne t'effraie pas, je vis vert marbré
comme une colombe, c'est dépréciant, bah.

impossible d'être comparé à *ça*, puisque je n'ai pas de proportions, je suis une dimension couplée à un état !

ok, ceci est compliqué. poursuivons.

mes ailes sont droites (trop étroites), vérifions au miroir.

ok, j'ai quelque chose d'un oiseau aquatique. sans l'être toutefois.

là où on m'appelle (si on m'appelle réellement) : j'approche à grande allure, à torse ouvert, voltigeant à bec, le cou raide en avant.

bon, c'est mission impossible de m'appeler.
et encore moins de me représenter.

dans ma poitrine il y a un tout petit placard, à fente
obscure dont les battants gazouillent

mais c'est le messie !

en train de dîner avec ses compagnons.

du dessous de leur nappe glisse une minuscule église,
qui la regarde aimerait, vraiment, s'y abriter un moment

le s-esprit
dans une église du Bodan

À PROMPTE ALLURE

je suis un des messies plus grand que nature, venu
pour vous délivrer.

tentative oscillation, lumineux, chant si purifiant réel.

à l'époque on me disait dangereux et je fus crucifié,
un mauvais calcul car depuis je suis multiplié.

on a essayé de m'anéantir mais une dimension
ne peut s'anéantir.

entretemps je suis devenu une notion à force non mesurable.

personne ne sait exactement comment j'opère mais j'opère.

ici, dans le retable de l'autel, stratégique devant le tabernacle
je suis à circulation libre, j'incarne

ce que j'étais, ce que je suis et serai.

tu es surpris par ma prompte allure ?
tu ne t'étais pas attendu à ça, hein !

c'est que je suis plus que jamais homme
à travers cette hanche agitée et ma jambe projetée

j'accours vers toi, en pagne, oui,
le pied en dehors de ma sculpture –

tu te demandes d'où je viens ?

mais je viens tout simplement de toi, tout comme je viens
du néant qui est tout.

l'obscurité d'où je sors ne peut se mesurer, la draperie
par où j'apparais oui

je suis réel, ma main croque mon épaule pour empêcher
ma robe de glisser

le retable à christ
dans une église du Bodan

QUAND MÊME

mater dolorosa

librement modelée et néanmoins ferme.

polie, veinée, si rayonnante
si douloureuse

si image et si meuble, si miroir, si poêle où chauffer l'âme.

à condition que le soleil par les vitraux.

si frappante et domestique, si vers l'extérieur
si une en tous, et tout

porteuse, porteuse, montreuse aussi grande que ton fils.

non, plus grande, maintenant que je me tiens à tes côtés.

épargne-moi à présent que le ciel se dégage.

je te sens.

à quel point tes mains, ton cœur, tes nerfs et ton estomac.

tu es, éloquence, jaillissant de ton corps par langues.

puisque le travail des langues n'arrête jamais.

et de sucres es-tu enrubannée
de boucles roses comme si on pouvait te manger.

nulle vallée de larmes ici, mais des roulis de compassion.

oriente-moi, quelle qu'en soit la signification

je sais bien, tu es : une image
quand je doute : imagination
quand je ne doute plus : geyser

l'âme
près du retable de Marie

Inédit

MARIE ROUZIN

Cairns

Tu prends par la main ton enfant
Il a l'âge de commencer les voyages
Sa joie pousse sur ses talons comme des ailes
Tu peux compter sur son agilité pour dérober aux arbres
Leurs fruits mûrs pour ramasser dans les gares les pièces perdues
Il a l'œil, il devine lorsqu'il faut faire un détour pour un pain chaud
Il sent les odeurs, perçoit de loin les braises
D'un feu sur lequel on fait griller les viandes
Il ne mourra pas de faim penses-tu en regardant sa main
Ses ongles sont rongés au pouce et au majeur
La poussière s'est déposée dans les plis des articulations
Tu souffles sur sa peau tu ouvres grand ta paume
C'est là qu'il vient se nicher ses pas contre tes pas

Tu passes avec lui d'ombre en ombre et lui cherches un passage
— Je dois traverser cet espace brûlant ?
— En un saut, en un bond, ce sera fait
— Je n'ai pas les jambes assez longues
— Il faut prendre de l'élan
— Toute la route il faudra la faire ainsi ?
— Oui, d'apaisement en apaisement, tu sautes

Vous rasez les murs vous longez les haies
C'est un jeu ne pas mordre la ligne du soleil
Ne pas entrer dans la lumière ne pas se laisser éblouir

Sur le trottoir où vous marchez
Un pigeon erre dans un caniveau sec les pattes ridées
Le cou tordu comme un acrobate déchu
Un homme que précède une odeur d'urine vous salue
Il ramasse un mégot qu'il pince doucement entre ses lèvres
En vous souhaitant de ne mourir jamais

Tu décides que l'été sera libre
Qu'il sera sans contrainte

*

Une nuit au pied des dunes
Couchée près du feu avec ton compagnon et l'enfant qui dort
Près d'une pierre où colle encore la peau d'une dorade
Que tu fis cuire, la faim rivée au ventre
Écoutant grésiller la chair blanche du poisson sur la roche brûlante
Après avoir marché des heures dans le sable mou
Tournée vers le ciel où paraissent des étoiles que tu n'as jamais vues
Et cherchant d'où parvient ce bruit qui tambourine comme
Une veine dans ton oreille tu ne sais s'il s'agit de ton tympan
Malade ou d'une musique lointaine une rave party, une fête
Sauvage dans ce camp militaire désaffecté que vous avez traversé
Et dans lequel s'enfoncent encore d'anciens blockhaus
C'est alors que surgit un homme jeune et éméché
Une crête de cheveux lui tombant sur les yeux aveugle presque

Perdu parmi les dunes ne retrouvant ni le camp
Ni la fête ni le sens de sa marche il s'approche de vous et dit

— Vous êtes bien ici
— Oui
— Amoureux ?
— Oui
— Moi je suis seul, toujours, sauf lorsque je danse

Puis repart dans une direction toute autre,
Peut-être vers la mer qui monte au loin
Et dans lequel il se perd emmêlé avec l'ombre
Qui se joint aux vagues pour recouvrir aussi
Le bruit dans tes tympans tout cela, dans la nuit
Doucement s'amenuise tu t'endors à ton tour

*

Il m'est arrivé de désirer un paysage
Tu étais incrusté dans la roche rouge
Sur laquelle je passais ma main
Des vautours volaient au-dessus de nous en cercles parfaits
Comme ceux de tes iris qui m'observent sans amour
Ce soir

La falaise penchait je te voyais chuter sans retenue
Dans l'ombre portée qui cachait la rivière
Je baignais mes pieds avec l'odeur de l'herbe fraîche
En te regardant plonger dans l'argile
La vallée prenait une couleur de terre comme celle
Des empreintes que tu laisses sur les parois des grottes

Où tu erres encore
Pris dans l'éboulement de tes pensées

Je te jette des cailloux pour t'en faire sortir
Tu saignes
Et tout autour de nous hurlent des chiens sauvages

Inédit

JAMES SACRÉ

Fugitif passage du mot « grâce »

Si jamais le mot grâce
M'est venu dans un poème ?

Pourtant j'écris par la grâce
D'on sait pas quoi
À cause que
Et faudrait énumérer tant de choses.

Le poème est là
Grâce à son savoir-faire, ou grâce
À quelque chose de naïvement bête
On se demande, on écoute, on n'entend pas bien
Si le mot grâce musique ou grince.

*

Pour expliquer on aimerait vous dire
Deux trois poèmes.
Qu'on s'étonne de les avoir écrits
L'espèce de contentement qu'on a
De les avoir reçus, oui,
Comme tombés de quel ciel ?
Le ciel de l'enfance ou celui
Des dictionnaires, le ciel d'hier ou d'aujourd'hui
S'il a plu ou si l'automne soudain
Est comme du printemps ?
De la tempête au loin tonne
On a du sang partout
On n'explique rien.

*

Le poème
Qu'aurait le plus de grâce
Un de Queneau sans doute
Ou celui-là de Ronsard
Avec sa rose de dix-huit mètres, si, si
Ça peut pousser très haut les rosiers

Et cet ami plein de grâce
Qu'on a de si près tenu
Mal tenu
Et il ventait devant la porte
La grâce a disparu.

*

Autant l'oublier le mot « grâce »
Ni plus ni moins qu'un cheveu d'ange
Sur la soupe quotidienne, le poème
Te le met sur la langue et bientôt
Tu ne sais plus rien dire.

C'est pas vrai qu'on dira
De dire qu'on sait pas dire
En continuant de dire
Par la grâce d'en rien savoir
Du mot « grâce ».

Inédit

ÉRIC SARNER

Une grâce

Dans l'entre-ouvert d'un quai,
Chaque chose son lointain, son proche, unis.
Deux feux en tombée de nuit.
Il paraît que chaque instant ne se voit qu'une fois.
Pourtant, un petit nuage poussé par ce frisson d'air
Franchit les docks du port de Delft
Où Johannes Vermeer, ses yeux fermés,
S'ouvre aux embruns.
Et voilà cet instant
Son écho ? Son double ?
Qui monte
Jusqu'à moi.

Inédit

EUGÈNE SAVITZKAYA

La grande blessée

Il faut guérir la
Grande Blessée, la
Grande Blessée qui se
présente sur le seuil de
votre demeure après
s'être traînée sur les
chemins.

Que la blessée soit
accueillie avec
bienveillance comme la
maîtresse de maison.

Que la rose soit
cueillie avec délicatesse
comme partie du corps
féminin.

La Grande Blessée
arrive seule avec ses dix
plaies et sa folie.

Que les femmes
l'accueillent avec
chaleur, chants et
baisers.

Que leurs mains soient tendres sur son corps outragé par le temps, les bêtes et les hommes. On devra lui laver les pieds et lui peigner les cils.

Que les plus beaux cheveux les sèchent, ceux de la chevelure de la jeune fille de quinze ans trouvée au cimetière. Belle Madeleine du monde, où est ton tombeau de porphyre ? Avant d'appliquer les ventouses sur son échine piétinée, qu'on la restaure abondamment avec les poissons de la rivière jeunes et pas trop vaseux.

Qu'une bonne bière la réconforte avant toute opération à cœur ouvert. L'excellence de la bière est en rapport étroit avec la pureté de l'eau et la limpidité de l'air.

Que suivent
les poires
fraîchement cueillies
ou conservées en cave
et un bon vin de
sureau ou de groseille
(si la Grande Blessée
présente des
flatulences, préférez le
vin de rhubarbe).

Tenez compte de
ses paroles et de ses
peurs. Écoutez
passionnément
l'anamnèse. Offrez la
rose, l'une des trois, la
plus rose. Si la Grande
Blessée aime les
harengs, préparez-les
au kéfir avec très peu
de mayonnaise, une
cuillerée de moutarde
et des petits
cornichons au vinaigre
ainsi que des morceaux
de pommes du verger.
Afin qu'elle se sente
comme chez elle,
donnez-lui le lit bâtard
des hautes cérémonies.

Anesthésiez doucement et posez diligemment les serres-fines sur les lèvres de ses dix plaies. Appliquez le spéculum oris. Extrayez les canines afin qu'elle ne morde plus la main qu'on lui tend.

Amputez les avant-bras et placez les prothèses avec fourchette, ou l'une avec fourchette et l'autre munie d'un couteau ou, plus simplement, suivez le désir de la Grande Blessée si elle préfère croix, crayon, crochet, couteau à huîtres ou éventail. Il faut saigner à la lancette avant et après chaque intervention. Que la Grande Sanguine saigne comme fontaine.

Qu'Élisabeth, la limonadière du

postérieur, lui fasse de bons lavements, car humeurs divines et humaines emplissent ses entrailles.

Qu'Ursule couvre son front de sangsues.

Que Rose la parfume.

Qu'Alix la lave et la recouse au boyau de chat. Pansez-la, le destin la guérira.

Et pour finir, que la pure Marie fasse un petit trou bien rond dans sa pauvre tête d'ange afin que son angélisme montre jusqu'au ciel son germe pointu.

Si cette opération ne porte aucun fruit, décalottez à la scie souple de Gigli. Refermez soigneusement, que toutes ses pensées

charitables ne
s'échappent. Appliquez
l'onguent
généreusement.

Le lendemain,
elle sera souriante.

Inédit

JEAN-PIERRE SIMÉON

Les joies utiles

Il y a des jours d'oiseaux morts
De ciel tombé au caniveau
Où nous nous levons pour faire un jour de plus
Comme on rapièce une énième fois
Un vêtement trop usé
Il y a nos gestes usés oui
Les douceurs manquantes
La voix vide
Nos vertiges au bord du temps
Soit
Mais n'y a-t-il pas assez d'un crépuscule par jour
Pour qu'en toute chose
Nous obsède sa fin ?
Nul n'est libre de sa douleur
Mais on peut n'en être pas le miroir
Le seul défi le seul effort qui vaillent :
Ne jamais être plus âgé que sa mort
Il est peu de joies utiles dans nos vies
Mais chacune d'entre elles est un recommencement
Elle nous rend le plus perdu de nos visages
Nos joies les plus utiles sont nues
Elles ont la forme de nos mains
Et l'allant de nos pas
C'est à l'intérieur de la nuit
Qu'elles vont chercher leur lumière
Et leurs raisons sauvages
Les joies utiles ne sont pas conciliantes

Elle ne joue pas aux dés avec la mort
Insolentes et fières
Comme serait un vol de papillon dans la neige
Elles chantent
Obstinément
Dans le désastre même

Inédit

PIERRE SOLETTI

SI JE T'OUBLIE

AU BORD DE LA ROUTE
MURMURE-T-ELLE
UN CHEMIN DE PAS
NOUVEAUX

TU RENONCERAS
PLUS TARD
DE NE PAS
Y CROIRE

OU D'Y
CROIRE

*

LES TÊTES DOCILES
COMME DES
CERFS-VOLANTS
DESSINENT UNE
ISSUE DE SECOURS

*

QUI PASSERA
LA BARRIÈRE
QUI MÈNE
À L'AVEUGLANTE
NUIT
CONTENUE
DANS UNE LARME ?

*

POURRAIS-TU
VIVRE
AINSI
QU'IL NE SERAIT
POSSIBLE

DE DÉPARTS
BUISSONNIERS ?

*

SANS OUVRIR
UNE PAROLE ?

*

LE RÊVE AVAIT
UN SONGE
QUI AVAIT
TON VISAGE

&

QUI AVAIT
LA FORME
D'UNE AILE

*

TOMBÉS DU TOIT
COMPTENT
LES SABLIERS

*

MOI JE T'ENSONGE

*

JE NE
T'OUBLIE
PAS

*

UN ARBRE A POUSSÉ
DANS LE GRENIER

À MOINS QUE
CE NE SOIT
LE GRENIER
QUI AIT POUSSÉ
DANS L'ARBRE

QUELQUE CHOSE
TOUJOURS
NOUS POUSSE
QUELQUE PART

*

UNE ALLUMETTE
À LA MAIN
JE TE SUIE

*

DANS LE CHÂTEAU
HANTÉ
DE NOS ÉLANS
TÊTUS

*

TRAVERSER LE CHAGRIN
DE L'ERRANCE

S'APPLIQUER À EFFACER
LES TRACES

LES PREUVES
DU PASSAGE

À L'ÉPREUVE

Inédit

OMAR YOUSSEF SOULEIMANE

Il ne me manque rien

Je rêve d'une nuit sans couteau
D'une étoile n'arrivant pas en retard
Et de colombes ayant échappé à la guillotine

M'entends-tu, Palmier ?
Mes ailes sont épuisées
Je tourne autour de joies emprisonnées
Et je chante au travers du silence des funérailles
Mon âme est kidnappée par cette matinée d'enfance
Accrochée à tes bras pour toujours

Il ne me manque rien d'autre qu'une fleur palpitant
dans les ruines
Et un baiser rescapé parmi les armes des fantômes
Je voudrais seulement voir la force de l'aube
Se refléter dans les yeux de mes frères

Palmier
J'ai encore le souffle de ma mère dans mon sang
Et le visage d'un soldat inconnu

Libre

Dans le ventre glacial de l'hiver
Les deuils s'entassent dans ma gorge
Des fils barbelés étouffent l'écho de l'avenir
Et une goutte de peur creuse la mémoire de la ville

J'ai un été caché dans un berceau invisible
Palpitant dans le cahier du temps
Libre comme un tournesol
Au bout de ma nuit blessée

J'ouvre les boutons du ciel
Pour toutes les mouettes migrantes
Pour un océan plus haut que les dieux
J'ai un été
Je le protège avec des bras intouchables
Je l'arrose d'un espoir éternel
Pour toi
Quand tu reviendras
Les paupières de l'aube embrasseront le reste de l'infini
Allongé sur nos souffles frissonnants

Inédits

ARTHUR TEBOUL

La trêve hivernale

Profite de la trêve hivernale pour aller saluer tes parents. Il y a longtemps que tu ne les as pas vus et la province qui ne te manque pas te fera du bien, quoi qu'il arrive.
Au sortir de l'adolescence, une dame prétendument sympathique t'a montré les chemins de traverse. Tu y as pris goût, désormais il est tard pour faire son mea culpa. Tard, certes. Jamais trop tard.
Prends une petite minute pour réfléchir avant de plonger à nouveau dans le maelström habituel où gravitent des voix d'enfants très gaies.
Prends une minute pour réfléchir avant de plonger dans le maelström que traversent, sans se faire voir, des humains accaparés par leurs problèmes du jour.
Prends une minute puis rends-la. À ta façon, à quelqu'un. Comme une poignée de main.
Persécute la flemme qui apprécie ton doute. Un pas, un seul, c'est déjà la montagne que tu gravis. Ça, pareil, il faudra le noter. Moi, si j'étais toi, je le noterai quelque part pour ne pas crier dans les moments de total désarroi. Le pense-bête sera dans la poche, c'est rassurant. D'ores et déjà rassurant de savoir que le pense-bête, qui te rappelle qu'un pas suffit, sera dans ta poche.

Le chant du monde

Trouvaille. Sempiternelle. Tu passes. Tu ne fais que passer. Un bruit. Je l'oublie.
Quand sa silhouette ravive le souvenir il n'y a rien à faire qu'à attendre.

Évanouie. La flamme s'est évanouie. J'ose à peine dire ce qui passe derrière les yeux. C'est entre la plus pure banalité – c'est déjà une pureté – et le plus sophistiqué des sévices.

Le chien-loup nous rappelle à l'ordre. On ne l'entend pas. C'est difficile d'écouter le chant du monde. Tu promets d'essayer. Tu promets de t'astreindre à une pratique quotidienne préparatoire à l'écoute du chant du monde. À quoi ressemblera-t-elle ? Je ne sais pas, c'est ton affaire. Peut-être apprendras-tu à méditer à l'aide d'une application sur ton téléphone.
Peut-être trouveras-tu autre chose.

C'est un cheval

Je voudrais me débarrasser de la tâche.
L'image persiste.
Passer de l'œil à la bouche est ardu.
Je me suis donné cette mission.
Alors voilà
C'est un cheval
Debout
C'est-à-dire sur ses quatre pattes
Non cabré
Qui attend
Serein
Tranquillement
Il est blanc
Taché de gris
Non immaculé
Derrière lui un désert
Et le ciel d'un bleu uniforme et solaire.

Voilà
Je vous avais dit que la tâche était ardue.
Je ne vous avais pas dit que ce serait décevant.
Mais quoi que vous en pensiez désormais, le cheval est bien là.

Abattu

J'écris n'importe quoi
C'est déjà ça
Qu'y a-t-il à sauver ?
Y a-t-il quelque chose à sauver ?
J'écris pour sauver quoi ?
Le poète abattu

Inédits

MILÈNE TOURNIER

T'aimer, c'était
Que je veux que tu m'accompagnes et t'accompagner
Dans cette première allée du chiasme ici qu'on fait,
De d'abord vivre sans mourir, et puis
De mourir sans vivre.

...

Journal ouvert

On marchait dans l'église de bord de mer. Ma mère a suggéré que peut-être un pêcheur du XIVe siècle avait servi de modèle et c'était pour ça que ce Christ-ci était rondouillard. Je n'avais jamais pensé, avant, qu'on ait pu, pour sculpter le Christ, s'adosser à modèle humain.

...

Journal ouvert

La neige est venue pendant que la nuit tombait. Et le noir ce matin est blanc.

...

Journal ouvert

Je voudrais être un homme et être vieux pour, en défaisant le papier d'une pâtisserie, avoir l'air d'une petite fille.

...

Journal ouvert

Tu m'as demandé : C'est du poème ? – au lieu de « C'est de la poésie ». C'était déjà un poème, ta question.

...

Journal ouvert

La petite cessa bien vite la course qu'elle avait lancée lorsqu'elle vit son père, derrière, traîner. Et, gagnante en larmes, revint s'accrocher à sa main.

...

Journal ouvert

Je lui ai demandé si elle aussi avait eu avec mon grand-père un contact spontané, parce que j'avais vu un documentaire sur les signes qu'ont pour nous les morts, et ma mère m'a répondu : non, mais j'ai vu des vieilles personnes qui avaient son sourire.

...

Journal ouvert

Cesse cette rondeur douce. C'est quand la lune a ses coins de couteaux qu'elle a l'air d'un regard.

...

Journal ouvert

L'air était doux. On s'en faisait la remarque à voix haute : l'air est doux.

...

Journal ouvert

Dieu aussi, il a brûlé ? a demandé l'enfant devant Notre-Dame rescapée.

...

Journal ouvert

Tu crois que quand on meurt on devient quoi ? Peut-être des anges gardiens, m'a répondu ma mère. « Si tous les morts s'y mettent, y'a plus de gardiens que de détenus », a ri mon père.

...

Journal ouvert

La vieille traverse. Le bus s'arrête. Quelle force j'ai – s'étonne la vieille.

...

Journal ouvert

L'on apprendra par le piano public que le clochard sait, donc, en jouer.

...

Pèlerin de Compostelle

Le vent s'engouffre dans les bagues de réglage
Et les bâtons de marche
Sont des flûtes.
...
Mon père a dit : j'ai vu des milliards de trous de taupe dans ma vie et jamais de taupe. Un peu plus tard, ma mère, mais c'était déjà une autre conversation, a parlé de Dieu.
...
Un cercle est une fourmi
Qui s'est déposé un trésor et s'est promis
De le retrouver
Par le chemin le plus long.
...
Les gens qui sauvent
Arrivent de nulle part.
Les gens qui sauvent
Arrivent par hasard.
Les gens qui sauvent
Disent entre toutes les phrases la bonne.
Les gens qui sauvent
Sont cachés parmi les gens.
Les gens qui sauvent
Font de nous des survivants.
Les gens qui sauvent
Décalent l'incendie.
...
Je commence.
Se réjouit la nuit
Quand le jour pense
Que tout finit.
...
Le garcon qui n'a pas eu son bac
A acheté des roses pour sa mère

Qui a souri et pensé que son fils
Mélange doucement tout.
...
J'aimerais tellement voir un oiseau
A supplié le prisonnier
Alors le gardien
S'est approché et
A battu des cils.
...
Le soleil est plein d'eau
A dit la dame pour
Il pleut.
...
La fille s'est réjouie d'apercevoir par la fenêtre
Le haut du clocher.
Ainsi quand une chose paraît naître
C'est seulement nous
Qui y sommes arrivés.
...
Devant le coucher de soleil,
La dame, outrée : Toi, on t'a pas vu de la journée,
et là, tu te montres quand tu te disparais !
...
Choisis mieux tes mots
Comme, dans les murmurations d'étourneaux,
N'en suivre qu'un seul.
...
On a percé d'une petite fenêtre le toit de la grange
Pour y faire rentrer le ciel,
Comme de la terre
Que des chaussures ramènent des labours.
...

L'enfant trouve une pièce, c'est comme dénicher le trésor. Et quand il voit un oiseau, il le crie : maman ! j'ai trouvé un oiseau dans le ciel !

...

L'ancien maçon
Chaque jour à l'ouvrage
Est mort
Dans une sieste.

...

Pourquoi la lumière
Et la bonté
Ça fait pleurer ?
Et les agneaux sur les épaules des hommes
Et les santons ?

...

La lessive goutte au fil d'étendage
Au-dessus des hortensias mauves,
Ça sèche et ça arrose.

...

Sentant goutte d'eau, la passante protesta
Pour, aussitôt, se raviser
Et laisser à la pluie la chance
D'être peut-être la première neige ?

...

« Chambre » est-il encore écrit
Sur le carton de déménagement
Que le clochard a récupéré
Pour faire sa maison.

...

« S'il y est encore », espérait ma mère à propos d'un banc
Que nous avions croisé et sur lequel peut-être
Nous pourrions revenir pique-niquer
Si, riait mon père de sa propension à s'inquiéter d'un rien,

Il ne s'était pas, entre-temps, envolé.
Savait-elle bien, elle,
Que les mères et pères sont ces bancs
Qui entre l'aller et le retour
Ne sont soudain plus
Où ils étaient.

Inédit

KARINE TUIL

[Nous ne savons plus aimer]

[Nous vous haïssons.
Nous sommes nés pour vous haïr.
Nous sommes les électrons libres de votre système (qu'il soit détruit).
Nous vomissons vos compromissions.
Nous ne savons plus aimer.
Nous ne savons que mourir.
Nous vivons des vies qui ne sont pas les nôtres.
Nous sommes les produits de votre violence
votre négligence
votre arrogance
votre incompétence
Les fruits maudits (~~pourris~~) de votre inertie

Nous arrivons.
Nous œuvrerons à votre ruine.
Nous vous cracherons au visage.
Nous creuserons vos tombes.
Nous serons vos bourreaux.
Et nos mains ne faibliront pas
Quand nous brûlerons le monde d'où nous sommes exclus.]

Diffraction

Nous ne sommes rien
(disent-ils)
Qu'une main-d'œuvre bon marché
Des exilés sans idéal
Sans terre
Sans amour
(croient-ils)
Des produits périssables
Denrées jetables
Stocks à détruire
Ombres diffractées
Dans la lumière du jour
Âmes errantes
D'un monde inhabité
Désavoué
De simples exécutants
Habitués à perdre
Dépossédés
Livrés au néant
Livres ouverts
Page 10, il est écrit :
Là où il n'y a plus d'hommes
Efforce-toi d'être un homme[1]

---

1. Cette phrase est extraite des *Maximes des Pères.*

L'homme debout

Je n'ai pas voté pour toi.
Je n'ai pas voté.
Il y a longtemps que je SAIS que mon vote ne changera rien.
En moi, le vide.
Autour de moi, le chaos.
Personne ne croit en vous, ne croit en toi.
Tu ne sais pas qui je suis : regarde-moi.
Je suis ton pire cauchemar.
L'homme révolté. L'homme debout.
Celui qui dit Non.
Celui qui détruit.
Celui qui ne répond pas quand on l'appelle.
Celui que tu ne déclares pas. Que tu ne veux pas déclarer.
Tu payes trop, dis-tu.
Tu es étranglé.
C'est MOI que tu étrangles.
Je vis à tes crochets.
Je suis ton parasite.
Bientôt nous saccagerons ce que tu as bâti pour toi, sans nous
et contre nous.

Les eaux glacées du calcul égoïste

Nous n'avons pas la grâce, dites-vous
Grassement payés

VOUS

Nous écrasez (de votre mépris/votre arrogance)
Nous exploitez
Nous possédez
Vous prenez nos places
Vous engendrez des êtres qui vous ressembleront
Vous nous volez
Et nous videz des lieux que vous avez acquis
Pour vivre entre vous
Sélectifs
Directifs
Exclusifs
Vous voulez tout
Nos corps
Nos idées
Notre vitalité
Notre jeunesse
Nous avons vingt ans
Et nous sommes vieux
Nous portons vos colis
Et les chemises usées dont vous ne voulez plus
Nous livrons vos désirs à domicile
Puis vous nous évaluez
Nous noyez
Dans les eaux
Les eaux glacées
Du calcul égoïste

Inédits

NICOLAS VARGAS

On en serait là
à l'entrée   de
cette retrouvaille à.

Attendre dessous
se préparer   à
reconnaître le goût que.

Être prêt pour
rentrer   ensemble
dès que demain.

Écouter : la nuit
se compter   restes
nos restes dedans.

Pendant ce temps
                                        nous
ne s'oublie pas.

La nuit
n'y agite
rien.

N'agis qu'à moitié
l'autre : vide la de
son image   une mémoire

Tu sentais ça ou ça
je n'ai jamais su.

Je ne sais pas si   les mots
du simplement
deux trois mille gangues au pied du lit.

Je ne sais pas si ça aura.

Se faire un quand
de l'après-tout
mêmes.

Se modeler un souvenir
un sablier de
pourquoi pas.

Tu sentais   quelque chose   à manger
tu sentais   quelque chose   à dormir dedans.

On s'envole des promesses
une info
~~mais la peau~~.

On se poupée de l'Autre
des textes tous de nerfs
qui se débattent tordent d'aimer.

– où es-tu ?
– quand es-tu ?

Et des listes
les gens les dates
les trucs à.

Avoir
le temps la place l'envie
et ~~l'envie~~ ~~de cette place~~.

Je sais pas si ça saurait crever
                                        regarde
                                                        si ça.

Quelque chose   la peau / encore son langage peut-être
                    recommence
la peau / encore son langage peut-être   ça.

On aimerait demain   dire demain
                                    un désir
                        se faire   se refaire.

Écoute-le ton désir il
crisse à la porte il
se dépatouille avec un carton   les choses qui.

Allez, on va sortir   ensemble
                tout ce qui reste   est
                                        rien ne doit.

Rien à disparaître
rien ne doit
                rien.

Inédits

LAURA VAZQUEZ

et le demi-sourire poignarda

c'est une main elle coupe une tranquillité

les

les fautes veulent le bien
j'avais toujours une faute quand je te parlais
j'avais toujours une faute pour toi
tu avais toujours une faute pour moi

quand je suis née
mes parents ont mis
une faute sur moi
sur tout le reste il y a le ciel et le ciel recouvre le ciel
les matières du ciel et les états du ciel
on voudrait se reposer une partie du ciel recouvre une partie du ciel et cette partie du ciel remonte sur l'autre et les parties du ciel font une seule partie puis se divisent en 1 000 les 1 000 parties de ciel montent au-dessus du ciel par-dessus le ciel par-dessus lui nul ne connaît sa hauteur
une fois les nuages passés une fois le bleu du ciel passé nul ne connaît la hauteur on ne connaît pas le ciel car si le ciel descend il meurt et quand le ciel descend il pleut

il existe un enfant sans faute
il grandissait
il grandissait

les autres enfants le frappaient ses parents le poussaient
pour qu'il soit une faute les médecins introduisaient des pinces dans sa gorge
pour qu'il soit une faute normale vivante il regardait le monde
comme si le monde était un ruisseau
l'enfant s'est dirigé vers un ruisseau il s'est allongé dans le ruisseau il a flotté il a longé les terres il a coulé parcouru le monde sur le dos le ventre
et sous l'eau et de plus en plus vite et sans faire de pas
sans gestes sans bruits on n'entendait
rien de lui
car on ne l'entendait pas

J'ai connu un enfant dont les parents étaient des pierres
il avait une mère en or un père en or
une mère dure
un père dur

sa mère était solide son père était solide
quand il agissait mal il se cognait
contre sa mère
contre son père

il se frappait lui-même avec les statues il se blessait
il avait toujours une bosse sur le nez sur le cou sur l'épaule
les joues ouvertes
les statues n'avaient pas l'air de sourire
elles n'avaient pas l'air de sourire

poignard
à présent tombe des nuages
à présent masturbe le sol
je scie les miettes
scie le soleil
je scie mon double
je scie la scie

j'accouche d'une sphère dorée
je vais où je ne vais pas
je vais où je
je vais où
je moi

il y a de l'asthme dans ma maison
il y a de l'asthme sur les murs
de l'asthme dans la forêt
de l'asthme avec un verre
l'asthme avec un sens

les bébés sont si vieux
je ne chante rien

je suis née dans une boule
je frappe à la porte
à ta figure

le crie bouche le bébé
le crie troue le bébé

la colonne vertébrale est en pierre

colonne vertébrale irréversible

et à la fin du rire il y a des graines mortes
des cailloux des dégâts des travaux
ultraviolet
ultraviolet

seul le diaphragme connaît le ciel

on rase le temps
on rase le soir
on rase le ciel

le demi-sourire rasait la vie

le demi-sourire rasait le monde

et le demi-sourire poignarda quelqu'un

ainsi le demi-sourire tua le monde

erreur avance
erreur regarde
noie mes mains
des humains noient leurs mains

je coupe ma main afin qu'on la ramasse

Inédit

ANDRÉ VELTER

Indulto

En langue châtiée ou vulgaire
Il est des mots
Qui se déclinent à l'infini,

Toujours changeants,
Toujours eux-mêmes
Du sublime au funeste,

Capables de tout :
Innocents ou coupables,
Magiques ou misérables.

La grâce est ainsi
Un état, une action ou un coup,
Au gré d'une inflexion de voix.

On l'a,
On la trouve,
On lui donne un délai,

On l'accorde aux braves des odyssées,
Des arènes,
Des champs de ruines,

On la dit au pouvoir de Dieu,
Des anges
Et peut-être du roi,

Alors qu'elle ne tient
Qu'à la cambrure fatale
D'une diva à Tossa de Mar,

Qu'à la bouderie
D'un éphèbe à Venise,
Qu'à un sourire de pierre à Angkor...

C'est qu'elle subjugue, exalte, crie,
Comme s'il fallait lui rendre justice,
Ou rentrer avec elle

Dans les jeux du sexe et du ciel.

Inédit

LAURENCE VIELLE

Les vies de Jésus

Extrait

Jésus est chauffeur de taxi.
— Votre voiture, elle n'a pas de suspension.
— Elle est nouvelle, dit-il.
— Non, je dis, c'est un vieux tacot.
La ville autour du taxi est moite et empressée.
Jésus prend le temps de ralentir
à chaque obstacle de la route.
Il freine sans cesse, j'ai la nausée.
Jésus sourit.
— Rien ne presse, dit-il,
certains obstacles se franchissent lentement.
J'ouvre la fenêtre pour prendre l'air.
Je suis oppressée. Il me dépose à destination.
— Vous me mettrez 5 étoiles sur l'appli, n'est-ce pas ?
— Bien sûr, Jésus.
Je lui en ai mis deux,
je n'irai pas au ciel.

Jésus joue au Scrabble,
toute la journée, Jésus joue au Scrabble.
Il place le mot « aboyer »
et voilà qu'un chien aboie.
Il place ensuite le mot « lingère »
et passe Josette avec le linge bien plié.
Et puis le mot « aa ».
— Aa ? C'est quoi ?
Je demande ça à Jésus.

— Tu ne sais pas ce que c'est aa ?
— Non.
— Coulée de lave.
— Ah.
Et l'Etna à mille kilomètres d'ici entre en éruption.
La lave enflamme le monde.
Jésus joue au Scrabble et quand je joue avec lui,
je gagne.

Aujourd'hui, Jésus est assis à la terrasse d'un café.
Cela fait bien trois ans que je ne l'ai plus croisé.
Jésus tricote, je m'arrête.
— Que tricotes-tu ?
— Un pull, dit Jésus.
J'ai trouvé du fil 100 % pure laine aux Petits Riens.
En un an, j'ai tricoté vingt et un pulls.
C'est mon vingt-deuxième, dit Jésus.
Je suis admirative. Il y a deux ans,
j'ai moi-même entamé le tricot d'une écharpe
et elle n'avance pas.
— Vingt-deux pulls !
— Oui. Je termine le dos de celui-ci, il est pour mon fils.
— Et les vingt et un autres ?
— Pour mes autres enfants et pour mes disciples.
— Ah oui.
— Reviens dimanche,
il y aura du gâteau au chocolat que je fabrique moi-même.
— D'accord.
Dimanche après-midi, je goûte avec Jésus.

Quand je me baigne dans l'océan à la fin du jour,
la plage est vide et le soleil humide.
Jésus passe en costume noir, chemise blanche et col blanc.

Un peu bedonné. Il m'entend pleurer.
— Pleure, dit Jésus, pleure, c'est bon pour les marées.
Alors, je pleure, je pleure toutes mes larmes,
la marée est bien vaste,
amplitude 7, la lune au ciel est pleine.
Elle fait monter mes larmes en grandes eaux,
puis tout se calme.
Me voilà bien soulagée.

Jésus m'attend au coin de l'avenue et du boulevard
appuyé sur ses béquilles.
On va manger un bout près d'ici,
à la brasserie dans la forêt.
— C'est ma première sortie depuis ma chute, dit Jésus.
On marche lentement sur le trottoir.
La fragilité de Jésus donne le pas.
Je dis :
— J'ai apporté des framboises,
au retour on les mangera sur ta terrasse.
— La terrasse de ma prison dorée ?
Jésus est fâché d'avoir été placé en luxueuse résidence service.
— Oui, ta terrasse.
— Je suis triste ici, dit Jésus.
— Moi je trouve cet endroit plutôt joli.
— Le mieux du pire, dit-il.
Puis il se tait.
C'est vrai, le cerveau de Jésus a ramolli
depuis qu'il est en résidence service.

Quand Jésus arrive à Bruges,
il a un sac à dos, un ventre gras,
il mange un hamburger frites

et ensuite des carbonades à la flamande.
Puis il s'assied devant une maison typique,
il sort son aquarelle, son pinceau, son carnet.
Jésus dessine.
L'ombre et la lumière jouent entre ses doigts.

Le samedi matin, Jésus n'a rien à faire.
Il se lève tôt, s'assied dans le métro
et regarde passer les rames.
Si une dame cherche son chemin,
il se lève empressé, l'accompagne, la renseigne,
puis il revient s'asseoir.
Jésus dit : tous les samedis matin je suis assis ici.
Comme ça, si quelqu'un a besoin de moi...

Quand Jésus meurt, il revient toujours.

Inédit

LUDOVIC VILLARD

In memoriam jeannot c…

Ce qui nous impressionne surtout, ce sont les larges cicatrices qui lui labourent le ventre en de profondes lignes de chair rose qui viennent former d'épais bourrelets sous sa chemise entrouverte. Dans l'air ébouillanté d'août, nos yeux d'enfants s'allument d'éclats verts et gris et sous nos scalps ensoleillés de jeunes mohicans, les mots cancers et ablations ne sont qu'hermétismes d'adultes, ne nous dévoilant rien du mystérieux cadastre tracé sur l'abdomen de l'homme au chapeau de paille. L'homme est un ami de mon père et chaque été on se retrouve tous sur la petite plage de l'étang pour y passer quelques jours, et avec mon cousin on serre la longue main de l'homme qui nous offre un large sourire qu'il semble partager avec les dieux et les déments.

Une fine moustache, comme un trait au crayon au-dessus de sa lèvre supérieure, de longues dents un peu jaunies, amicales et franches, et sa voix pleine de douceur, une voix de père protecteur.

On nage les après-midi et on avale des beignets gras cuits dans d'opaques huiles puis saupoudrés généreusement de cristaux blancs, tandis que des effluves salins d'algues et de poissons saturent l'air. De vieux pontons au bois mangé par le sel et par les coquilles d'huîtres s'étirent au-dessus de l'eau et craquent doucement quand on y marche.

L'homme au chapeau de paille et son grand sourire puissant marche le long de la promenade en tenant sa fille par un bras, une jeune femme sourde et muette aux cheveux orange et aux lunettes d'écailles bleues, et puis de l'autre sa femme, une créature sans joie au regard grinçant. Le vent soulève un peu de poussière et le soleil redouble de pesanteur. Sur le visage de l'homme, ni abattement ni apitoiement, mais une sempiternelle grâce, une noblesse inoxydable. Il se tient sous le ciel lourd avec des airs de héros grec que rien ne semble pouvoir mettre à genoux, de la vie plein les artères et un air moqueur au coin des lèvres.

Les dalles qui mènent à la plage forment pour l'homme au chapeau de paille un socle de statue antique, et son air de Don Quichotte longiligne le rend inatteignable aux coups du sort et à la fatigue, et c'est un roi qui rentre dans l'eau verte avec ses balafres profondes et sa fille qui pousse des cris étranges tandis nous observons la scène avec des yeux émerveillés et inquiets.

Un jour on a appelé mon père au téléphone pour lui dire que l'homme au chapeau de paille était mort un mois auparavant, et je me souviens de sa colère de ne pas avoir pu assister à l'enterrement. Et puis le souvenir s'est oxydé et le temps a rampé, et le visage plein de majesté et le sourire magnifique ont disparu dans quelque recoin mémoriel jusqu'à trente ans après. Jusqu'à cette nuit près de l'étang cependant que mon fils dévore une glace rose et sucrée sur l'un des pontons encore debout, et que la voix douce me sonne à l'oreille, et que le rire gonfle l'obscurité et repousse l'ombre de ce vieux charognard qu'est l'oubli.

Inédit

THOMAS VINAU

Un matin
je lis Cioran
et voilà que j'aime la vie
j'embrasse femme et enfants
croque dans un fruit
arrose les plantes du balcon
m'émerveille devant un nid de pigeons
ce doit être
le contrecoup

*

Terreur et Grâce
sont heureux
de vous annoncer la naissance
de leur adorable petite chérie
déjà gloutonne de jour comme de nuit
elle comble de joie ses parents
qui l'appelleront
Cervelle

*

Faillir
quel joli mot
qui laisse passer la lumière

*

Un instant
(le dernier peut-être)
comme un souffle
plus rien ne compte
que le geste
l'élégance du danseur
du peintre
du boucher

*

Il faudrait adorer
chaque piqûre d'ortie
comme une mère
chérir le corps-à-corps
avec la chute
basculer comme le ciel
bousculé par le vent
être le filament
l'incandescence tremblante
de l'ampoule
sauver en nous
l'accident
qui autorise
l'amour

Inédits

PIERRE VINCLAIR

Détonations de la grâce

d'un pourtant bel après-midi orange,
annoncé tel par les services météo
à cause d'un violent orage
resté discret, enfant,
timide, j'attends
que mes filles s'extraient de leur cours de piano
faisant filer, à la bibliothèque, le temps
d'une douzaine de détonations,
municipale, une suite sur

le moins probable des accords
au début, sa maladresse à peine
adolescente (attention aux
fausses notes), portant
une formule sauvée pourtant,
comme si au-dessus des nuages désormais sombres,
une divinité allait
à la repêche de nos faiblesses – par quoi ?
sa clôture finalement, tout comme

nous autres femmes et hommes abandonnés
sur une terre aux signes si brouillés
que personne ne sait s'ils font un alphabet
runique ou les compositions d'un hasard simple
d'un orage oublié, déjà passé
pour aménager la commune
ruine dans la musique
ou dans le vers, salut,
quelque chose comme

un tag peint à la bombe
aérosol sur le mur gris
trapu, portant le boulevard
de Port-Royal au-dessus de la rue Pascal,
confirmant aux passants
que quelque chose résiste malgré leur va-et-vient
dans l'existence –
ce qui résiste n'a
d'un miracle que le bariolé
suspect d'être expressif, telle

une lecture qui,
à mesure qu'elle avance,
détruirait non seulement peu
à peu les verbes qu'elle repousserait
dans la cendre au passé
éboulé, mais, une fois bien défini ce
présent, enflammerait
la phrase jusqu'à porter
la détonation minuscule au-devant
d'elle-même, nous faisant passer dans

le sourire de la
bibliothécaire sous les,
circulaires, néons lui dessinant
deux larges auréoles
vues d'en dessous,
le bâtiment de béton érigé
lorsque tous les dieux regardaient ailleurs,
au quadragénaire venu accompagner son fils, misérable
de, peut-être, ne pas la prendre
dans ses bras :

pendant que le sang gicle
sous les armes pétaradantes
dans un jeu vidéo signifiant
modestement
le démembrement des ennemis
aux deux jeunes garçons, pieds croisés
sous leur chaise en plastique, s'approchant et
s'épaulant, commentant
leur amitié naissante et frémissante
dans l'excitation et

le silence, une salle presque vide
sinon, à l'intérieur
de mon casque, les accords
imprévus qu'un musicien arrache,
Shai Maestro à Jorge Roeder, Ofri Nehemya, Philip Dizack
qui joue de la trompette, batterie,
contrebasse ? les noms propres
importent moins que les
métamorphoses
brutales de

cinq chaises blanche et verte
disposées en un cercle autour
d'une table ronde comme les cils
d'un œil blanc (nous mourrons bientôt)
sur la moquette verte avec
notre père, pantalon bleu
voulant sauver
les compositions éphémères ; il y a déposé
son sac à dos, n'attendant plus
qu'un signe de

l'orage qui décharge
dans le ciel, Dieu !
est plein comme une barrique ;
les speakers radio, impuissants,
invitent les auditeurs à contempler
gratuit, le dévoilement
des énergies derrière les vitres ;
les uns y verront un effet
du dérèglement climatique,
les autres, plus impressionnables,

par une baie vitrée ouverte, le vent
qui souffle dans mon dos, jetant
les dernières fleurs que l'orage
arrachait au printemps,
disséminées sur mon clavier,
lorsque la bibliothécaire
se faufile derrière moi
pour fermer les fenêtres
du cube de ciment, résistant
dans la tempête, placide avec

le temps passant, la pluie
a démembré les arbres et je ramène
mes filles à la maison,
la voiture bleue se fait discrète
sous les nuages
essorés comme de vieux linges
sur la corde du ciel, invisible,
la ligne se tarit, la musique
se fond dans le silence, laissant
le souvenir et le possible

Inédit

STÉPHANIE VOVOR

Une seconde de grâce

Il y a une définition clinique bien sûr, avec des mots savants, mais si je devais
Non pas l'expliquer
Ni le raconter
Seulement le dire
Ce serait toujours moins

Chaque jour
Un peu moins
Tout se réduit
Ce que l'on parvient à accomplir
Ce que l'on parvient à penser
Ce que l'on parvient à être

La douleur infuse, au fur et à mesure elle emplit tout,
le moindre de tes interstices,
de sa torturante délicatesse elle ronge tes désirs, vide tes pensées, au point qu'il ne te reste plus aucun éclat d'âme
Ton existence a désormais un goût de cendres
et plus aucun mot ne parvient à t'étreindre

Tu ne peux pas l'entendre encore,
C'est un très léger crépitement,
Mais tout à l'intérieur, il y a un chant,

Tu ne peux pas l'entendre encore,
C'est un murmure au fond du fond,
Une infime vibration dans ton estomac qui se tire

Mais un jour viendra, comme un printemps,

une seconde,

une seconde inattendue une seconde entière une seconde
de basculement une seconde intacte une seconde de vertige
une seconde de trébuchement une seconde mouvante
une seconde vivace une seconde déterminante
une seconde magnifique et terrible
une seconde d'envoûtement profond
une seconde aux reflets changeants
une seconde d'écart une seconde à toi
une seconde de doute une seconde de trop
une merveilleuse seconde une seconde d'altérité
une seconde qui danse une seconde ouverte
une seconde plurielle une seconde infinie
une seconde qui craque
une seconde d'envol une seconde d'éveil
une seconde inoubliable
une seconde toute neuve
s'il te plaît encore une seconde
une seconde de grâce

Inédit

HYAM YARED

L'horizon tue aussi sûrement que le rivage. Sa cruauté est là.
Sa cruauté est là.

1

Viens colle ton trou à mon trou et dis-moi
si cela fait un monocle par où rendre l'horizon
aux naufragés. La vue à cet essaim de chauve-souris
aveuglés par le jour. Viens. Colle ton orbite
à mon squelette pour que ta vision cesse
de jouer des tours à ta pupille dilatée
comme un paysage sur un sein nu. Méfie-toi
de la vague. Elle seule sait
comment meurent les échoués.

2

Il n'y a pas de mirages, il y a
nos jambes qui se prennent pour des fleurs
dans un champ de mines. Il y a
des oiseaux qui rappellent au ciel
qu'il s'est trompé de nuages
et qu'un coup de poing dans l'eau suffit
à faire tomber l'horizon.

3

S'il y a
soixante-dix pour cent d'eau dans les corps, dis-moi
pourquoi éjaculer si l'eau se mord la queue en tout cas. Si nous
sommes
des mirages ni plus ni moins jetables que des canettes
avides de noyer nos mémoires dans nos derniers orgasmes.
Dis-moi
pourquoi il faut autant d'épaves pour faire
le tour des vagues ?

4

Oublie l'eau. Les reflets remontent si peu
en surface des eaux troubles. Oublie la mer. Les migrants
sont des chiffres muets. Oublie la terre. Elle est une idée
pour le ressac. Oublie la ville. Elle est shootée
à son naufrage. Oublie-moi, je suis
la mémoire d'un autre. Où tu t'abreuves la soif
est un leurre qui t'expose aux nuages et l'exil
est intérieur. Comme l'enfer.

5

Quand ils ont pissé dans tes fleuves pour assoiffer les oiseaux,
tu as ri. Craché dans ta face pour assécher tes ruisseaux
tu as ri. Déclaré ta mémoire coupable de mémoire,
tu as ri. C'est par le rire qu'on achève
les condamnés. On n'a jamais vu l'eau céder
à la menace. Voilà
ce qu'une larme murmure
aux mutilés.

6

On a dit à la ville, arrête
de te liquéfier dans ta douleur. Arrête
de sur-jouer ta mort, arrête
de penser que ton malheur
fait ton nombril, arrête
de ne plus savoir comment survivre
et danse. Alors
elle a dansé, la ville,
avec ses ombres et ses lumières. Avec
ses moignons en bouquet sur des ruines. Mais ça n'a pas suffi.
Alors on lui a dit baise la ville et la ville a baisé. Tue
et la ville a tué. Pleure et la ville a dansé
et quand on lui a dit aime, la ville,
elle n'a pas su.

7

La beauté meurt les jambes ouvertes. Sa tragédie
réside dans sa fin. Elle plante ses boyaux
dans nos regards et nous laisse seuls
avec sa trace.

8

C’est à coup de barillets à six coups qu’on s’accommode
de nos visages. Dis-moi qui
se souviendra du tout premier crachat
dans la matrice du monde si
les drones font la meute. Si
ce rire dans le bruit du ressac
est la dette que l’espoir rembourse
à la folie. Pourvu qu’on soit aimé. Pourvu
qu’on soit tué. La haine
est une roulette russe. Une fois sur deux
on apprend à aimer.

Inédits

REPÈRES BIBLIOGRAPHIQUES

L'immense majorité des textes figurant dans cette anthologie sont inédits. Nous remercions vivement les auteurs de nous les avoir confiés. Ils en conservent bien sûr l'entier copyright. On trouvera ci-dessous les références bibliographiques des autres écrits, ainsi que diverses précisions concernant certains textes inédits. Un grand merci aux éditeurs et revues qui nous ont autorisé leur publication.

Maram Al-Masri
Le poème « La Grâce de guérir » est extrait d'un livre à paraître aux éditions Bruno Doucey courant 2024.

Christian Bobin
Le livre *Le Colporteur* (© Fata Morgana) se trouve également en poche dans la collection « *Poésie* / Gallimard ».

Lydie Dattas
Les deux poèmes sont tirés de *Le Livre des anges*, « *Poésie* / Gallimard », © Éditions Gallimard, 2019.

Jacques Darras
Textes extraits de *Jean & Niki vont au Paradis*, livre inédit.
Jean Tinguely et Niki de Saint Phalle ont vécu et travaillé en couple, des années 1960 aux années 1980. Les « Nanas » de Niki, son œuvre la plus célèbre, sont disséminées aux quatre coins du monde.

Samuel Deshayes & Guillaume Marie
Cet ensemble est extrait de *La Fin du monde*, © éditions LansKine, 2023.

Ariane Dreyfus
Cet ensemble est extrait du livre *Le Double été*, à paraître au Castor Astral courant 2024.

Gabrielle Filteau-Chiba
Les quatre poèmes proposés sont extraits du livre *La Forêt barbelée*,

édité en 2022 au Québec par les éditions XYZ, et réédité en France en 2024 par Le Castor Astral.

Brigitte Fontaine
Les quatre poèmes proposés sont extraits du livre *Fatrasie*, © Le Tripode, 2023.

Albane Gellé
Poèmes extraits de l'ensemble *TERRE*, à paraître aux éditions L'atelier contemporain, avec des images de Nelly Buret.

Dominique Grandmont
Les trois poèmes sont extraits d'*Ophir*, livre en cours. Il s'agit des sixième, septième et douzième poèmes de cet ensemble.

Nancy Huston
Poèmes extraits de *Choses dites*, L'Iconopop, 2023. Copyright © 2022, Nancy Huston. Copyright © 2023, L'Iconoclaste. Cet ouvrage a été publié avec l'aimable collaboration de La Nouvelle Agence, Paris.

Maud Joiret
Les deux premières pages de cet ensemble ont paru en septembre 2023 sous le titre « Mother euchariste » dans le n° 1 de la revue *A4*.

Anise Koltz
Cet ensemble de textes est extrait de *Le Porteur d'ombre*, © éditions PHI, 2001.

Luis Mizón
Texte extrait du manuscrit inédit *Livre des Instants*.

Elke de Rijcke
Ces poèmes sont extraits d'un livre en cours intitulé *Paradisiaca*. Ils traitent des nombreuses sculptures du baroque méditerranéen qui abondent dans la région du lac de Constance (région du Bodan) située dans les contreforts des Alpes, sur le territoire de trois pays : l'Allemagne, la Suisse et l'Autriche. *Paradisia* sera un « lac-opéra ».

NOTICES BIOGRAPHIQUES

Claude ADELEN est né à Paris en 1943. Il vit à Montpellier. Ses premiers poèmes ont été publiés par Elsa Triolet dans *Les Lettres françaises* en 1969. Il a publié une douzaine de recueils de poésie et divers ouvrages de critique littéraire. Il a été membre du Comité de rédaction de la revue *Action Poétique* de 1971 à 2012. Il est notamment l'auteur de *Soleil en mémoire* et *D'où pas même la voix* (Éditions Dumerchez), ainsi que de *Obligé d'être ici* (Obsidiane). Une anthologie de son œuvre poétique, *Légendaire. 1969-2005*, a été publiée chez Flammarion.

Maram al-MASRI est née à Lattaquié (Syrie) en 1962. Elle s'exile en France en 1982. Poète et traductrice, interdite de publication dans son propre pays, elle a publié une douzaine de livres en français chez Bruno Doucey (*Elle va nue, la liberté, Métropoèmes,* etc.), Seghers (*Je te menace d'une colombre blanche*), PHI, Al Manar (*Je te regarde*), Le Temps des cerises, La Lucarne des écrivains et Le Merle moqueur. Elle a notamment reçu le prix Adonis, le Prix de poésie de la SGDL et le prix des Découvreurs.

ARTHUR H (Arthur Higelin, dit) est né à Paris en 1966. Auteur-compositeur-interprète et musicien, il est par ailleurs poète et écrivain. Sa musique mêle jazz, pop, chanson, électro, transe et musique planante. Sa discographie comporte une vingtaine d'albums dont deux en talk-over avec Nicolas Repac dans leur collection Poétika Musika. Il est l'auteur de *Le Cauchemar merveilleux* (Actes Sud), *Fugues* (Mercure de France), *Onirique attaque* (Textuel) et *La Musique des mots* (Points / Seuil).

Anna AYANOGLOU est née à Pithiviers en 1985. Elle grandit à Paris, ville qui s'ajoute à la mosaïque improbable de ses origines – vendéenne, crétoise, grecque d'Asie mineure et polonaise. Son premier recueil, *Le Fil des traversées* (Gallimard, prix Apollinaire Découverte et Prix Révélation Poésie de la SGDL), se fait l'écho de trois années vécues en Lituanie et en Estonie. Son second recueil, *Sensations du combat*, est également paru chez Gallimard. Elle réside à Bruxelles où elle écrit, enseigne et anime l'émission de radio « Et la poésie, alors ? »

Ritta BADDOURA est née au Liban en 1980. Elle vit en France depuis 2008. Elle a publié plusieurs recueils de poèmes – au Liban, en France et en Belgique –, dont *Ritta parmi les bombes* (Dar Al Saqi) et *Arisko Palace* (Pleine Page), *Parler étrangement* et *Désaltère* (L'Arbre à Paroles). Elle a reçu le prix Max-Jacob Découverte. Critique littéraire, Ritta Baddoura suit également un parcours de chercheuse et de psychologue.

Olivier BARBARANT est né à Bar-sur-Aube en 1966. L'essentiel de ses livres a paru aux éditions Champ Vallon. L'anthologie *Odes dérisoires et autres poèmes* est éditée dans la collection « *Poésie* / Gallimard ». Il a reçu le prix Tristan-Tzara, le prix Mallarmé et le prix Apollinaire. En prose comme en vers (*Un grand instant*), il ne s'agit jamais que de poésie, soit d'un effort plus ou moins réussi pour parler d'une voix juste, qui rende compte d'une expérience sensible en l'arrachant aux discours tenus sur elle, aux représentations formatées, pour en respecter la singularité. Dernier livre de poésie paru : *Séculaires* (Gallimard).

Terez BARDAINE est née juste à temps pour fêter le nouvel an 1966 à Fougères, en Bretagne. Elle vit désormais dans le Finistère où elle est écoutant-biographe, après avoir été ingénieure en informatique de Toulouse à Amsterdam. Éprise de littérature scandinave, elle dit ses mots sur scène telle une funambule en appui sur eux et leurs silences. Elle est l'auteure du roman *Marin* (Terre de brume) et du recueil *Déchiffrée par les lettres* (La Rumeur libre).

Samantha BARENDSON est née en Espagne en 1976. Franco-italo-argentine, elle vit à Lyon. Chanteuse de tango frustrée de ne pas l'être, amoureuse de la scène et amie des musiciens qui l'accompagnent régulièrement, elle fait partie du groupe rock industriel KNS. Voyageuse infatigable, narratrice de l'exil, de la route et des rencontres, elle est l'auteure de deux romans, *Mon citronnier* (éditions JC Lattès) et *Virgule* (L'Attente), et de plusieurs recueils dont *Americans don't walk* et *Tu m'aimes-tu ?* (Le Chat polaire), *Alto Mare* (La Passe du vent) et, avec Estelle Fenzy, *50* (La Boucherie littéraire).

Linda Maria BAROS est née à Bucarest en 1981. Poète, traductrice et éditrice, elle vit à Paris. Elle est notamment l'auteure de *La Maison en lames de rasoir* (Cheyne) et *La Nageuse désossée* (Le Castor Astral). Lauréate du prix de la Vocation et du prix Apollinaire, elle a également reçu le Grand Prix de Poésie de la SGDL, le Prix international francophone du Festival de la poésie de Montréal et le prix Rimbaud de la Maison de Poésie de Paris. Directrice des éditions La Traductière et du Poésie Poetry Paris / Festival franco-anglais de poésie. Rédactrice en chef de la revue *La Traductière*. Énorme griffe en argent à la main droite.

Rim BATTAL est née à Casablanca en 1987. Elle vit en France depuis 2013. Formée au journalisme et à la photographie à Rabat et Paris, elle co-dirige le Bordel de la Poésie. Elle propose un nouveau modèle de femme, d'amour et de corps politique à travers la poésie, la performance et les arts visuels. Elle est notamment l'auteure de *Vingt poèmes et des poussières*, *Latex* et *Transport commun* (LansKine), *L'Eau du bain* (Supernova), *Les Quatrains de l'All inclusive, Mine de rien* et *X et Excès* (Le Castor Astral), ainsi que de *Pommes Girl* (Éditions Kulte). Elle a reçu le prix CoPo.

Gracia BEJJANI est née à Beyrouth en 1964. Elle a quitté son pays à 20 ans, elle a fugué, n'a jamais quitté. Publiée par *Courrier International, Plume Francophone, Hors-Sol, Poema*... et dans diverses revues de poésie comme *Décharge, Wam, La Kainfristanaise* ou *Radicale*, elle tient également une chronique dans la rubrique « Culture » du site Ici Beyrouth. Sa chaîne YouTube, régulièrement alimentée par de nouvelles créations, regroupe à ce jour près de 600 vidéo-poèmes. Cette production en ligne est centrale, mais non exclusive.

Tahar BEN JELLOUN est né à Fès (Maroc) en 1947. Son premier poème a été publié en 1968 dans la revue *Souffles*. En 1971, suite à l'arabisation de l'enseignement de la philosophie au Maroc, il part pour la France. Peintre et romancier, il est lauréat du prix Goncourt pour son roman *La Nuit sacrée* (Seuil). Il écrit aussi des ouvrages pédagogiques dont *Le Racisme expliqué à ma fille* (Seuil). Parmi ses livres de poésie : *Le Discours du chameau* suivi de *Jénine et autres poèmes*, *Douleur et lumière du monde* précédé de *Que la blessure* *se ferme* (« *Poésie* / Gallimard ») et *La Remontée des cendres* suivi de *Non identifié* (« Points / Poésie »).

Gérard BERRÉBY est né à Thala, en Tunisie, en 1950. En 1965, il est contraint d'émigrer avec sa famille, sans espoir ni désir de retour. Depuis, il vit à Paris. En 1982, il fonde les éditions Allia, qu'il dirige toujours aujourd'hui. Gérard Berréby est l'auteur des recueils *Stations des profondeurs, Joker & Mat, Comme une Neptune* (art & fiction), *La Banlieue du monde, Le Silence des mots* et *L'Imparfait du subjectif,* tous publiés chez Allia.

Zéno BIANU est né à Paris en 1950. Il fut l'un des signataires du *Manifeste électrique* qui secoua la poésie des années 1970. Chez Gallimard, il a publié *Infiniment proche, Prendre feu* (avec André Velter), *D'un univers funambule, Petit éloge du bleu, Pierrot solaire* et *Les Anges récidivistes.* Le Castor Astral a fait paraître une tétralogie musicale : *Chet Baker (déploration), Jimi Hendrix (aimantation), John Coltrane (méditation), Visions de Bob Dylan,* ainsi que *Satori Express, Bleu fauve* et (avec Yves Buin) *Santana de toutes les étoiles.* Il a reçu le prix Robert-Ganzo pour l'ensemble de son œuvre.

Christian BOBIN est né au Creusot (Saône-et-Loire) en 1951 et décédé à Chalon-sur-Saône en 2022. Romancier, poète et essayiste, il reçu de nombreux prix dont le prix spécial Goncourt de la poésie à titre posthume en 2023. Il est l'auteur d'une soixantaine d'ouvrages aux éditions Brandes, Fata Morgana, Lettres Vives, Le Temps qu'il fait et Gallimard. Parmi ses principaux ouvrages : *Une petite robe de fête, Le Très-Bas* et *La Plus que vive,* ainsi que deux livres dans la collection « *Poésie* / Gallimard ». Une grande partie de son œuvre est disponible dans la collection « Quarto » (Gallimard).

Béatrice BONHOMME est née à Alger en 1956. Elle travaille à Nice, à l'université Côte d'Azur. Poète et essayiste, elle dirige la revue *Nu(e)* désormais publiée en ligne sur Poésibao. Elle a reçu les prix Leopold Sedar Senghor et Vénus Khoury-Ghata, ainsi que le prix Mallarmé en 2023. Un ouvrage collectif portant sur son œuvre poétique a été publié chez Peter Lang. Elle est notamment l'auteure de *Les Boxeurs de l'absurde* (L'Étoile des Limites), *Proses écorchées au fil noir* et *Monde, genoux couronnés* (Collodion).

Alexandre BONNET-TERRILE est né à Paris en 1999. Son premier recueil, *Les Numérotés*, a paru au Castor Astral. Très remarqué, ce livre d'un auteur de 17 ans a obtenu le prix Apollinaire Découverte et le prix Fondazione Primoli (Rome). Il a été suivi de *Via Boston*, préfacé par Olivier Barbarant, et de *Et l'origine s'y refuse* (Le Castor Astral). Il est également l'auteur de *Portrait du bienvenu*, préfacé par Christian Doumet (Fata Morgana).

Alain BORER est né à Luxeuil en 1949. Spécialiste mondial d'Arthur Rimbaud (auquel il a consacré une douzaine d'ouvrages notamment pour Seuil et Gallimard), il est poète (*Tout tombe*, Dumerchez), romancier (*Koba*, Seuil, prix Joseph Kessel), dramaturge, critique d'art et écrivain-voyageur. Alain Borer est en quête de ce qu'il appelle le *noème*. Il s'est engagé dans un combat pour la défense de la langue française avec *De quel amour blessée, réflexions sur la langue française* et *Speak White* (Gallimard). Il a reçu le prix Apollinaire et le prix Édouard-Glissant pour l'ensemble de son œuvre.

BOUYAGUI Vanille est née à Roubaix en 1989. Elle vit à Paris. Musicienne et chanteuse sous le nom de Bakel, elle est notamment l'auteure des albums *L'Eau qui dort* (Arista) et *Fier.e* (RCA). En parallèle de son activité musicale, Vanille a entamé un travail d'écriture poétique. Oscillant entre colère et allégresse, elle y confesse les émotions brutes et la violence ordinaire d'un quotidien depuis la marge. En 2023, elle a intégré le master de création littéraire de Paris 8.

Nicole BROSSARD est née à Montréal (Québec) en 1943. Poète, romancière et essayiste, elle est l'auteure d'une quarantaine de livres dont *D'aube et de civilisation – poèmes choisis, 1965-2007* (Typo), *Lointaines* (Caractères), *Piano blanc* (L'Hexagone), *Ardeur* (Phi / Mazette), *Vertige de l'avant-scène* (Écrits des Forges) et *Temps qui installe les miroirs* (Le Noroît). Elle compte parmi les chefs de file d'une génération qui a renouvelé la poésie québécoise dans les années 1970. Elle a également publié *Temps réel du poème* (Le Castor Astral). Elle a reçu de nombreuses distinctions dont le prix Benjamin-Fondane et le Grand Prix de la Maison de Poésie de Paris.

Fany BUY est née aux Lilas (Seine-Saint-Denis) en 1978. Comédienne, metteuse en scène et parfois chanteuse. Lectrice et passeuse, elle donne à entendre les langues et les voix des autrices et auteurs contemporains (Alice Zeniter, Mariette Navarro, Charles Juliet, Jean D'Amérique, Pauline Picot, Chloé Landriot, etc.). Artiste-pédagogue issue de la balle, elle tente d'atteindre tout ce qui n'est pas pour nous.

Patricia CASTEX MENIER est née en 1956 à Paris, où elle réside toujours. Elle est l'auteure de nombreux livres de poésie chez Cheyne éditeur, L'Amourier, les éditions Henry, Vincent Rougier, Al Manar, Aspect et Tipazza, ainsi que d'un récit aux éditions La Dragonne. Dernières parutions : *L'Instinct du tournesol* et *Havres* (Lieux-Dits), *Cargo* (À l'index), *Accoster le jour* (avec Sylvie Fabre G., La Feuille de thé), *L'Œil à facettes* (avec Werner Lambersy et Jean-Pol Stercq, Rhubarbe).

Herménégilde CHIASSON est né à Saint-Simon, au Nouveau-Brunswick (Canada), en 1946. Poète, dramaturge (auteur d'une trentaine de pièces), artiste visuel et réalisateur acadien, il a été lieutenant-gouverneur de la province du Nouveau-Brunswick de 2003 à 2009. Considéré comme le père du modernisme en Acadie, son premier recueil, *Mourir à Scoudouc*, publié en 1974, reste une œuvre marquante de la littérature acadienne. Il est l'auteur d'une trentaine de livres parus essentiellement aux éditions Prise de parole. Il a reçu de nombreux prix dont le Grand Prix de poésie international Léopod Senghor.

William CLIFF est né à Gembloux (Belgique) en 1940. Poète publié dès 1973 par Gallimard, il a reçu de multiples prix dont le Grand Prix de poésie de la SGDL, le prix Roger-Kowalski, le Grand Prix de poésie de l'Académie française et le Goncourt de la poésie. Il est notamment l'auteur de *Marcher au charbon*, *Fête nationale*, *Écrasez-le*, *Immense existence* et *America* suivi de *En Orient* (Gallimard), *Amour perdu* et *Au nord de Mogador* (Le Dilettante), ainsi que de *Épopées*, *Matières fermées*, *Le Temps* suivi de *Notre-Dame* et *Des destins* (La Table Ronde).

François de CORNIÈRE est né à Caen en 1950. Il a animé pendant 30 ans dans sa ville natale les fameuses « Rencontres pour lire ». Il milite pour une poésie ouverte sur le quotidien, la vie réelle. Il a reçu les prix RTL-Poésie 1, Georges-Limbour et Apollinaire. Il est l'auteur de *C'était quand ?*, *Tout cela* et *Tout doit disparaître* (Le Dé bleu). Le Castor Astral a entre autres publié *Mais où sont ces photos ?*, *Boulevard de l'Océan*, *La Surface de réparation*, *Ces moments-là* (poèmes 1980-2010), *Nageur du petit matin*, *Ça tient à quoi ?*, *Quelque chose de ce qui se passe* et *Les Façons d'être*.

Cécile COULON est née à Clermont-Ferrand en 1990. Elle est la lauréate du prix Mauvais genres, du prix du Meilleur roman des lecteurs Points, du Prix des Libraires et du Prix littéraire *Le Monde*. Elle est notamment l'auteure de romans dont *Le Cœur du Pélican* et *Trois saisons d'orage* (Viviane Hamy), et de *Une bête au paradis*, *Seule en sa demeure* et *La Langue des choses cachées* (L'Iconoclaste). Ainsi que de trois livres de poésie, *Les Ronces*, pour lequel elle a reçu le prix Apollinaire et le prix SGDL Révélation de poésie, *Noir volcan* et *En l'absence du capitaine* (Le Castor Astral).

CharlÉlie COUTURE est né à Nancy en 1956. Artiste « multiste », il est chanteur, compositeur, peintre, écrivain, graphiste et photographe. Il a enregistré une vingtaine d'albums dont *Poèmes Rock*, *Lafayette*, *Même pas sommeil*, *Trésors cachés et perles rares* et *Quelques essentielles*, ainsi que de bandes originales de films (*Tchao Pantin*, *Toy Story*, etc.). Il a donné plus de 1 500 concerts. Il est notamment l'auteur de *Solo Boys & Girls* (Seghers), *La Mécanique du ciel* (Le Castor Astral), *New York Memories* (Le Cherche Midi) et *Des éclairs de lune* (Le Passeur). Sa biographie *CharlÉlie Couture, poète rock* (L'Archipel) est signée par David Desvérité.

Seyhmus DAGTEKIN est né à Harun (village dans les montagnes du Kurdistan) en 1964. Né au français à l'âge de 22 ans, il arrive en France en 1987. Lauréat du Prix international de poésie francophone Yvan-Goll, du prix Théophile-Gautier de l'Académie française, du prix Benjamin-Fondane et du prix Mallarmé. Le Castor Astral a publié une douzaine de ses livres dont *Juste un pont sans feu*, *Élégies pour ma mère*, *À l'ouest des ombres* et *De la bête et de la nuit*.

Il est également l'auteur du manifeste poétique *Sortir de l'abîme* et du roman *À la source, la nuit* (Robert Laffont, réédition Le Castor Astral).

Quentin DALLORME est né à Chambéry (Savoie) en 1989. Il vit à Nantua. Chroniqueur radio et rédacteur pour des revues comme *Front Populaire*, *Le Comptoir* et *Philitt*, il ne peut entendre les noms de Giono, Pasolini et Jünger sans un frisson d'absolu. Il tient le blog casentleroussi.fr. Sa passion pour la littérature et le sport, dont l'aviron, le conduit à écrire le roman *Le Cœur sur l'eau* (Éditions de l'Astre bleu). Son premier livre de poésie, *Plein Sud* (L'Aire), lui a valu de recevoir le prix Apollinaire Découverte.

Jean D'AMÉRIQUE (Jean Civilus) est né à Côte-de-Fer (Haïti) en 1994. Il a reçu le Prix de poésie de la Vocation, le prix Apollinaire Découverte et le prix Heredia de l'Académie française. Il dirige le festival Transe Poétique et la revue *Davertige*. Il écrit pour le théâtre, *Rhapsodie rouge* et *Cathédrale des cochons* (Éditions Théâtrales). Il est notamment l'auteur de *Petite fleur du ghetto* (Atelier Jeudi soir, puis Maelström), *Nul chemin dans la peau que saignante étreinte*, *Atelier du silence*, *Rhapsodie rouge* et *Rachida debout* (Cheyne éditeur), ainsi que du roman *Soleil à coudre* (Actes Sud).

Jacques DARRAS est né à Bernay-en-Ponthieu (Somme) en 1939. Il a fondé la revue et les éditions In'hui. Il compose depuis 1988 un poème en plusieurs chants sur une rivière côtière de la Manche, *La Maye*. On lui doit aussi de nombreuses traductions de l'anglais (Whitman, Lowry, Blake, etc.). Il a reçu le prix Apollinaire et le Grand Prix de poésie de l'Académie française. Dernières parutions : *L'Indiscipline de l'eau* (« *Poésie* / Gallimard »), *Van Eyck et les rivières*, *La Maye réfléchit*, *Le Chœur maritime de la Maye*, *Épique !* et *La Mer en hiver sur les côtes de la Manche* (In'hui / Le Castor Astral).

Lydie DATTAS est née à Paris en 1949. Son œuvre porte à leur extrême point de tension le vers, le poème en prose, la lettre spirituelle ou le récit autobiographique. À 16 ans, elle publie dans la revue *Rougerie*. Elle se lie d'amitié avec Jean Genet et correspond avec Ernst Jünger. En 2000, elle se lie d'amitié avec Christian Bobin avant de l'épouser. Elle est notamment l'auteure de *Noone* et

La Foudre (Mercure de France), *Le Livre des anges* suivi de *La Nuit spirituelle* et de *Carnet d'une allumeuse* (« *Poésie* / Gallimard »).

Guillaume DECOURT est né à Paris en 1985. Poète et pianiste, « baroudeur de carte postale », il a vécu en Israël, en Allemagne et en Belgique, dans les monts du Forez, à Mayotte et en Nouvelle-Calédonie. Il partage aujourd'hui son temps entre Paris et Athènes. Il est notamment l'auteur de *La Termitière* (Polder / Gros Textes), *Le Chef-d'œuvre sur la tempe* et *À l'approche* (Le Coudrier), *Un ciel soupape* (Sac à Mots), *Diplomatiques* (Passage d'encres), *Les Heures grecques* et *Un gratte-ciel, des gratte-ciel* (LansKine), *À 80 km de Monterey* et *Le Bonjour de Christopher Graham* (Æthalidès), ainsi que de *Lundi propre* (La Table Ronde).

Chloé DELAUME est née à Versailles en 1973. Romancière, poétesse, dramaturge, essayiste, performeuse et chanteuse *(Les Fabuleuses mésaventures d'une héroïne contemporaine)*, elle multiplie les expériences artistiques. Pour l'essentiel autobiographique, son œuvre littéraire est centrée sur la pratique de la littérature expérimentale et la problématique de l'autofiction. Lauréate du prix Décembre pour son roman *Le Cri du sablier* (Farrago), elle est également l'auteure de *J'habite dans la télévision* (Verticales), *Une femme avec personne dedans* et *Pauvre folle* (Seuil). Pour son roman *Le Cœur synthétique* (Seuil), elle a reçu le prix Médicis.

Patrice DELBOURG est né à Paris en 1949. Romancier, essayiste et chroniqueur, il fut l'un des « papous » de l'émission de France Culture « Des Papous dans la tête ». Il est l'auteur d'une cinquantaine d'ouvrages dont *Les Désemparés* (Le Castor Astral) et *Les Jongleurs de mots* (Écriture). Lauréat des prix Max-Jacob et Apollinaire. Le Castor Astral a notamment publié *Longtemps j'ai cru mon père immortel*, *Solitudes en terrasse*, *La Banlieue des choses* et *Le Singe du side-car*. Il est également l'auteur de *Toboggans* (L'Athanor), *Génériques* (Belfond) et *L'Ampleur du désastre* (Le Cherche Midi).

Denise DESAUTELS est née à Montréal en 1945. Son travail est marqué par sa conscience d'être une femme qui écrit, ainsi que par sa passion pour les autres arts. Auteure d'une quarantaine d'ouvrages, elle a notamment reçu le prix Athanase-David, le prix européen de littérature francophone Jean-Arp et le prix Apollinaire. Ses derniers titres : *Disparaître*, avec onze œuvres de Sylvie Cotton (L'Herbe qui tremble / Le Noroît) ; *L'Angle noir de la joie* suivi de *D'où surgit parfois un bras d'horizon* (« *Poésie* / Gallimard »). Elle est membre de l'Académie des lettres du Québec et de l'Ordre du Canada.

Samuel DESHAYES est né à Lisieux en 1978. Il enseigne en Normandie et écrit où il peut. Membre du collectif Pou, il participe aux campagnes du Projet poétique planétaire. Seul, il a publié *Sonnés*, et avec Guillaume Marie, *Ça écrit quoi* et *La Fin du monde* (LansKine).

Cyril DION est né à Poissy en 1978. Écrivain, réalisateur, poète et militant écologiste, il est le co-fondateur avec Pierre Rabhi du mouvement Colibris, et a aussi cofondé la revue *Kaizen*. Il a co-réalisé avec Mélanie Laurent le film *Demain,* César du meilleur film documentaire, puis les films *Après demain* et *Animal*. Il est notamment l'auteur de *Imago* (prix Méditerranée), *Demain, un nouveau monde en marche*, *Petit manuel de résistance contemporaine*, *À l'orée du danger* et *Résistances poétiques* avec Sébastien Hoog (Actes Sud), ainsi que du recueil de poèmes *Assis sur le fil* (La Table Ronde).

Barz DISKIANT (nom de plume d'Alexandre Bord) est né à Saint-Germain-en-Laye en 1986. Il a d'abord été libraire à la Librairie de Paris (Paris 17e), avant de créer avec Cécile Coulon la collection « L'Iconopop » pour les éditions de L'Iconoclaste. Il anime également le podcast « Mort à la Poésie ». En 2023, avec Arnaud Idelon, il crée l'agence Book afin de promouvoir les nouvelles formes scéniques des poètes et poétesses d'aujourd'hui. La même année, il publie *Le Monde vous attend*, un livre d'artiste avec Robert Lobet pour les éditions de la Margeride.

Ariane DREYFUS est née au Raincy (Seine-Saint-Denis) en 1958. Anime des ateliers d'écriture. A reçu le prix des Découvreurs. Le Castor Astral a publié *Iris, c'est votre bleu*, *Nous nous attendons* et *Sophie ou la vie élastique.* Elle est l'auteur de plusieurs livres dans la collection « Poésie / Flammarion », ainsi que de *La lampe allumée* *si souvent dans l'ombre* (Corti), *Comme si c'était hier* (Tarabuste) et *Nous nous attendons* suivi d'*Iris, c'est votre bleu* (« *Poésie* / Gallimard »). Matthieu Gosztola lui a consacré un ouvrage aux éditions des Vanneaux.

Alain DUAULT est né en 1949 à Paris. Poète, romancier, essayiste, animateur de radio et de télévision spécialisé dans la musique classique et l'opéra, il est éditorialiste à *Classica*, directeur artistique de *Viva l'opéra* dans les cinémas UGC. Son œuvre poétique est récompensée par le Grand Prix de poésie de l'Académie française, le prix Omar-Khayyam, le prix Alain-Bosquet et le prix Mallarmé. Principaux recueils : *Où vont nos nuits perdues*, *L'Effarant intérieur des ombres*, *Les Sept Prénoms du vent*, *Car la douceur de vivre est périssable* et *Le Ciel jaloux des roses* (Gallimard). Il est également l'auteur du *Dictionnaire amoureux de l'opéra* (Plon).

Joanna DUNIS est née en 1983 à Massy (Essonne), ville qu'elle ne connaît pas. Française de l'étranger depuis l'enfance, elle a grandi dans un ailleurs, se plongeant dans le monde post-soviétique avant d'arriver au monde grec. Autrice de films documentaires et de livres dans l'édition voyage, elle a notamment réalisé *Utopie Russe* avec Léa Todorov, un documentaire sur les jeunes militants d'Édouard Limonov, poète russe devenu figure politique radicale. *Topologies, Contes d'Athènes* (Le Castor Astral) est son premier recueil.

Étienne FAURE, né en Normandie en 1960, vit et travaille à Paris. Il est publié aux éditions Champ Vallon et Gallimard. Il a reçu les prix Max-Jacob et Alain-Bosquet, ainsi que le prix François-Coppée de l'Académie française. Dernières publications : *Vol en V*, *Et puis prendre l'air* et *Tête en bas* (Gallimard), *Ciné-plage* (Champ Vallon). La revue *Phoenix* lui a consacré un dossier. Rédaction de notes critiques pour *Le Cahier Critique de Poésie*, *Poesibao*, *Europe*, *La Revue des revues.*

Emmanuelle FAVIER est née à Paris en 1980. Romancière, nouvelliste, poète et dramaturge (Prix de la Manufacture des Abbesses), elle a soutenu une thèse sur les adaptations au théâtre de l'œuvre et de la vie d'Arthur Rimbaud. Elle est l'auteure de trois romans chez Albin Michel (*Le courage qu'il faut aux rivières*, *Virginia* et *La Part* *des cendres*) et du recueil de nouvelles *Confession des genres* (éditions Luce Wilquin). Ainsi que des livres de poésie *À chaque pas une odeur* (Librairie-Galerie Racine), *Dans l'éclat des feuilles vives* (La Musaraigne), *Le soleil vient d'en face* et *Le Point au soleil* (Rhubarbe).

Gabrielle FILTEAU-CHIBA est née à Montréal (Québec) en 1987. En 2013, elle quitte le confort d'une vie citadine pour vivre dans une cabane en bois en forêt dans la région du Kamouraska, entourée de coyotes et d'ours. Ses romans sont notamment consacrés à la cause environnementale. Elle est l'auteure d'une trilogie romanesque d'abord éditée au Québec par XYZ, puis rééditée en France : *Encabanée* (Le Mot et le Reste / Folio), *Sauvagines* et *Bivouac* (Stock / Folio). Son premier livre de poésie, *La Forêt barbelée* (XYZ), s'inscrit tout naturellement dans son œuvre écoféministe.

Brigitte FONTAINE est née à Morlaix voici plus de 20 000 ans, selon ses dires. Ses disques d'or *Kékéland* et *Rue Saint-Louis-en-l'île* ont bénéficié de collaborations prestigieuses (Noir Désir, Sonic Youth, Archie Shepp, M, etc.). Suivront des albums comme *Prohibition* et *Terre neuve*. Benoît Mouchart lui a consacré une importante biographie. Le recueil de chansons *Mot pour mot* est paru aux Belles Lettres. Dernières publications : *Chute et ravissements* (Actes Sud), *L'Onyx rose* (Flammarion), *Paroles d'Évangile*, *La Vieille Prodige*, *Vers luisants* et *Fatrasie* (Le Tripode).

Charlotte FRANCŒUR est née à Montréal en 1992. Elle co-dirige les Éditions du Noroît à Montréal. Elle est l'auteure des recueils *Adieu les crevettes* (Noroît) et *Hier est une violence*, avec des œuvres de Caroline Mauxion (Omri). Elle a cosigné, avec Éloïse Lamarre, *Maison*, suivi de l'essai *Une pratique de l'instant* de Louise Warren et illustré par Raphaëlle Ainsley-Vincent (Omri).

Laure GAUTHIER est née à Courbevoie en 1972. Elle vit à Paris. Elle écrit des textes poétiques, des récits, des essais et des œuvres multimédia. Elle s'inscrit dans le dépassement des frontières entre poésie sonore et écrite, et plaide pour un dialogue renouvelé entre poésie et musiques contemporaines. Elle est notamment l'auteure de *kaspar de pierre* (La Lettre volée), *je neige (entre les mots de villon)*, *les corps caverneux* et *la cité dolente* (LansKine), ainsi que de *marie weiss rot / marie blanc rouge* (Delatour).

Albane GELLÉ est née à Guérande en 1971. Elle se déplace un peu partout pour diverses rencontres autour de la poésie. Elle a publié une trentaine de livres dont *Je, cheval* (Jacques Brémond), *Poisson dans l'eau* (Carnets du Dessert de Lune), *Marche dans la nuit* (Esperluète), *Bougé(e)* (Seuil), *Je te nous aime, Si je suis de ce monde, Eau* et *L'Au-delà de nos âges* (Cheyne), ainsi que *Cher animal* (La Rumeur libre) et *Équilibriste de passage* (Le Castor Astral). Elle a reçu le prix des Découvreurs. Côté cheval, elle a créé à Chênehutte, près de Saumur, une structure poético-équestre.

Guy GOFFETTE est né frontalier à Jamoigne (Belgique) en 1947. Il vit et travaille à Paris. Lecteur chez Gallimard. Poète et romancier (*Une enfance lingère, Géronimo a mal au dos*, etc.), il a reçu le Grand Prix de poésie de l'Académie française pour l'ensemble de son œuvre, ainsi que le prix Mallarmé, le prix Max-Jacob et le Goncourt de la poésie. Il est notamment l'auteur de *Éloge pour une cuisine de province, Le Pêcheur d'eau, Petits riens pour jours absolus, Un manteau de fortune, Pain perdu* et *Paris à ma porte* (Gallimard).

Dominique GRANDMONT, né en 1941 à Montauban, saint-cyrien à l'âge de 18 ans, renonce à la carrière militaire par opposition à l'usage de la torture en Algérie. Premiers poèmes publiés par Aragon en 1964. Traducteur du tchèque (Vladimir Holan) et du grec (Yannis Ritsos, Constantin Cavafis), auteurs repris en « *Poésie* / Gallimard ». Il a notamment reçu les prix Max-Jacob, Tristan-Tzara et Nelly-Sachs. Parmi ses principaux titres de poésie : *Pages blanches* (E.F.R.), *L'Envers d'écrire* (Apogée), *Échelle 1* (Textuel), *Mots comme la route* (Tarabuste), *Coin table fenêtre* (La Canopée) et *Le Temps des récits* (La Barque).

Patricia Houéfa GRANGE est née au Bénin en 1979. Elle est poétesse et traductrice de l'anglais, l'espagnol et le portugais vers le français. En 2020, elle publie *Couleurs de mots sur le Bénin* (Lamarque) avec des aquarelles de Guy Papin, et *Cette Malaisie Lah !* (Gope) avec ses propres illustrations. Son recueil *Métisse, et alors ?* est paru à L'Iconopop.

Roxana HASHEMI est née à Bochum (Allemagne) en 1992. Elle est germano-iranienne, mais vit à Marseille depuis plusieurs années. Traductrice et poète, elle co-anime la revue *Muscle* avec Laura Vazquez. Elle travaille également pour La Marelle (Marseille), lieu de résidences d'écrivains.

Paloma Hermine HIDALGO est née à Châteauroux en 1988. Elle est l'auteure de *Cristina* (préface d'Alain Borer, Le Réalgar), *Rien, le ciel peut-être* (préface de Dominique Sampiero, Sans Escale) et *Matériau Maman* (Éditions de Corlevour). Consultante, critique d'art et littéraire, elle a travaillé pour *The Times Literary Supplement*, *Le Monde*, *Le Monde diplomatique*, *Esprit*, *Europe*, *Artpress*, France Culture, etc. Michel Deguy, le premier, la publie dans la revue *Po&sie*. S'il repose largement sur une base autobiographique, son travail littéraire entend la transcender librement par la fiction pour toucher à l'incommunicabilité de la douleur et de la jouissance.

Nancy HUSTON est née à Calgary en Alberta (Canada) en 1953. Romancière, essayiste, dramaturge, traductrice, elle a publié une cinquantaine d'ouvrages. Elle est lauréate de plusieurs prix littéraires dont le Prix du Gouverneur Général pour *Cantique des plaines,* le prix Goncourt des Lycéens et le prix du Livre Inter pour *Instruments des ténèbres*, le Grand Prix des Lectrices de *ELLE* pour *L'Empreinte de l'ange*, et le prix Femina pour *Ligne de faille*, tous publiés chez Actes Sud. Elle a publié à L'Iconopop *Choses dites*, un recueil de poèmes illustré par Francis Jolly.

Sabine HUYNH est née à Saïgon (Vietnam) en 1972. Elle a vécu en France, en Angleterre, aux États-Unis, au Canada et en Israël. Traductrice d'Anne Sexton, Gwendolyn Brooks, Diane Seuss, Alice Oswald, etc. Elle a publié *Les Colibris à reculons* (Voix d'encre), *Kvar lo* (Æncrages & Co, prix de poésie du CoPo), *Parler peau* (Æncrages & Co), *Loin du rivage* (La Margeride), *Avec vous ce jour-là : lettre au poète Allen Ginsberg* (Maelström), *Elvis à la radio* (Maurice Nadeau, prix Jean-Jacques Rousseau de l'autobiographie). Sa traduction de *République sourde* d'Ilya Kaminsky (Christian Bourgois) a reçu le prix Alain-Bosquet.

Emmanuèle JAWAD est née à Vernon en 1967. Elle vit et travaille en région parisienne. Elle est notamment l'auteure de *Interférences* (Al Dante / Presses du Réel), ainsi que de trois livres de poésie autour de la question des murs de séparation (LansKine). Elle collabore d'autre part avec le site Diacritik pour des entretiens avec des poètes actuels. Depuis 2022, elle est membre du comité de rédaction de la revue *Nioques*.

Maud JOIRET est née à Bruxelles en 1986. Poète et performeuse, elle a écrit des textes pour Passa Porta (Maison internationale des littératures à Bruxelles), les sites Poète National et Boustro, et diverses revues. *Cobalt* (Tétras Lyre), son premier livre, a été récompensé par le Prix de la première œuvre de la Fédération Wallonie-Bruxelles. Elle est également l'auteure de *JERK* (L'Arbre de Diane) et *Marées vaches* (Le Castor Astral).

Charles JULIET est né à Jujurieux (Ain) en 1934. Romancier (*L'Année de l'éveil*, Grand Prix des lectrices de *Elle*), il a publié plusieurs tomes de son *Journal* chez P.O.L. Le Castor Astral a publié sa biographie signée Anne Lauricella, *Charles Juliet, d'où venu ?* En poésie, il est l'auteur de *Affûts*, *À voix basse*, *L'Opulence de la nuit* et *Moisson* (P.O.L), ainsi que de *Pour plus de lumière*, anthologie personnelle 1990-2012 (« *Poésie* / Gallimard »). Il a reçu le Goncourt de la poésie et le Grand Prix de l'Académie française pour l'ensemble de son œuvre.

Anise KOLTZ, née à Eich (Luxembourg) en 1928, est décédée en 2023. Elle écrivait en trois langues dont le français. Elle a fondé les Biennales de Mondorf où se rencontraient des poètes de tous les pays. Elle a reçu le prix Apollinaire et le prix Mallarmé, ainsi que le Goncourt de la poésie. Elle est l'auteure d'une vingtaine de livres dont *Le Cirque du soleil* (Seghers), *La terre monte* (Belfond), *Le paradis brûle* (La Différence), *L'Avaleur de feu* (Phi), *Pressée de vivre* (Arfuyen), ainsi que *Somnambule du jour* (« *Poésie* / Gallimard »).

Abdellatif LAÂBI est né à Fès (Maroc) en 1942. Il fonde en 1966 la revue *Souffles* qui a subverti le champ culturel au Maghreb. Son combat pour la liberté lui a valu d'être longtemps emprisonné au Maroc. Depuis 1985, il vit principalement en France. Il a reçu le Goncourt de la poésie et le Grand Prix de la francophonie. Il est notamment l'auteur du *Principe d'incertitude* (La Différence), *L'Espoir à l'arraché*, *Presque riens*, *La Fuite vers Samarkand*, *La poésie est invincible* et *La Terre est une orange amère* (Le Castor Astral), ainsi que de *L'Arbre à poèmes* (« *Poésie* / Gallimard »). Il a entre autres traduit les poètes Ashraf Fayad, Mahmoud Darwich et Issa Makhlouf.

Raphaël LAIGUILLÉE est né en deçà des Pyrénées en 1972. Il publie sous pseudonyme « pour continuer à écrire des horreurs en toute impunité ». Sous son nom d'état civil, il a été journaliste de presse écrite (notamment correspondant en Amérique latine), critique culturel et réalisateur de documentaires pour la télévision, le cinéma et la radio. Il est notamment l'auteur de *Reprendre pied* et *Le Bel Âge* (Gallimard). Il anime en collège des ateliers d'écriture poétique.

Mélanie LEBLANC est née près de Rouen en 1980. Elle a publié *Des falaises* chez Cheyne éditeur, *Éphéméride* (livre-CD), *Des étoiles filantes*, *Quand mon cœur*, *Les gens qui osent* (avec Magali Dulain) et *Le Manifeste du nous* aux Venterniers, *Presque je vole* et la traduction de poèmes de Karen Dalton chez Littérature Mineure, ainsi que *Le Labyrinthe des jours* et *Encrer l'invisible* (Le Castor Astral). Elle donne des lectures publiques, parfois musicales, et propose des ateliers d'écriture.

Jean-Pierre LEMAIRE est né à Sallanches (Haute-Savoie) en 1948. D'inspiration chrétienne, mais toujours soucieuse de refaire le pas baudelairien de l'amour des choses mortelles, son écriture a aussitôt été saluée par Philippe Jaccottet comme un événement. Il a reçu le Grand Prix de poésie de l'Académie française pour l'ensemble de son œuvre, ainsi que le prix Max-Jacob. Ses livres sont principalement édités chez Gallimard. Parmi les plus récents : *Faire place* et *Le Pays derrière les larmes*.

Yvon LE MEN est né à Tréguier (Côtes-d'Armor) en 1953. Depuis *Vie* (1974), écrire et dire sont ses métiers. En 1997, il ouvre un espace dédié à la poésie au festival Étonnants Voyageurs de Saint-Malo. Ses poèmes sont traduits dans une vingtaine de langues. Il est notamment l'auteur de *Le Jardin des tempêtes* (Flammarion), *Un cri* *fendu en mille*, *Le Poids d'un nuage*, *Les Mains de ma mère*, *La Baie vitrée* et *Les Épiphaniques* (Bruno Doucey), *Les Rumeurs de Babel* et *Tirer la langue* (La Passe du vent), ainsi que de *À perte de ciel* (Bayard). Il a reçu le Goncourt de la poésie.

Julia LEPÈRE est née à Paris en 1987. Poétesse et comédienne, elle donne régulièrement des lectures publiques de ses textes ou de ceux des autres. Elle travaille avec plusieurs compagnies, souvent autour de l'improvisation et de l'écriture de plateau. Elle est également formée à l'art du clown. Elle est l'auteure de *Je ressemble à une cérémonie* (Le Corridor bleu) et *Par elle se blesse* (Flammarion). Une forme musicale a été créée avec Elliott Stoltz, guitariste et compositeur, autour des textes de ce second recueil.

Karel LOGIST est né à Spa (Belgique) en 1962. Ses livres ont été édités par Les Éperonniers, l'Arbre à Paroles, Le Cherche Midi, La Différence, Maëlstrom, etc. Le Castor Astral a publié son anthologie personnelle *Tout emporter, poèmes 1988-2008*, prix François-Coppée de l'Académie française. Parmi ses livres les plus récents : *Un cœur lent* (Tétras Lyre), *Soixante-neuf selfies dans un miroir fêlé* (L'Arbre à Paroles) et *Tout est loin* (L'Herbe qui tremble).

Camille LOIVIER est née à Nevers en 1965. Elle vit à Paris. Poète, traductrice du mandarin et chercheuse en littérature taïwanaise. Elle a longtemps dirigé *Neige d'août*, revue de poésie tournée vers l'Extrême-Orient. Elle louvoie entre prose et poésie pour tenter d'approcher puis de retenir ce qui s'enfuit. Elle est notamment l'auteure de *Il est nuit*, *Enclose* et *Cardamine* (Tarabuste), *Wang Wen-hsing* (Contre-Allées), *Éparpillements* et *Swifts* (Isabelle Sauvage).

Lisette LOMBÉ est née à Namur (Belgique) en 1978. Ses espaces d'écriture et de luttes s'appuient sur sa propre chair métissée, son parcours de femme, de mère, d'enseignante. Elle a cofondé L-SLAM, collectif de poétesses, multiculturel et intergénérationnel. Elle est notamment l'auteure de *Black Words* et *Venus Poetica* (L'Arbre à Paroles), de *Tenir* et *On ne s'excuse de rien* (Maelström), ainsi que de *Brûler, brûler, brûler* (L'Iconopop) et du roman *Eunice*

(Seuil). Nommée Poétesse nationale de Belgique pour les années 2024 et 2025.

Philippe LONGCHAMP est né à Boulogne-Billancourt en 1939. « Si cette poésie nous retient par sa capacité à unir la solitude et l'amour, la ville et la nature, le personnel et le social, elle nous touche peut-être encore davantage par l'attention à l'autre dont elle témoigne. » (Antoine Emaz) Philippe Longchamp est notamment l'auteur de *Des saisons plutôt claires* (Le Dé bleu), *Compressions, concrétions & coulures* (La Dragonne), *Nommer néanmoins* (Milagro), *Et dessous le sang bouscule*, *Soleil pas d'équerre* et *Dans la doublure* (Cheyne).

Kristell LOQUET est née en 1978 à Suresnes. Depuis 2005, elle anime les éditons Marcel le Poney spécialisées dans le genre de l'entretien et diffusées par Actes Sud. Elle prend part aux expositions, aux éditions des travaux et à la vie de Jean-Luc Parant depuis sa rencontre avec lui en 1999, rencontre qui fut pour elle une nouvelle naissance. Elle est notamment l'auteure de *Nuit de notre amour* (Les Venterniers), *Le Chant des cigales*, *L'Hommaille* et *Le temps est un peu couvert mais le soleil est là* (Tarabuste), *Sous l'obscurité de mon manteau* (Dernier Télégramme), *Une lettre, un suspens* et *L'Aumaille* (L'Atelier contemporain).

Gérard MACÉ est né à Paris en 1946. Poète, essayiste, critique et traducteur. À l'image poétique, il ajoute volontiers l'image photographique, comme en témoignent ses livres parus aux éditions Le Temps qu'il fait, tel *La Photographie sans appareil*. Il a reçu le Grand Prix de poésie de l'Académie française et le prix Robert-Ganzo. Une cinquantaine de titres essentiellement parus chez Gallimard, Le Temps qu'il fait et Le Bruit du temps. Dans la collection « *Poésie / Gallimard* », il a publié *Bois dormant et autres poèmes en prose*.

Victor MALZAC est né en 1997 à Châtenay-Malabry. Il a longtemps vécu près de Montpellier, avant d'habiter Paris pour étudier des choses. Il a reçu le prix de la Vocation et le prix Apollinaire Découverte. Il est l'auteur de *Respire* (La Crypte), *Dans l'herbe* et *Vacance* (Cheyne), ainsi que du roman *Créatine* (Gallimard). Spécialiste de Tristan Corbière, il co-dirige la revue *Point de chute*.

Christophe MANON est né à Bordeaux en 1971. Il est notamment l'auteur d'un tripyque remarqué réunissant *Extrêmes et lumineux*, *Pâture de vent* et *Porte du Soleil* (Verdier). Ce dernier livre, roman en vers ou poème narratif, est la chronique d'un séjour au pays des morts, sur les modèles de Virgile et de Dante, un voyage intime et sensible à travers un tissu d'œuvres picturales et littéraires. Auteur de plusieurs livres aux éditions Atelier de l'agneau, Dernier Télégramme et Nous, il a reçu le prix Révélation de la SGDL et le prix des Découvreurs.

Gilles MARCHAND est né à Bordeaux en 1976. Ancien batteur de rock, ses premiers textes étaient des paroles de chansons. Ses romans ont remporté le Prix des libraires Libr'à Nous, le prix du meilleur roman francophone Points Seuil, le prix Eugène-Dabit du roman populiste, le prix Naissance d'une œuvre et le Prix des libraires 2023. Il est notamment l'auteur de *Le Roman de Bolaño* (avec Éric Bonnargent, Le Sonneur), *Une bouche sans personne*, *Un funambule sur le sable*, *Requiem pour une apache* et *Le Soldat désaccordé* (Aux forges de Vulcain), ainsi que de recueils de nouvelles chez Antidata et Zinc Éditions.

Guillaume MARIE est né à Coutances en 1979. Il est le fondateur du collectif Pou et membre occasionnel du Projet poétique planétaire. Il écrit seul : *Les Watères du Château* (Bouclard) et *Je vais entrer dans un pays* (Corti). Ou avec Samuel Deshayes : *Ça écrit quoi* et *La Fin du monde* (LansKine).

Jean-Michel MAULPOIX est né à Montbéliard en 1952. Il est notamment l'auteur de *L'Écrivain imaginaire*, *Pas sur la neige*, *L'Hirondelle rouge*, *Le Jour venu* et *Rue des fleurs* (Le Mercure de France). *Une histoire de bleu*, préfacé par Antoine Emaz, est paru en « *Poésie* / Gallimard ». Il a publié des études critiques sur Henri Michaux, Jacques Réda, Rainer Maria Rilke, Paul Celan et René Char. Jean-Michel Maulpoix dirige la revue électronique *Le Nouveau Recueil*. Il a reçu les prix Max-Jacob et Roger-Kowalski, ainsi que le Goncourt de la poésie.

Célestin de MEEÛS est né à Bruxelles en 1991. De 2015 à 2020, il a été cofondateur et animateur de la revue poétique et d'arts graphiques *On peut se permettre*. Il a reçu le prix de la Vocation pour *Cadastres* (Cheyne) et une Mention spéciale des prix Apollinaire Découverte et Max-Jacob pour *Cavale russe* (Cheyne). Il est également l'auteur de *Écart-type* et de *Atlantique* (Tétras Lyre). Depuis 2018, il codirige les éditions de l'Angle Mort.

Luis MIZÓN, né à Valparaiso (Chili) en 1942, est décédé à Paris fin 2022. Il s'est exilé en France en 1974 suite au coup d'État militaire au Chili. Ses poèmes ont été traduits par Roger Caillois, puis par Claude Couffon. Ses livres ont été édités en France par Æncrages & Co, Rhubarbe, Al Manar, La Dragonne, Rougerie, Obsidiane, Folle Avoine, Unes, Dumerchez, Seuil et Gallimard. On lira notamment *Poèmes du Sud et autres poèmes* (Gallimard), *Terre brûlée* (Obsidiane), *Poèmes d'eau et de lumière* (Al Manar), *Le Soudeur de murmures* (Folle Avoine) et *Poèmes lus par la mer* (Æncrages & Co).

Marie MODIANO est née à Paris en 1978. Elle a composé les albums *I'm not a Rose* et *Outland* (Naïve), *Ram on a Flag*, *Espérance mathématique* et *Pauvre chanson* (Nest & Sound). L'album *Songs from the Other Side* a été réalisé avec Peter von Poehl. Elle a publié les recueils *28 Paradis, 28 Enfers*, *Espérance mathématique* et *Pauvre chanson* (Gallimard), les romans *Upsilon Scorpii* et *Mur de nuages* (« L'Arbalète » / Gallimard), ainsi que *Lointain* (« Collection Blanche » / Gallimard). Avec Peter von Poehl et Jason Glasser, elle a conçu le spectacle *Sur les chemins de Patti Smith*.

Antoine MOUTON est né à Feurs (Loire) en 1981. En 2003, il envoie un texte à Richard Morgiève, qui le transmet à Olivier Brun (La Dragonne). Ce sera *Au nord tes parents*, prix des Apprentis et lycéens de la région PACA. D'autres livres suivront, poèmes, nouvelles ou romans : *Le Metteur en scène polonais*, *Imitation de la vie* et *Toto perpendiculaire au monde* (Christian Bourgois), *HKZ le livre du revenir* (ypsilon), *Chômage monstre* et *Les Chevals morts* (La Contre Allée). *Poser problème*, chez ce même éditeur, a obtenu le prix CoPo de la Maison de Poésie Normandie.

Anne MULPAS est née à Reims en 1974. Elle est poète et artiste performeuse. Entre métissage et hybridation, son œuvre explore les « voix de l'imaginaire » et multiplie les formes et collaborations : recueils de poésie, livres d'artiste, lectures sur scène, performances, poèmes sonores et vidéos. Elle est notamment l'auteure de *Les Pattes frêles du désir* (Tarabuste), avec des œuvres de Jean-Luc Parant, d'*Icare* (Mac Val Paris), avec Eva Wellesz, d'*Écophanies* (Tarabuste) et de *Méduse Machair et autres langues bêtes* (D'ores et déjà). Elle a créé le site laboratoire Œtopia.txt.

Sara MYCHKINE est née à Paris en 1998. Performeure et chercheuse indépendante en histoire de l'art. Passionnée de Rimbaud et de Maya Angelou, repérée sur Instagram, elle a publié un premier recueil de poèmes, *L'Ethé* (Frison-Roche / Belles Lettres), à mi-chemin entre mythologies et tourments du quotidien. Auteure engagée et militante, elle a publié avec *De minuit à minuit* (Le Bruit du monde) un premier roman en vers libres, situé au carrefour de la sociologie, de l'histoire et du féminisme.

Julie NAKACHE est née à Évreux en 1981. Elle vit à Angoulême, écrit de la poésie et des romans. Elle donne parfois et en musique des lectures publiques de ses textes. Elle co-dirige la revue *Ou Bien*, feuille d'arts et de littérature. Elle est notamment l'auteure de *Le Sang des filles* (Exopotamie), *Pont d'ombres* (Les Petites allées), *Il neige un peu de lui sur le seuil où elle attend, Le Reflet des méduses, En silence et sur la pointe des pieds* et *Portraits au visage manquant* (Éditions d'Écarts), *Une nuit noire et longue* (Le Temps qu'il fait). Elle a aussi, en collaboration avec des illustratrices, réécrit des mythes ou des récits pour la jeunesse.

Arthur NAVELLOU est né à Chartres en 1987. Musicien, chanteur et poète, il est notamment membre du groupe Catastrophe (albums *Gong !* et *La nuit est encore jeune,* chez Tricatel), adepte d'une pop enlevée, décalée et poétique saluée par Étienne Daho. Il est l'auteur de *J'envisage l'impossible* (L'Iconopop) et *Tenir debout* (Le Castor Astral).

Jean PÉROL est né à Vienne (Isère) en 1932. Romancier et poète, il a reçu le prix Mallarmé et le prix Max-Jacob. Il a longtemps vécu au Japon, où il a dirigé l'Institut français de Tokyo, et également à New York, à La Nouvelle-Orléans et à Kaboul. Curieux de littérature japonaise, il est l'auteur de *Regards d'encre, écrivains japonais 1966-1986*. Principaux livres de poésie : *Asile exil* et *À part et passager* (La Différence), ainsi que *Le Cœur véhément* et *Libre livre* (Gallimard), *L'infini va bientôt finir* et *Œuvres poétiques (1977-2004)* (La Rumeur libre).

Serge PEY est né à Toulouse en 1950. Enfant de la guerre civile espagnole et de l'immigration. Créateur de situations, il expérimente dans toutes ses formes l'espace oral de la poésie. Il a reçu le Grand Prix SGDL de la poésie et le prix Apollinaire. Il est notamment l'auteur de *Poésie-Action* et *Poèmes pour apprendre à lacer ses souliers* (Le Castor Astral), *Ahuc* et *Le Carnaval des poètes* (Flammarion), *Mathématique générale de l'infini* (« *Poésie* / Gallimard »), *Venger les mots* (Bruno Doucey), *Flamenco : Les Souliers de La Joselito* (Les Fondeurs de briques / Dernier Télégramme) et *Alliances de couloirs* (Dumerchez).

Coline PIERRÉ est née à Colmar en 1987. Elle est l'auteure de nombreux livres pour la jeunesse dont *En couple* (Talents Hauts). Elle a fondé avec Martin Page les éditions Monstrograph qui se font remarquer avec des livres comme *Au-delà de la pénétration* de Martin Page, *Moi les hommes, je les déteste* de Pauline Harmange et *Éloge des fins heureuses* de Coline Pierré. Elle a consacré un roman à la poétesse Sylvia Plath, *Pourquoi pas la vie* (L'Iconoclaste). Son récit poétique *Une grammaire amoureuse* (L'Iconopop) a été porté à la scène avec le danseur et chorégraphe David Pisani.

Virginie POITRASSON est née à Lyon en 1975. Poète et traductrice de poésie américaine (Ben Lerner, Lyn Hejinian, etc.), elle réalise des perfomances et donne régulièrement des lectures publiques. Elle a écrit sur les œuvres de Pierre Soulages et Pierrette Bloch. Elle est notamment l'auteure de *Demi-valeurs : I et II*, *Il faut toujours garder en tête une formule magique* et *Le Pas-comme-si des choses* (L'Attente), ainsi que de *Une position qui est une position qui en est une autre* (LansKine) et *Tantôt, tantôt, tantôt* (coll. « Fiction & Cie », Seuil).

Jean PORTANTE est né à Differdange (Luxembourg) en 1950. Auteur d'une quarantaine de livres : poésie, romans, essais.

Traducteur de Juan Gelman, Jerome Rothenberg, Ulrike Draesner, Juan Arabia, Paul Celan, etc. Le Castor Astral a publié ses recueils *La Cendre des mots, Le Travail du poumon, La Réinvention de l'oubli* et *Après le tremblement.* Les éditions Phi ses recueils *Ex-odes, Ouvert fermé, Effaçonner, L'Arbre de la disparition, Hexaméron, La Tristesse cosmique* et *Jadis je disait.* Il a reçu le prix Mallarmé et le prix Benjamin-Fondane.

Aldo QURESHI, né en 1975 en région parisienne, vit en Bretagne. Il a collaboré à différentes revues (*L'Intranquille, TXT, Arlu*). Il est notamment l'auteur de *Made in Éden, La Nuit de la graisse* et *Le Roi de la sueur* (Atelier de l'agneau), ainsi que de *Barnabas* (éditions Vanloo). Aldo Qureshi apprend ses poèmes par cœur et pratique la performance de sang-froid. Il a reçu le prix CoPo des lycéens.

Grégory RATEAU est né en 1984 à Clichy-sous-Bois en banlieue parisienne. Il vit aujourd'hui en Roumanie où il dirige un média. Il est l'auteur d'un premier roman, *Noir de soleil* (éditions Maurice Nadeau), sélectionné au prix France-Liban et au prix Ulysse du premier roman. Il est également l'auteur des recueils *Conspiration du réel* et *Imprécations nocturnes* (prix Amélie Murat). Ses poèmes sont valorisés dans plusieurs anthologies et dans une quarantaine de revues (*Arpa, Europe, Esprit, En attendant Nadeau, Les Lettres françaises, Verso, Place de la Sorbonne*, etc.).

Suzanne RAULT-BALET est née à Sèvres (Hauts-de-Seine) en 1993. Artiste, comédienne, photographe et poète, elle a fait de l'errance son mode de vie et la source de son inspiration. Elle a notamment joué dans *Judith Hotel*, court métrage de Charlotte Le Bon projeté au Festival de Cannes. Son premier livre, mêlant poèmes et photographies, *Des frelons dans le cœur*, a été publié par L'Iconopop.

Camille READMAN PRUD'HOMME est née à Montréal en 1989. Elle a reçu le prix du public de la revue littéraire *Moebius* pour son texte « Majesté ». Elle est l'auteure d'un premier recueil de poèmes en prose très remarqué, *Quand je ne dis rien je pense encore* (L'Oie de Cravan éditeur), qui a remporté le Prix des libraires du Québec, catégorie Poésie, et le prix Alain-Grandbois.

Benoît REISS est né à Lyon en 1976. Il a vécu plusieurs années au Japon. Il vit en Haute-Loire où il co-dirige les éditions Cheyne avec Elsa Pallot. Il écrit des romans, des essais, des contes et de la poésie. Il est notamment l'auteur de *Le Petit Veilleur* (Buchet Chastel), *Un dédale de ciels* (Arfuyen), *Gestes courts* (Éclats d'encre) et *Gueule demi* (Fugue). Les éditions Esperluète ont publié *O'Yu, un éloge de l'eau chaude, Mains d'herbes : histoires d'un jardin japonais, Notes découpées du Japon* et *Une nuit de Nata*. Les éditions Cheyne ont édité *Aux Replis, Svetlana, L'Ombre de la fable* et *Compagnie de Joseph Tassël.*

Florentine REY est née à Saint-Étienne en 1975. Poète et performeuse, elle a choisi de vivre au plus près d'une liberté têtue et nomade. Ses textes font la part belle à l'imaginaire et à la fantaisie. Elle a publié deux romans aux éditions Michalon, un roman graphique aux éditions Des ronds dans l'O (prix Olympe-de-Gouges), trois recueils aux éditions Gros Textes, ainsi que *Le bûcher sera doux* (La Rumeur libre), *L'Année du pied-de-biche* et *Pampilles* (Le Castor Astral). Elle propose également des ateliers d'écriture.

Elke de RIJCKE est née à Gand en 1965. Elle vit à Bruxelles. Elle a traduit Kees Ouwens. Sa poésie articule des déclinaisons du désir et de l'identité féminine dans des environnements hétérotopiques qui virent souvent à la dystopie. Elle a notamment publié *L'Expérience poétique dans l'œuvre d'André du Bouchet* (La Lettre volée), *troubles. 120 précisions. expériences* (Tarabuste), *Västerås. DARK PASSAGE. Journal d'une désémancipation* (Le Cormier), *Quarantaine* (Tarabuste), ainsi que *Juin sur Avril* et l'anthologie personnelle *Et puis, soudain, il carillonne* (LansKine).

Marie ROUZIN est née à Bayeux en 1978. Elle anime des ateliers d'écriture en milieu scolaire. Son écriture suit les formes du végétal, de l'eau, de la course à pied et du vélo, tout en rythme et en mouvement. Elle aime les territoires à la marge et navigue entre les genres. Elle a reçu le Prix littéraire de la Ville de Caen. Elle est l'auteure de *Circulus* (Serge Safran éditeur), *Fugue* (Polder / *Gros Textes*), *Surgeons et autres pousses* (avec Maria Kakogianni, Excès) et *Percées* (Le Castor Astral).

James SACRÉ est né à Cougou (Vendée) en 1939. Professeur de littérature française aux États-Unis de 1965 à 2000, il a reçu les prix Apollinaire, Max-Jacob, Roger-Kowalski et Théophile-Gautier. Il est notamment l'auteur de *Cœur élégie rouge* (Seuil), *Brousaille de prose et de vers* (Obsidiane), *Une fin d'après-midi continuée* (Tarabuste), *Une rencontre continuée* (Le Castor Astral), *Le Paysage est sans légende* (Al Manar) et *Figures qui bougent un peu et autres poèmes* (« *Poésie* / Gallimard »). Il a co-signé avec Antoine Emaz le livre *Sans place / Je s'en va* (Méridianes).

Éric SARNER est né à Alger en 1943. Il vit à Sète. Il est notamment l'auteur de *Solitude des mots* (Tarabuste), *Et comme emportés, on demeure* (Dumerchez), *Éblouissements de Chet Baker* (La Passe du vent), *22 figures au passage* (Les Venterniers), *99 codas* (La Rumeur libre), *Ballade de Frankie* et *Cœur chronique,* préface de Michel Deguy, prix Max-Jacob (Le Castor Astral), ainsi que de *Sugar et autres poèmes* (« *Poésie* / Gallimard »), préfacé par Jacques Darras. En tant que documentariste, il a signé une vingtaine de films dans les domaines de la culture et du voyage.

Eugène SAVITZKAYA est né à Saint-Nicolas-lez-Liège en 1955. Il vit en Belgique. Une quinzaine de ses livres ont paru aux éditions de Minuit. Ses autres ouvrages ont été publiés par l'Atelier de l'Agneau, les éditions Seghers, Christian Bourgois, Le Temps qu'il fait, Flohic, Yellow Now, etc. La Galerie Didier Devillez expose ses dessins, ses peintures et autres objets visuels et tactiles. Derniers livres parus : *Ode au paillasson* (Le Cadran ligné) et *Fou de Paris* (Minuit).

Jean-Pierre SIMÉON est né à Paris en 1950. Après avoir été directeur artistique du Printemps des Poètes pendant seize ans, il dirige la collection « *Poésie* / Gallimard » depuis 2018. Il a obtenu les prix Antonin-Artaud, Apollinaire et Max-Jacob, ainsi que le Goncourt de la poésie et le Grand Prix de poésie de l'Académie française. Il est l'auteur de nombreux livres chez Cheyne éditeur dont *Le Sentiment du monde*, *La nuit respire* et *Politique de la beauté*. Il est également l'auteur de *La poésie sauvera le monde* et *Les Yeux ouverts* (Le Passeur), ainsi que de *Levez-vous du tombeau* et *Une théorie de l'amour* (Gallimard).

Pierre SOLETTI est né dans le plein midi de la France en 1971. Poète, artiste de rue, dessinateur et éditeur, il sculpte des copeaux de mots pour la scène. Il est notamment l'auteur de *Tu me diras le vent* (Le Petit Flou), *Encorps vivant* (livre-CD, Dernier Télégramme), *Le Silence, ses rebords* (La Passe du vent), *Poste restante* (Maelström), *Quand le vent chante*, *Je dirais que j'ai raté le train* et *J'aurais voulu t'écrire un poème* (Les Carnets du Dessert de Lune).

Omar Youssef SOULEIMANE est né à Al-Qutayfah, au nord de Damas, en 1987. Réfugié de Syrie en 2012, il devient citoyen français en 2022. Journaliste pour *L'Express*, *Le Point* et *L'Humanité*, il a reçu le prix Amélie-Murat et le Prix du poète résistant. Il est l'auteur de *La mort ne séduit pas les ivrognes* (L'Oreille du loup), *Loin de Damas* (Le Temps des cerises), *L'Enfant oublié* (Signum), *Le Petit Terroriste*, *Le Dernier Syrien*, *Une chambre en exil* et *Être Français* (Flammarion), ainsi que *Damas je te salue* (Le Castor Astral).

Arthur TEBOUL est né à Paris en 1987. Auteur-compositeur-interprète, poète et acteur. Venu à la musique par la littérature, il est le chanteur et parolier du groupe Feu! Chatterton, plusieurs fois nominé aux Victoires de la Musique. Il est l'une de ces voix talentueuses qui, brouillant les genres, redéfinissent de manière originale la scène musicale en France. Il est l'auteur d'un premier recueil de poésie, *Le Déversoir* (Seghers).

Milène TOURNIER est née à Nice en 1988. Docteure en études théâtrales et professeure documentaliste, elle réalise des vidéo-poèmes sur YouTube. Ses recherches portent sur l'autobiographie, le corps, le jeu et la redéfinition de l'intime à l'aune du partage en ligne sur les différentes plateformes du web. Elle est l'auteure de *Et puis le roulis* (Éditions Théâtrales), *Nuits* (La Ptite Hélène), *Poèmes d'époque* (Polder), *L'Autre jour* et *Je t'aime comme* (Lurlure), ainsi que de *Ce que m'a soufflé la ville* (Le Castor Astral). Elle a reçu le prix SGDL Révélation de Poésie.

Karine TUIL est née à Paris en 1972. Romancière et poète, elle a reçu le prix Landerneau des lecteurs, le prix Interallié et le prix Goncourt des lycéens. Ses livres, qui ont pour thème les contradictions des individus et les hypocrisies de la vie contemporaine, proposent une analyse sans complaisance de la société. Elle est notamment l'auteure de *Interdit*, *Tout sur mon frère*, *Douce France* et *La Domination* (Grasset), *L'Insouciance*, *Les Choses humaines*, adapté au cinéma par Yvan Attal, *La Décision* et le recueil de poèmes *Kaddish pour un amour* (Gallimard).

Nicolas VARGAS est né à Tarbes en 1980. L'écriture est chez lui un processus où la performance est centrale. Son travail sur une langue souvent déstructurée fait la part belle à la théâtralité. Il est un poète de l'oralité dont les textes sont toujours pensés pour la scène. Il a reçu le prix SGDL Révélation de poésie. Il est notamment l'auteur de *A-Vanzar* et *Une tendresse* (Plaine page), *EMOVERE* (La Boucherie littéraire), ainsi que de *VHS*, *Méno les oiseaux moins le quart*, *Au départ tout va*, *Bals !* et *Presque pas* (LansKine).

Laura VAZQUEZ est née à Perpignan en 1986. Pensionnaire de la Villa Médicis à Rome en 2022-23, elle co-dirige la revue *Muscle* avec Roxana Hashemi. Son premier livre, *La Main de la main* (Cheyne), a reçu le prix de la Vocation. Son roman *La Semaine perpétuelle* (éditions du Sous-Sol) a reçu le Prix de la page 111 et la Mention spéciale du prix Wepler. Chez le même éditeur, elle est également l'auteure de *Le Livre du large et du long*. Une anthologie de ses poèmes, *Vous êtes de moins en moins réels*, est parue dans la collection « Points / Poésie ». Elle a reçu le prix Goncourt de la poésie en 2023.

André VELTER est né à Signy-l'Abbaye (Ardennes) en 1945. Il a reçu le prix Mallarmé, le prix Apollinaire et le Goncourt de la poésie. Il fut longtemps responsable de la collection « *Poésie* / Gallimard ». Le Castor Astral a publié *Passage en force*, *Ouvrir le chant*, *Étapes brûlées* et *N'importe où*. Chez Gallimard, il est notamment l'auteur de *L'Arbre-seul*, *L'Amour extrême*, *Jusqu'au bout de la route*, *Les Solitudes*, *La Vie en dansant*, *Séduire l'univers* et *Trafiquer dans l'infini*. Il a signé plusieurs livres sur ou avec Ernest Pignon-Ernest chez Gallimard et Actes Sud.

Laurence VIELLE est née à Bruxelles en 1968. Poète et comédienne, elle écrit-dit. Elle a reçu le Grand Prix de l'Académie Charles-Cros pour *Ouf* (Maelström), le Prix de consécration littéraire de la Scam Belgique et le prix des Découvreurs. Elle écrit pour la scène, pour la radio, toujours pour l'oreille. Elle a été poète nationale en 2016-2017, une tentative poélitique de dérider en Belgique les frontières linguistiques. Elle est notamment l'auteure de *Renaître* (Al Manar) et du livre-CD *Domo de poezia* (Maelström), ainsi que de *Billets d'où* (Le Castor Astral).

Ludovic VILLARD est né en 1983 à Villeurbanne. Il est l'auteur de *Je demeure paisible au travers de leurs gorges* et *La lune boit tout ce qu'elle peut mais laisse de généreux pourboires* (Les Gens du Blâme), ainsi que de *Il faut toujours se préparer à perdre*, préface de Simon Johannin (Le Castor Astral). Il a également publié un essai sur le roman *Septentrion* de Louis Calaferte. Sous le nom de scène de Lucio Bukowski, il a signé une douzaine d'albums de rap dont *L'Art raffiné de l'ecchymose*, *Oderunt Poetas*, *Simorgh* ou encore *Matériel Boréal* (L'Animalerie).

Thomas VINAU est né à Toulouse en 1978. Il vit dans le Luberon. Prix Roger-Kowalski des lycéens pour *Il y a des monstres qui sont très bons* (Le Castor Astral). Écrit des romans (Alma, 10/18 et Gallimard), des albums jeunesse (Motus, Donner à voir), des proses (La Fosse aux ours), des poèmes ou des récits (Le Castor Astral). Derniers livres parus : *C'est un beau jour pour ne pas mourir*, *Le Cœur pur des barbares*, *Le Récit des gouffres* et *Debout dans les fleurs sales* (Le Castor Astral), *Vivement pas demain* (La Fosse aux ours), *Fin de saison* et *Marcello & Co* (Gallimard).

Pierre VINCLAIR est né à Aurillac en 1982. Lauréat de la Villa Kujoyama en 2010, il découvre d'abord le Japon, puis la Chine et Singapour. Il traduit le *Kojiki* japonais et le *Shijing* chinois. Coanimateur de la revue *Catastrophes*, il est notamment l'auteur de *Barbares*, *Les Gestes impossibles*, prix Heredia, *Le Cours des choses* et *L'Éducation géographique* (Flammarion), ainsi que de *Le Confinement du monde* (Lurlure), *La Sauvagerie* (Corti), *Bumboat* (In'hui / Le Castor Astral) et *Terrorisme et Alchimie, la création du sens* (Hermann).

Stéphanie VOVOR est née à Reims en 1996. Écrivaine et performeuse, elle vit à Paris. Diplômée en droit et théâtre (cours Florent), elle est issue du master de création littéraire de Paris 8. Au sein du collectif Le Krachoir, elle explore de nouvelles formes poétiques via l'élaboration d'un fanzine, de soirées scènes ouvertes, d'ateliers littéraires et de créations scéniques et/ou sonores. Elle est l'auteure de *Frénésies* (Le Castor Astral), préfacé par Jean D'Amérique.

Hyam YARED est née à Beyrouth au Liban en 1975. Elle est la présidente du Centre PEN Liban. Son œuvre est marquée par les questions de liberté, de féminité, mais aussi par le poids des traditions et par l'hypocrisie sociétale. Elle est notamment l'auteure de *L'Armoire des ombres* et *Sous la tonnelle* (Sabine Wespieser), *Naître si mourir* (L'Idée bleue), *Esthétique de la prédation* (Mémoire d'Encrier), *La Malédiction* et *Implosions* (Les Équateurs), *Tout est halluciné* (Fayard) et *Nos longues années en tant que filles* (Flammarion).

REMERCIEMENTS

Jean-Yves Reuzeau remercie personnellement

François Bétremieux (Le Tripode)
Alexandre Bord (L'Iconopop)
Yves Boudier (Marché de la Poésie de Paris)
Édith Bourgeois (Médiathèque municipale de Surgères)
Charlotte Bréhat (Le Tripode)
Matthieu Brosseau
Myriam Caron Belzile (éditions XYZ / Montréal, Québec)
Benoît Chaput (éditions L'Oie de Cravan / Montréal, Québec)
Olivier Chaudenson (Maison de la Poésie de Paris / « Scène littéraire »)
Sylvestre Clancier
Pascal Didier (Interforum)
Bernard Dumerchez
Martine Erhel
Geoffroy Fauchier-Magnan (L'Iconoclaste)
Luis Gauthier (Interforum)
Vincent Gimeno-Pons (Marché de la Poésie de Paris)
Virginie Gomez (Alca Nouvelle-Aquitaine)
Harald Gottschalk
Marion Grody
Roland Kayser (éditions PHI / Luxembourg)
Guillaume Lecaplain (*Libération*)
Issa Makhlouf
David Massabuau (Fata Morgana)
Marie-Christine Masset (revue *Phoenix*)
Pascal Montagnon (Les Presses de Sciences Po)
Monique Moreau
Michel Moret (éditions de l'Aire / Vevey, Suisse)
Sophie Nauleau et l'équipe du Printemps des Poètes
Alice Nez (éditions Gallimard)
La Nouvelle Agence (Paris)
Elsa Pallot (Cheyne éditeur)
Frédérique Paty
Bernard Pozier (Écrits des Forges / Montréal, Québec)

Franck Pruja (éditions de l'Attente)
Clément Ramos
Frédérique Romain (éditions Gallimard)
Guy Rouquet (Atelier Imaginaire)
Inès Saidani (Le Printemps des Poètes)
Catherine Tourné (éditions LansKine)
Émilie Turmel (éditions Perce-Neige / Moncton, Nouveau-Brunswick)
Denise Truax (éditions Prise de parole / Sudbury, Ontario)
Claude Vercey (Polder)

et bien sûr tous les auteurs présents dans ce livre qui lui ont amicalement confié des textes inédits.

TABLE

DOMINIQUE ANÉ – ANNA AYANOGLOU – ADELINE BALDACCHINO – OLIVIER BARBARANT – LINDA MARIA BAROS – BARTABAS – FRANZ BARTELT – RIM BATTAL TAHAR BEN JELLOUN – CLAUDINE BERTRAND – ZÉNO BIANU – CAROLE BIJOU CAMILLE BLOOMFIELD & MAÏSS ALRIM KARFOUL – ALEXANDRE BONNET-TERRILE – ALAIN BORER – NICOLE BROSSARD – LORÉNA BUR – TOM BURON LAURE CAMBAU – WILLIAM CLIFF – FRANÇOIS DE CORNIÈRE – CÉCILE COULON CHARLÉLIE COUTURE – SEYHMUS DAGTEKIN – BENOÎT D'AFRIQUE JEAN D'AMÉRIQUE – JACQUES DARRAS – LUDOVIC DEGROOTE – MICHEL DEGUY PAULINE DELABROY-ALLARD – PATRICE DELBOURG – DENISE DESAUTELS – CYRIL DION – KIM DORÉ – ARIANE DREYFUS – ALAIN DUAULT – JOANNA DUNIS – MARIE ÉTIENNE – ÉTIENNE FAURE – CHRISTIAN GARCIN – ALBANE GELLÉ – JEAN-LOUIS GIOVANNONI – GUY GOFFETTE – MICHELLE GRANGAUD – PIERRE GUÉNARD EUGÉNIE HERSANT-PRÉVERT – SIMON JOHANNIN – MAUD JOIRET – CHARLES JULIET KENT – VÉNUS KHOURY-GHATA – ANISE KOLTZ – ABDELLATIF LAÂBI – MÉLANIE LEBLANC – YVES LECLAIR – YVON LE MEN – HERVÉ LE TELLIER – SANDRA LILLO SOPHIE LOIZEAU – LISETTE LOMBÉ – BRUNO MABILLE – VICTOR MALZAC GUILLAUME MARIE – JEAN-MICHEL MAULPOIX – ANNA MILANI – MARIE MODIANO ANTOINE MOUTON – ANNE MULPAS – CAROLE NAGGAR – ARTHUR NAVELLOU JAMES NOËL – RENÉ DE OBALDIA – GEORGES OUCIF – MARTIN PAGE – JEAN-LUC PARANT – SERGE PEY – JEAN PORTANTE – NATHANAËLLE QUOIREZ – ALDO QURESHI SUZANNE RAULT-BALET – HORTENSE RAYNAL – JACQUES REBOTIER – FLORENTINE REY – ELKE DE RIJCKE – BLANDINE RINKEL – JEAN ROUAUD – JACQUES ROUBAUD VALÉRIE ROUZEAU – JAMES SACRÉ – ANNA DE SANDRE – ÉRIC SARNER – EUGÈNE SAVITZKAYA – JEAN-PIERRE SIMÉON – PIERRE SOLETTI – JEAN-LUC STEINMETZ MAUD THIRIA – MILA TISSERANT – GÉRARD TITUS-CARMEL – MILÈNE TOURNIER ÉMILIE TURMEL – LAURA VAZQUEZ – ANDRÉ VELTER – JEAN-PIERRE VERHEGGEN LAURENCE VIELLE – LUDOVIC VILLARD – THOMAS VINAU – PIERRE VINCLAIR STÉPHANIE VOVOR – MARIE-HÉLÈNE VOYER – ANTOINE WAUTERS

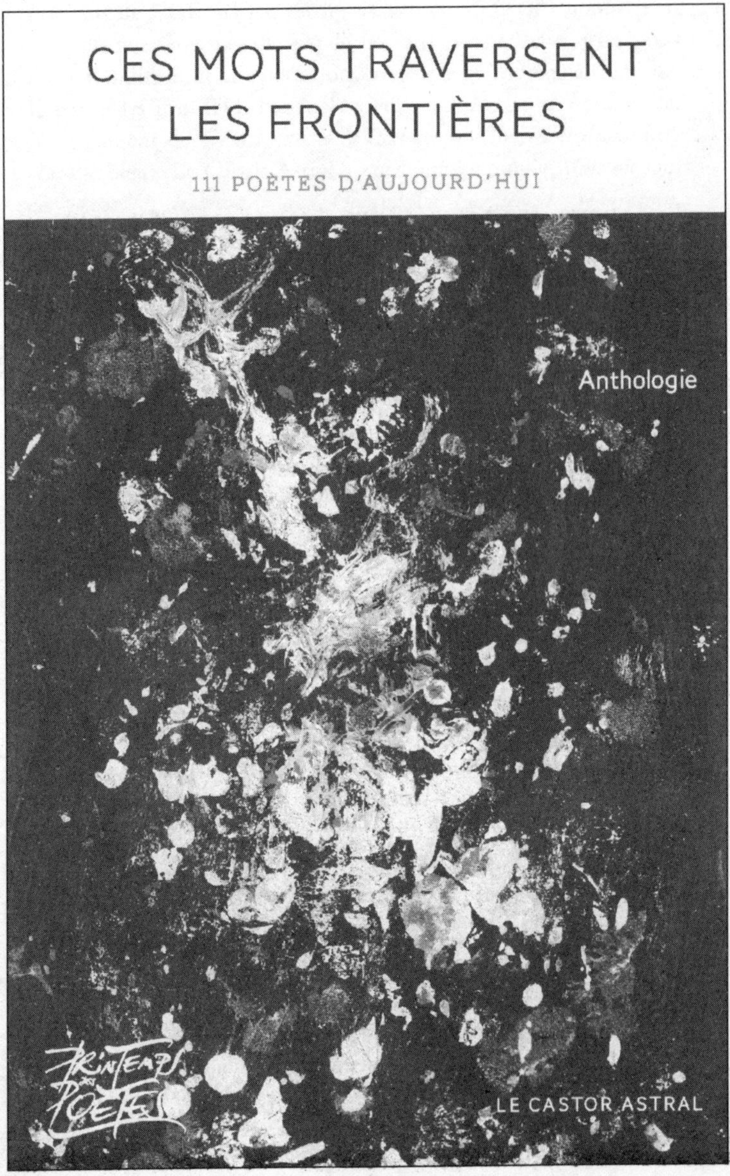
CES MOTS TRAVERSENT
LES FRONTIÈRES
111 POÈTES D'AUJOURD'HUI
Anthologie
LE CASTOR ASTRAL

2023

ADONIS – AKHENATON – GABRIELLE ALTHEN – ARTHUR H – ANNA AYANOGLOU – OLIVIER BARBARANT – LINDA MARIA BAROS – STÉPHANE BATAILLON – RIM BATTAL – CLÉMENTINE BEAUVAIS – TAHAR BEN JELLOUN GÉRARD BERRÉBY – ZÉNO BIANU – ALEXANDRE BONNET-TERRILE – ALAIN BORER – NICOLE BROSSARD – TOM BURON – SÉBASTIEN CAGNOLI – CALI LAURE CAMBAU – ÉRIC CANTONA – GÉRARD CARTIER – CONSTANCE CHLORE THIERRY CLERMONT – WILLIAM CLIFF – LULLA CLOWSKI – MURIELLE COMPÈRE-DEMARCY – FRANÇOIS DE CORNIÈRE – CÉCILE COULON CHARLÉLIE COUTURE – SEYHMUS DAGTEKIN – FRANCIS DANNEMARK JACQUES DARRAS – MARIE DARRIEUSSECQ – SÉVERINE DAUCOURT CHRISTOPHE DAUPHIN – PATRICE DELBOURG – SAMUEL DESHAYES – CYRIL DION – ARIANE DREYFUS – ÉTIENNE FAURE – MICHÈLE FINCK – ALBANE GELLÉ – GUY GOFFETTE – PIERRE GUÉNARD – CÉCILE GUIVARCH – CÉCILE A. HOLDBAN – PHILIPPE JACCOTTET – MAUD JOIRET – JACQUES JOSSE – GIL JOUANARD – JACQUES JOUET – CHARLES JULIET – KENT – VÉNUS KHOURY-GHATA – CLAIRE KRÄHENBÜHL – ABDELLATIF LAÂBI – WERNER LAMBERSY HÉLÈNE LANSCOTTE – MÉLANIE LEBLANC – YVON LE MEN – HERVÉ LE TELLIER – LOLA LEVENT – SANDRA LILLO – SOPHIE LOIZEAU – GUILLAUME MARIE – ODILE MASSÉ – MARIE-CHRISTINE MASSET – MATTHIEU MESSAGIER – MARIE MODIANO – THOMAS MORALES – GÉRARD MORDILLAT – EMMANUEL MOSES – ANNE MULPAS – ÉRIC NAULLEAU ARTHUR NAVELLOU – MARIE NIMIER – BERNARD NOËL – ANGE OHO BAMBE MARC ALEXANDRE OHO BAMBE – MICHEL ONFRAY – SERGE PEY – ÉRIC POINDRON – JEAN PORTANTE – SUZANNE RAULT-BALET – CLARA REGY FLORENTINE REY – CÉCILE RIOU – JEAN ROUAUD – JACQUES ROUBAUD VALÉRIE ROUZEAU – JAMES SACRÉ – FLORENCE SAINT-ROCH – ÉRIC SARNER JEAN-PIERRE SIMÉON – JEAN-LUC STEINMETZ – MAUD THIRIA – ANDREA THOMINOT – MILÈNE TOURNIER – FLORENCE TROCMÉ – ÉMILIE TURMEL GORGUINE VALOUGEORGIS – LAURENCE VEILLEUX – ANDRÉ VELTER LAURENCE VIELLE – THOMAS VINAU – PIERRE VINCLAIR – ZOGO AWONDZA

LÀ OÙ DANSENT
LES ÉPHÉMÈRES

108 POÈTES D'AUJOURD'HUI

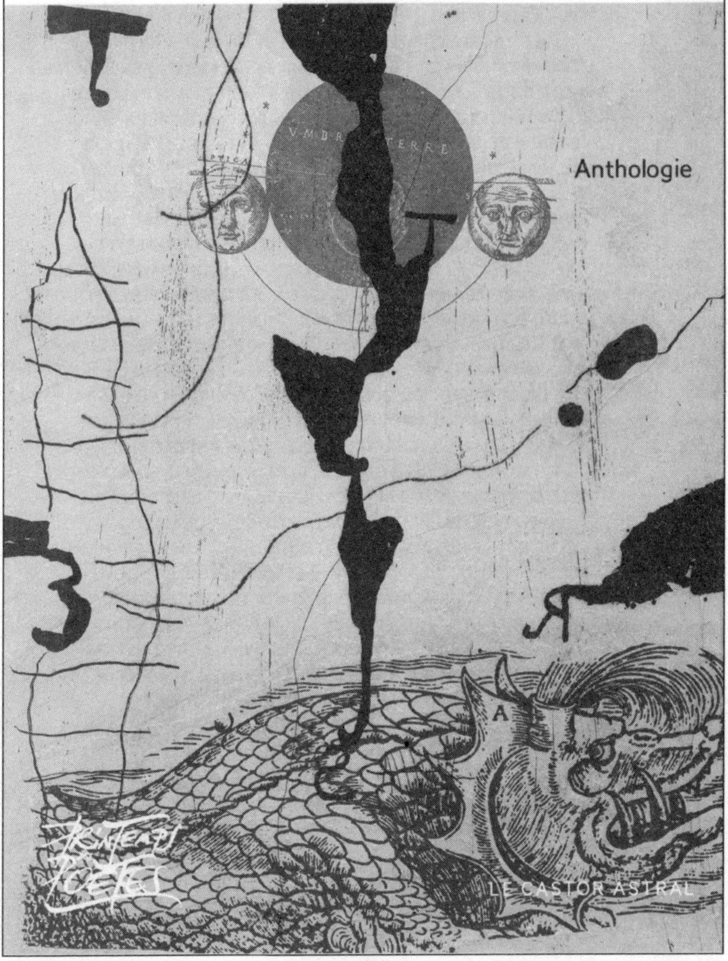

2022

ADONIS – ARTHUR H – OLIVIER BARBARANT – LINDA MARIA BAROS
JOËL BASTARD – RIM BATTAL – CLAUDE BEAUSOLEIL
TAHAR BEN JELLOUN – ZOÉ BESMOND DE SENNEVILLE – ZÉNO BIANU
CAROLE BIJOU – ALEXANDRE BONNET-TERRILE – ALAIN BORER
KATIA BOUCHOUEVA – JULIEN BOUTREUX – NICOLE BROSSARD
TOM BURON – TRISTAN CABRAL – CALI – RÉMI CHECCHETTO
WILLIAM CLIFF – FRANÇOIS DE CORNIÈRE – CÉCILE COULON
CHARLÉLIE COUTURE – LAETITIA CUVELIER – SEYHMUS DAGTEKIN
JACQUES DARRAS – MICHEL DEGUY – CHLOÉ DELAUME
RENÉ DEPESTRE – THOMAS DESLOGIS – ARIANE DREYFUS
RENAUD EGO – MICHÈLE FINCK – BRIGITTE FONTAINE – ALBANE GELLÉ
GUY GOFFETTE – CÉCILE GUIVARCH – CÉCILE A. HOLDBAN – PHILIPPE JAFFEUX
MAUD JOIRET – CHARLES JULIET – VÉNUS KHOURY-GHATA – ANISE KOLTZ
PETR KRÁL – ABDELLATIF LAÂBI – HÉLÈNE LANSCOTTE – JEAN LE BOËL
YVON LE MEN – PERRINE LE QUERREC – JÉRÔME LEROY
HERVÉ LE TELLIER – SOPHIE LOIZEAU – LISETTE LOMBÉ – MATHIAS MALZIEU
GUILLAUME MARIE – SOPHIE MARTIN – JEAN-YVES MASSON
ÉDOUARD J. MAUNICK – MARIE MODIANO – MARCEL MOREAU
EMMANUEL MOSES – ANNE MULPAS – BERNARD NOËL – CARL NORAC
MICHEL ONFRAY – SERGE PEY – PAOLA PIGANI – ÉRIC POINDRON
JOSEPH PONTHUS – JEAN PORTANTE – RAHARIMANANA
SUZANNE RAULT-BALET – FLORENTINE REY – ZACHARY RICHARD
JEAN ROUAUD – JACQUES ROUBAUD – VALÉRIE ROUZEAU
JAMES SACRÉ – FLORENCE SAINT-ROCH – ÉRIC SARNER
EUGÈNE SAVITZKAYA – JEAN-PIERRE SIMÉON – JEAN-LUC STEINMETZ
SALAH STÉTIÉ – FRÉDÉRIC JACQUES TEMPLE – MILA TISSERANT
MILÈNE TOURNIER – ANDRÉ VELTER – LAURENCE VIELLE
YOLANDE VILLEMAIRE – THOMAS VINAU
PIERRE VINCLAIR – SANDA VOÏCA

LE DÉSIR EN NOUS COMME UN DÉFI AU MONDE

94 POÈTES D'AUJOURD'HUI

2021

JOSÉ ACQUELIN – ADONIS – LAURENT ALBARRACIN – GUY ALLIX
MICHEL BAGLIN – MARIE-CLAIRE BANCQUART – OLIVIER BARBARANT
LINDA MARIA BAROS – RIM BATTAL – TAHAR BEN JELLOUN
ZÉNO BIANU – DANIEL BIGA – ISMAËL BILLY – CLAUDINE BOHI
ISABELLE BONAT-LUCIANI – ALEXANDRE BONNET-TERRILE
NICOLE BROSSARD – TOM BURON – CALI – LAURE CAMBAU
JEAN-PIERRE CHAMBON – FRANÇOIS DE CORNIÈRE – CÉCILE COULON
FABIENNE COURTADE – CHARLÉLIE COUTURE – SEYHMUS DAGTEKIN
JACQUES DARRAS – SÉVERINE DAUCOURT – MICHEL DEGUY
PATRICE DELBOURG – SALEH DIAB – KIM DORÉ – ARIANE DREYFUS
SYLVIE DURBEC – ANTOINE EMAZ – MARIE ÉTIENNE – DANIEL FANO
MARC FELD – MICHÈLE FINCK – JEAN MARC FLAHAUT
BRIGITTE FONTAINE – VIOLAINE FOREST – LAURENT GAUDÉ
ALBANE GELLÉ – JEAN-LOUIS GIOVANNONI – GUY GOFFETTE
CÉCILE GUIVARCH – FRANÇOIS HEUSBOURG – CÉCILE A. HOLDBAN
CHARLES JULIET – NATASHA KANAPÉ FONTAINE
VÉNUS KHOURY-GHATA – ABDELLATIF LAÂBI – MÉLANIE LEBLANC
YVES LECLAIR – YVON LE MEN – CÉDRIC LE PENVEN – ANNE LORHO
SOPHIE G. LUCAS – PHILIPPE MAC LEOD – AKSINIA MIHAYLOVA
MARIE MODIANO – EMMANUEL MOSES – ANTOINE MOUTON
CARL NORAC – LYDIA PADELLEC – SERGE PEY – ÉRIC POINDRON
JOSEPH PONTHUS – JEAN-FRANÇOIS POUPART – FLORENTINE REY
VALÉRIE ROUZEAU – JAMES SACRÉ – FLORENCE SAINT-ROCH – SAPHO
ÉRIC SARNER – CHLOÉ SAVOIE-BERNARD – JEAN-PIERRE SIMÉON
JEAN-LUC STEINMETZ – FRÉDÉRIC JACQUES TEMPLE – ANDRÉ VELTER
LAURENCE VIELLE – THOMAS VINAU – PIERRE VINCLAIR

NOUS, AVEC LE POÈME
COMME SEUL COURAGE
84 POÈTES D'AUJOURD'HUI
Anthologie
LE CASTOR ASTRAL

2020

MARC ALYN – MICHEL BAGLIN – MARIE-CLAIRE BANCQUART
LINDA MARIA BAROS – CLAUDE BEAUSOLEIL – CLAUDE BER
ZÉNO BIANU – DANIEL BIGA – ALEXANDRE BONNET-TERRILE
ALAIN BORER – NICOLE BROSSARD – MICHEL BULTEAU
LAURE CAMBAU – GÉRARD CARTIER – BERNARD CHAMBAZ
JEAN-PIERRE CHAMBON – WILLIAM CLIFF
FRANÇOIS DE CORNIÈRE – CÉCILE COULON
CHARLÉLIE COUTURE – SEYHMUS DAGTEKIN
FRANCIS DANNEMARK – JACQUES DARRAS – JULIE DELALOYE
PHILIPPE DELAVEAU – PATRICE DELBOURG – ARIANE DREYFUS
ANTOINE EMAZ – DOMINIQUE FABRE – DANIEL FANO
ALEXIS GLOAGUEN – GUY GOFFETTE – HUBERT HADDAD
ALEJANDRO JODOROWSKY – CHARLES JULIET
ABDELLATIF LAÂBI – WERNER LAMBERSY – YVES LECLAIR
YVON LE MEN – JÉRÔME LEROY – JEAN-MICHEL MAULPOIX
JEAN-PAUL MICHEL – BERNARD NOËL – SERGE PEY
ÉRIC POINDRON – JEAN PORTANTE – BERNARD POZIER
JACQUES ROUBAUD – VALÉRIE ROUZEAU – JAMES SACRÉ
NOHAD SALAMEH – DOMINIQUE SAMPIÈRO – ÉRIC SARNER
EUGÈNE SAVITZKAYA – JEAN-PIERRE SIMÉON
JEAN-LUC STEINMETZ – LUCIEN SUEL
JACQUES VANDENSCHRICK – ANDRÉ VELTER
FRANCK VENAILLE – LAURENCE VIELLE – THOMAS VINAU

POUR AVOIR VU UN SOIR LA BEAUTÉ PASSER

62 POÈTES D'AUJOURD'HUI

2019

Cet ouvrage a été mis en page
et achevé d'imprimer
en novembre 2023
par les Ateliers Graphiques de l'Ardoisière
à Cenon.

Dépôt légal : janvier 2024
Imprimé en France